Good Wives
好妻子

Louisa May Alcott
露易莎・梅・奧爾科特 著
康學慧 譯

【專文導讀】

女人的四個關鍵詞——評《小婦人》及《好妻子》

許菁芳 作家

1 歹鬥陣

一句話總結《小婦人》：四個女兒作伙，歹鬥陣。

「鬥陣」這詞，台語意指「相處」，但化成文字則又是鬥法又是陣仗，描述小婦人們更加貼切。小鼻子小眼睛，但也都有良善的心，極力在小奸小惡之間脫昇出來。時有成功，時不成功。

有時候我覺得讀《小婦人》，像是讀一本升級版的言情小說。兩者皆沒完沒了地描述女人的衣著，追蹤她們的社交生活中出現的男人。十六歲的小女生只想要好看的裙子──要絲綢，不要府綢──母親叮嚀務必帶著手絹，最好噴上香水。當受邀出席舞會的時候，全家總動員為女兒們洗妝打扮，「梅格穿著銀色禮服，繫著藍色絲絨髮網，蕾絲摺邊加上珍珠胸針」；而女兒們自己到上流社會去闖江湖時，在大觀園裡衣裝升級，「天藍色的禮服，胸口開得好低，接著是整組銀絲首飾，胸前妝點一小把含苞的香水月季，配上一條花邊摺飾。」

也像是讀一本八卦雜誌。比方說，數百年不變的嗜好，女人出外旅遊、購物是個重點。「去倫敦攝政街買東西太愉快了，品質很好的緞帶一碼只要六便士，不過手套要去巴黎買。」──這句話的句型讀來太熟悉了，大可以在今天的談話性節目或臉書直播中聽到。又例如，嫁入豪門是一個反覆出現的主題。馬區家的小婦人都是漂亮的女孩，最小的妹妹艾美，除了鼻子扁有點可惜之外，容貌出眾。在大姐嫁給身家普通的姐夫之後，艾美下定決心，一定要成為真正的貴婦，一定要嫁給有錢人，因為最大的兩個姐姐看起來是沒指望了，馬區家脫貧就在艾美小小的肩上。

英諺有云：「魔鬼都在細節裡。」反過來說，最成功的著作都是由實在的細節建構而成。小婦人中描繪的家務日常，正是這種扎實細節。

場景是具體可見的：馬區家女孩手中針織的毛線襪，毛線球從火爐的一邊滾到另外一邊，門一打開，馬區太太穿著灰斗蓬以及「過時的無邊圓帽」現身。從窗戶望出去是一棟石砌大宅，華美窗簾間隱約可見氣派的擺設，裡面當然住了一個將與馬區家女孩們戀愛的高個子男孩。姑婆家有大圖書室，帶著法文口音的女僕，以及總是大聲尖叫的鸚鵡。馬區家的餐桌上有足夠的食物餵飽四個女孩。有咖啡，檸檬汁，奶酪與蜂蜜，以及由「牛奶，蛋，肉豆蔻與南瓜泥」做成的金黃色餡餅，市場買回來「太小的龍蝦，太老的蘆筍，以及酸溜溜的草莓」。

小婦人之所以成為經典，而非僅僅風靡一時的通俗小說，恐怕正是因為其深描的功力，直指百年不變的女人日常。生活的重心永遠都是這些平凡無奇的家務食物，女人關心的永遠都是衣服遊樂與戀愛。這一家姐妹真實地活在十九世紀裡，那樣的真實，超越了時空的限制，直至今日，仍然是二十一世紀女性的真實面貌。

2 母女

要真實地認識一個女人，首要認識她的母親。《小婦人》系列自然沒有輕易放過這個主題。馬區太太，洋洋灑灑兩本書裡的核心人物，一窩女兒圍著媽媽轉。

從很多角度說，馬區太太都是很好的母親。其一是觀念正確。對婚姻，她認為：

有好男人深愛你們並選你們為伴侶，是女人一生中最美妙而甜美之事，所以我衷心希望女兒也能有這樣的美麗體驗。是該期盼和等待，更要明智地做準備，像這樣等待幸福時刻來臨，才能準備

> 好承擔責任也值得享受這份喜悅。

這段話讀來，與其說馬區夫人提倡婚姻，不如說她對女兒充滿信心，相信她們值得最好的，也鼓勵她們勇於承擔美好的事物。有些母親總是帶著恐嚇的口氣對著女兒談論婚姻——等妳自己結婚就知道了——但恐懼只會肇生恐懼。像是馬區夫人這樣描繪美好，但同時強調美好需要承擔，讀來是一種健康且務實的盼望。

對於工作與責任，馬區太太也有精闢的見解：

> 有時雖然感覺很沉重，對我們是有好處的，一旦學會怎麼承擔，就會輕盈起來。工作有益身心〔…〕比起金錢或時尚，工作更能給我們力量和獨立。

雖然是出自於一百五十年前的美國家庭主婦，現時讀來卻毫無違和感。

配上一張咖啡自拍圖，幾乎可以直接貼ＩＧ了。用現代語言說，馬區太太鼓勵女性自我負責，重視自己的工作價值，這是古今中外皆準的原則。從母親的口中說出來，特別有力量。

其實馬區太太最好的是自得其樂，每天都活得滿足喜樂。人沒有辦法給出自己沒有的東西，母親亦然。不快樂的母親心裏若有犧牲委屈，孩子一定知道。孩子都是愛媽媽的——會千方百計彌補媽媽，彌補不了就會對自己生氣，然後就對媽媽生氣。引發惡性循環沒完沒了：媽媽覺得為孩子犧牲，孩子覺得怎麼做媽媽都不滿意。

快樂終究是一項屬於自己的責任，母親天天開心，孩子無處學悲學苦，自然也平安快樂。

從《小婦人》到《好妻子》，馬區太太一直是穩定散發愛的光源，她的女兒們在她身上獲得肯定、信任，這是一項難見的美德。其實母女真是連心的，母親的愛是女兒力量的泉源。《好妻子》一開場就說，「四個女兒將心交給母親保管，靈魂則交給父親。」這不若我們台灣女兒志玲姐姐在婚禮上的誓詞嗎？「媽媽成為了我的心臟，讓我呼吸，繼續地有能量。」

母親對女兒的愛，若能無所障礙的流淌，不以犧牲、勒索繞道，女兒對母親也無需逃避、叛逆、甚至自我毀滅。很多女兒選擇伴侶都是為了媽媽：或者為了證明自己跟媽媽不一樣，或者為了代替媽媽再活一次（很不幸，通常都是再掉進同樣一個坑）。

馬區太太的三個成年女兒，在婚姻選擇上都相當重視母親的意見——雖然女兒這邊的小鬼肚腸是難免的，比方說喬也拿雞毛當令箭，對苦戀她的羅利說，「我媽覺得我們不適合。」

過去，讀馬區家女兒們向媽媽徵求擇偶意見，覺得詫異；現在覺得合情合理。畢竟，媽媽是生命中的貴人，貴人說話多少有參考價值。雖然媽媽也仍然是人，無法倖免於貪念私慾，但潛台詞後往往有知人知底的洞見。換句話說，媽媽的情緒勒索可以不聽，但媽媽對男朋友的觀察往往還是精準的——甚至精準到令人難以面對。

這，就要好好聽了。

3 情慾

《小婦人》系列，畢竟是寫作於百餘年前的美洲大陸，與我輩現實距離甚遠。情慾——女人的情慾是很大的題目，基本上等同於人類生命的起源、物種的延續——很可惜地在這兩本經典鉅作裡面，著墨甚少。

不過仍有重要的訊息。例如，女性的身體自主權已是隱約浮現的主題。小妹艾美在學校觸犯規定，偷藏零食，被老師打了手心，回家哭訴說不想去上課了。馬區太太接受了孩子，因為她不贊成體罰，「尤其是對女孩的體罰」。

成人——尤其是具有權威的成人，教師，醫師，長輩——經常忽略小孩的身體界線。尤其是小女孩，長期接受未經同意的身體碰觸，等於從來沒有機會建立自己的身體界線，枉論捍衛。體罰尤其是粗暴的侵犯，將身體界線化約成可以交易的物件：小孩犯了錯就會被拿走，小孩要服從才能拿回。這是危險的暗示。身體——尤其是女人的身體——從來就是天賦的禮物，屬於女人自己，不應該被化約成道德的貨幣。

女人的身體為何如此重要呢？因為女人的身體可以乘載生命，女人的情慾可以孕育新生命。是任何人類文明都必須嚴肅看待的一項存在。不過，人類在面對具有絕大力量的事物時，通常只會逃避，或者嘗試控制（但往往控制不了）。

以當時的時空看來，《小婦人》與《好妻子》將女性情慾限縮在異性戀婚姻當中，並不令人意外。

馬區家強烈的新教背景是切實的設定，幫助我們了解當時女性的處境。首先，女性的情感最好是灌注到婚姻當中，並且只灌注到婚姻當中。婚姻是極為嚴肅的，切切不可兒戲。羅利曾經惡作劇捉弄馬區家大女兒梅格，假扮為一位紳士約翰寫信給梅格告白。梅格本來就略有情意，收到信手足無措，後來發現是羅利搞鬼，氣得不行，馬區太太也不以為然；而羅利則需真心誠意地懺悔道歉。這一齣鬧劇似乎少見多怪，但一想也不無道理。在故事設定當中，婚姻與情慾之所以完全鎖在一起，可以說是出自於對性與生育的重視——除了在婚姻裡做愛、生小孩之外，這群新教徒無法想像有別的可能性啊，這個僵硬的重視要過很久，經過一個多世紀的衝擊與發展，才逐漸放鬆。事實上，一直到今天的台灣，我們都還在面對這個僵直的三位一體（婚姻、性、生殖）。需要很多社會、國家，以及公民的支持，此僵硬的想像才可能鬆動。

其次，也不令人意外的是女性情感的壓抑。《小婦人》與《好妻子》中沒有任何性愛描述，連一絲暗示都沒有。從現代的眼光看十分奇怪；畢竟，寫一群人妻的故事，不談床笫之事，不覺可惜嗎？例如，梅格與約翰婚後生了可愛的雙胞胎，但是婚姻卻因此發生問題。原因無他，梅格從妻子變成母親，從此只想當媽媽，不做妻子，難怪老公不想回家。讀到這段時，我心想，太簡單啦，梅格只要穿性感睡衣跟老公大戰一場，此關就輕易過了。再讀下去，咦，梅格確實是採取了相似做法，不過只是打扮漂亮跟老公吃燭光晚餐而已。可惜了後面直接換頁，跳行，下一章。

幸好，《小婦人》的作者畢竟是具有洞見的女子，能夠超越她本身的時空限制。筆下仍然創造了走在時代前緣的角色。我們可愛的女主角喬，果然是勇敢為感情負責的女大丈夫。不僅膽敢向心上人坦白（「你要走了我很難過」），而且是在老公毫無準備的混亂情況下接受求婚（「她的裙子已髒到沒救了，橡膠靴上滿是泥漿，帽子也全毀」）。簡單來說，老公不僅沒有買戒指，也沒有訂場地，甚至還在女主角妝髮全毀，大雨傾盆的路邊，就這樣求、婚、了。

其實，女人的愛欲真是世上最明亮的力量之一。這些外在世界的匱乏，在女人的愛情前，就像陰影遇到光，毫無辦法地消散。

我讀著喬把老費帶回家，「彎腰在傘下親吻她的老費」，覺得非常驕傲。一個深情的吻大約是《小婦人》系列能描繪的極限——但一個深情的吻，也正是古今中外女人承諾愛慾的終極表現了。

4 愛情

是的，一群女人的故事，不可能沒有愛情。女人就是愛。

《小婦人》的紀錄是真實的。乍看之下，那個年代的女人過於被動。太多嚮往，卻太多等待。書裏的女兒們談論未來，想像著為男人持家；她們等著男人邀舞，等著男人求婚。我讀來很不耐煩，但是，也很快察覺到，百餘年來女人的等待沒有太大改變。女人仍然渴望為男人持家（雖然房子要登記在自己名下）；等著男人邀舞（場景不過從宴會廳換到夜店）；也依舊等著男人求婚（儀式不過增添幾顆鑽石，幾朵玫瑰）。

小婦人們的愛情非常真實。諸多真實的掙扎：控制、逃避、寂寞、恐懼。凡是人，在愛情裡沒有不想控制的——控制是缺乏信任的症狀，而愛情正是鑄造人們信任的修煉場。梅格被求婚時耍的手段正是這種角力：

梅格害羞地偷瞄約翰一眼，看到他臉上掛著勝券在握的笑容，讓她不禁惱火起來。在良善小婦人胸懷裡沉睡的權力欲也驟然甦醒。她抽回雙手，任性地說，「請你走吧，讓我靜靜！」可憐的約翰，他的空中樓閣在耳邊轟然坍塌。「妳以後有沒有可能改變心意？不要玩弄我，梅格。」「我寧可你不要想到我。」梅格說，試煉情人的耐性和自己的權力，心中有種淘氣的滿足感。

梅格玩這一手，說穿了，不過就是一場自我加冕。這是女人的算計，贏要贏在婚姻的起跑點上，叫老公從今而後乖乖臣服於她。

不過，愛情永遠是大過於個人的——人只能在愛情之中，無法在愛情之上。後來，梅格在婚姻裡也學習到了這一點。她想要老公臣服於她，結果卻是她必須臣服於自己對愛情的承諾。

愛情當然還會照映出其他人性弱點。親愛的女主角喬，為了逃避羅利的感情，居然一跑就跑到紐約去了，連聖誕節都不回來。紐約風雪讓她變得沉默寡言，在大城市裡她轉向追求金錢，不斷發展灑狗血又超展開的小說，而那並不是她真正喜愛的風格。在姐妹都陸續出嫁之後——曾經深愛喬的羅利後來與妹妹艾美共結連理——喬的寂寞愈來愈清楚。

喬來到閣樓，看到四個併排的小箱子，每個都裝滿童年與少女時期的紀念品〔…〕好像所有人都要離開我了，我很寂寞。喬低頭靠在舒服的碎布包上哭泣。

我要變成老處女了。

這是喬的恐懼。其實也是作者的恐懼。緊跟著喬的感傷，作者洋洋灑灑整頁寫了老小姐的可怖之處——雖然作者是想寫老小姐的可愛，但她的反襯法卻讓可愛與可怖相互輝映。

老小姐嚴肅的衣著下有顆靜靜跳動的心，裡面藏著悲傷的愛情故事。〔…〕要同情他們錯過了人生最甜美的部分，該憐憫他們，而不是蔑視他們。老小姐無論多貧窮、無趣、拘謹〔…〕雖然喜歡說教、緊張兮兮，但也照顧你們。只要給這些老小姐一點關注，他們便會喜不自勝，因為所有女性只要活著就喜歡受人關注。

是的，渴望關注，是具有普世性的恐懼。愛是女人最大的功課之一，其原因不在於女人必然要追求愛情，而在於女人必然要駕馭由愛映照出的恐懼。在沒有他人關注的時候，女人仍然是可愛的嗎？一個多世紀前的小婦人，沒有能力給出肯定的答案；但二十一世紀的女人，應該可以自信地說，是的，我是可愛的，不因為他人愛我，而因為我本來就值得愛。

我本來就能給愛，我本來就吸引愛，我就是愛。

愛的美好也是真實無比的。愛不在別人身上，愛其實在自己身上。《小婦人》中親愛的喬，修愛情這門課，也是修得跌跌撞撞。從否認對愛情有所渴望，到逃避羅利的追求，她的第一場考試是勇敢堅持自己的感覺，對羅利說不。說不之後還有漫漫長路，還要經歷姐妹的死亡，體會心痛、心碎如何深刻。

一直要到心碎後，人才會意識到心真實存在。

走過萬水千山，喬終於意識到自己的心如何渴望親密，也終於準備好迎接自己的伴侶。老費的表白看似是遲來了，「在紐約道別那天，我沒有開口。

倘若當時我說了，妳會願意嗎？」「恐怕不會，因為那時我沒有心。」這也是喬真實的表白。

愛情只有一種降臨的時機，就是在女人準備好的時候。至於，什麼時候是準備好呢？

大約就是如同小婦人們的故事吧——有一些危機，有一些困難，需要離開家去探索世界，也需要回到家來面對自己。學習自我負責，學習承擔，學習接納自己負面的樣子，也學習打磨自己的優點。然後，在還沒有太滿意自己，但甘願接受挑戰的時候，愛就來了。

目錄 contens

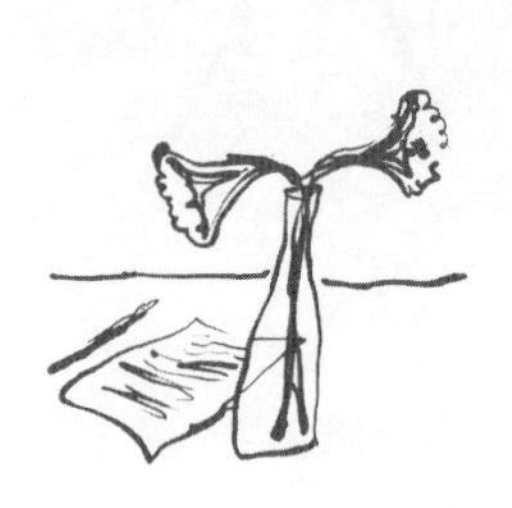

1 閒話

為了能夠有嶄新的開始，並且毫無懸念地去參加梅格的婚禮，我們先來講講馬區家的閒話吧。醜話先說，可能會有長輩嫌這個故事有太多「談情說愛」的內容，我想一定會有的（我不擔心年輕人會對這種情節有意見），那麼，我只能借用馬區太太說過的話來解釋：「我家有四個青春活潑的女兒，隔壁家又有個帥氣的年輕人，會這樣也很正常吧？」

三年的光陰，為這個平靜的家庭帶來不少改變。戰爭結束了，馬區先生平安返家，他忙於讀書，並且照顧小小的教區，他的天性很適合擔任牧師，也蒙受上帝的恩典。他文靜好學，擁有比學識更出色的睿智，慈善的心靈讓他將所有人類都視為「弟兄」，虔誠信念綻放成為他的人格，令人敬愛有加。

儘管，貧窮與過於正直的性格讓他無法得到世俗的成功，但崇高的人格卻吸引了許多景仰他的人，有如甜美香草吸引蜜蜂一般自然，他也同樣自然地分享智慧之蜜，經過五十年人生歷練的淬煉，不留一絲苦澀。熱血的青年們都發現，這位白髮學者的內心像他們一樣熱血青春；多慮煩惱的婦人本能地向他訴說猜疑或憂傷，知道一定能得到最溫和的憐憫、最睿智的建議；罪人向這位心靈純淨的長者招認罪孽，遭到訓斥的同時也得到救贖；天資聰穎的人在他身上找到同類；野心勃勃的人在他身上看到更崇高的理念；就連貪婪俗物也承認他的信仰美好真誠，雖然「賺不了錢」。

在外人的眼裡，五個精力充沛的女性似乎是家中主宰，許多方面也確實如此。然而，那位埋首書堆的安靜男人依然是一家之主，是這個家庭的良心、船錨與安慰；因為那些忙碌焦慮的女性總是會在遇到麻煩時去找他，在他身上找到為人夫、為人父的真正意義，不辜負這兩個神聖的字詞。

四個女兒將心交給母親保管，靈魂則交給父親。身為父母的他們，則為了女兒而勤勉生活、勞動，對女兒的愛隨著她們的成長而成長，以最甜美的方式溫柔地將全家人繫在一起，這樣的牽絆歌頌生命、超越死亡。

馬區太太一樣俐落開朗，只是比之前見面時多了不少白髮，她全心投入安排梅格的婚禮，以致於無暇前往醫院與收容之家。那些地方依然擠滿受傷的「孩子」與士兵遺孀，他們都非常想念有如慈母的牧師夫人。

約翰·布魯克英勇服役一年，受傷之後被送回家，他想重返戰場，但未獲得准許。儘管他沒有得到勳章或階級，但他絕對應該獲得褒獎，因為他為了國家不惜賭上所擁有的一切；人生與愛情在盛放的時刻格外珍貴。他不得不接受被迫退役的事實，專心療養，準備開創事業，打算賺錢買房迎娶梅格。他擁有良好的判斷力與堅定的獨立心，這是他的特質，他婉拒了羅倫斯先生慷慨提供的創業資金，選擇做初級簿記人員，他寧願先老老實實賺薪水，而不是借錢賭一把。

這段時間梅格等待成婚，也努力工作，她的個性變得更溫婉，更明智掌握家務的藝術，容貌也比以前更加出色；因為愛情是最有效的美容靈藥。她有著少女的理想與希望，因為不得不以儉樸的方式展開人生新頁而感到失望。奈德·莫法特不久前迎娶了莎麗·加迪納，梅格忍不住拿他們和自己做比較，他們擁有豪宅、馬車、許多禮物、華麗衣裳，她暗暗希望自己也能擁有。然而，一想到約翰付出多少愛與辛勞才換得這棟等她入住的小房子，所有羨慕與不滿都瞬間煙消雲散；當他們在暮色時分坐在一起思量各種小計畫，未來感覺變得更美好光明，她忘卻莎麗的奢華享受，感覺自己是基督世界最富有、最幸福的女孩。

喬後來再也沒去伺候馬區姑婆，因為老太太非常欣賞艾美，所以提出讓她向最好的老師學習繪畫作為收買；有這樣的條件，就算再難取悅的主人，艾美也願意服侍。於是她白天工作，下午娛樂，逐漸成長茁壯。喬全心投入文學，貝絲染上腥紅熱之後，雖然早已痊癒，但身體依舊虛弱。即便不是真正的病人，卻再也沒有恢復從前紅潤健康的模樣；不過她總是滿懷希望，快樂又文靜，許許多多安靜的工作讓她忙不停。她是所有人的朋友，更是家中的天使，早在那些最愛她的人學會欣賞之前，她一直便是如此。

《展翅鷹》繼續以一欄一元的價格買喬的文章，儘管她自己稱之為「垃圾」，但只要有這筆收入，喬就覺得自己是會賺錢的人，辛勤編織她的小小浪漫故事。不過，她忙碌的頭腦與充滿壯志的心靈正在醞釀許多偉大的計畫，閣樓裡的錫烤爐逐漸堆起塗改過的草稿，這些作品有一天會讓馬區這個姓氏登上名人堂。

羅利為了讓爺爺開心而乖乖去上大學，也為了讓自己開心，選擇以最輕鬆的方式混過去。他廣受歡迎，因為他擁有財富、禮儀、才華，他也有一顆最善良的心，經常為了替別人解決麻煩而使自己惹上麻煩。他非常可能學壞，就像許許多多原本前途光明的少年那樣，幸虧他有抵禦邪惡的護身符：一位慈愛的老人滿心期待他有所成就，一位宛如母親的好友將他當作親生兒子關愛，而最後也最重要的，則是他知道有四個純真的女孩崇拜他，全心全意相信他。

不過，他只是個「血氣方剛的年輕人」，當然也會嬉戲風流，追求時髦，性情不定、傷春悲秋、熱愛體育，畢竟這就是大學生的風格；戲弄人也被戲弄，滿嘴俚語，不止一次差點被退學。儘管精力過剩加上喜好玩樂導致他太愛惡作劇，但他總是能拯救自己，他坦白招認、老實受罰，再使出他操作完美的強大說服力，讓別人難以拒絕。事實上，他非常自豪每次都能千鈞一髮脫困，經常生動地描述他如何戰勝狂怒的教師、憤慨的教授、潰敗的敵人，讓馬區家的女孩們驚訝激動。在這些女孩眼中，「我班上的男生」是大英雄，「這群好傢伙」的事蹟她們聽再多也不厭倦，當羅利帶同學回家的時候，她們經常獲准享受這些偉大人物的和煦笑容。

艾美特別喜歡這樣的高度禮遇，變得有如他們之中的名媛：因為這位千金大小姐早早就感覺到上天賜予她的魅力，並學會如何應用。梅格的心全繫在她個人專屬的約翰身上，對其他青年才俊毫無興趣；貝絲則太害羞，頂多只能偷看，心中納悶艾美怎麼能那樣使喚他們；但喬卻是如魚得水，總是忍不住模仿那些男士的言行舉止，對她而言這樣比較自然，年輕淑女的禮儀不適合她。所有男生都立刻喜歡上喬，但沒有人愛上她，不過很少有人能逃過艾美的魅力，紛紛在她的神壇前感性嘆息。說到感性，自然會讓我們想到「斑鳩窩」。

那是布魯克先生準備好的房子，即將成為梅格婚後的第一個家。這個名字是羅利取的，他說極為適合這對溫和的愛侶，他們「就像一對斑鳩，整天恩恩愛愛、甜甜蜜蜜的。」

這棟房子非常小，後面有個小花園，前面有片像手帕一樣小的草坪。梅格打算在這裡弄個噴水池、樹叢，及大量美麗鮮花。不過，他們現在沒錢造噴水池，只好先放個老舊的甕，形狀有如倒茶水渣漬的碗，而且還相當破爛；樹叢也只是幾棵幼小的落葉松，似乎無法決定要長大還是枯死，大量美麗鮮花現在也還只是一堆木棒，用來標示播種的位置。然而，屋內整體而言非常舒適，在幸福的新娘眼中，從閣樓到地窖都沒有半點缺陷。事實上，走廊非常窄，幸好他們沒有鋼琴，因為絕對沒辦法完整地一整架搬進去。餐廳非常小，坐六個人就會太擠，廚房樓梯似乎故意設計成要讓僕人和瓷器滑落滾進炭箱裡。不過，只要適應了這些小缺陷，就會發現沒有比這裡更完備的住家，因為家具裝潢都運用了心思與品味，成果非常令人滿意。雖然沒有大理石桌、長鏡子，小客廳也沒有蕾絲窗簾，但是有實用的家具、許多書本、幾幅精美繪畫，凸窗前放著一瓶花，而且到處可以看到巧手精心製造的禮物，因為蘊藏愛的訊息而更加賞心悅目。

雖然放在布魯克親手建造的底座上，但羅利送的白色大理石賽琪[1]雕像並未因此失色；任何裝潢大師也無法把樸素的棉紗窗簾掛得更美，因為那是出自艾美的藝術家之手；喬和媽媽合力整理好梅格的幾個箱子、桶子、包袱，世上任何儲藏室都不會有這麼多的善意祝福、喜慶賀詞、幸福盼望；我敢用性命打賭，要不是有漢娜將每個鍋碗瓢盆都重新整理過至少十多次，新家的廚房絕不會如此舒適整齊，連柴火都已經堆好，為了讓「布魯克苔苔一進門就可以生火」。我也相信，絕不會有其他的年輕新娘一展開新生活就有用不完的抹布、鍋墊與雜物袋，因為貝絲縫製了非常多，足夠他們用到銀婚，她還發明了三種不同的洗碗布，專門用來清潔新娘的瓷器。

那些雇用別人做這些事的人，永遠不會知道他們錯過了什麼。因為只要出自於充滿愛意的雙手，就連最樸實的家務也會變得美麗。梅格一次次地證實這句話，因為在她的小窩裡，從廚房的桿麵棍到客廳的銀花瓶，全都述說著家人的愛與溫柔巧思。

她們一起做計畫時多麼歡樂、一起買東西時多麼慎重，她們犯了多少好笑的錯誤，羅利荒謬的小禮物引起多少開懷的爆笑！這位年輕紳士天生愛胡鬧，儘管已經快要大學畢業了，依然像個孩子。最近，他突發奇想，每週回家探望的時候，帶回一樣新奇、好用、又別出心裁的小東西送給年輕主婦。這星期是一包萬用曬衣夾，

1 希臘神話中與邱比特相戀的人類少女。

下星期就是肉荳蔻用的神奇磨板，第一次試用卻解體了，而刀具清潔器弄壞了所有刀，而地毯清潔器清光了絨毛並留下灰塵，省力肥皂會洗掉一層皮，強力黏著劑什麼都黏不住，上當的顧客只有手指會被牢牢黏住。各種奇怪的玩意都有，只能放一分錢硬幣的撲滿，還有神奇鍋爐，噴出的蒸氣可以清洗任何東西，只是很可能會在過程中爆炸。

梅格求他不要再送了，但他完全不聽。約翰嘲笑他，喬稱呼他「圖多先生[2]」。他發瘋似的想要支持北美創意產業，並且一心要讓好友的家不虞匱乏。於是每星期他都帶回一樣新的怪東西。

終於一切都安排好了，艾美甚至為不同裝潢色調的房間準備了不同顏色的肥皂，貝絲為這個家的第一餐布置好餐桌。

馬區太太和大女兒挽著手一起巡視新王國，這時她們顯得比之前更加相親相愛，她問：「妳滿意嗎？這裡有家的感覺嗎？妳覺得在這裡會幸福嗎？」

「是，媽媽，非常滿意，謝謝你們大家。我覺得無比幸福，不知道該怎麼言說。」梅格回答，她的表情比任何言語更能傳達。

「如果有一、兩個僕人就更好了。」艾美說，她從客廳走來，剛才她一直無法決定那座青銅墨丘利[3]雕塑比較適合放在陳設架上、還是壁爐架上。

「我和媽媽商量過這件事，我決定先自己試試看。反正沒多少事要做，而且有洛蒂幫忙跑腿打雜，我的工作量應該剛好夠讓我不會變懶惰、不會太想家。」梅格平靜地回答。

「莎麗．莫法特有四個僕人。」艾美吵著說。

「如果梅格有四個僕人，家裡會塞不下，主人夫婦只好在花園露宿了。」喬搶著說，一件過大的藍色背心圍裙把她全身罩住，她正忙著最後再將門把磨亮一次。

「莎麗不是窮人的妻子，要有很多僕人才適合她富裕的環境。梅格和約翰雖然一開始不是太富裕，但我感覺得到，這棟小屋子會有很多幸福歡樂，絕不輸給大

2 劇作家R.J. Raymond創作的二幕喜劇《The Toodles》中人物，他喜歡和妻子去拍賣會亂買東西，有些甚至只用一天就壞了。

3 Mercury，羅馬神話中為眾神傳遞信息的使者。

房子。很多像梅格這樣的年輕主婦都會犯同樣的錯，自己什麼都不做，只會打扮、使喚僕人、說長道短。我剛結婚的時候，很期待新衣服變舊或破損，這樣我才能享受修補的樂趣；因為只做那些華而不實的事情，除了自己的手帕什麼都不用管，這樣的生活讓我真心厭倦。」

「妳可以去廚房胡搞一通呀，莎麗說她都那樣，算是打發時間，雖然做出來的成品都不怎麼樣，而且僕人會笑她。」梅格說。

「我做過，結婚一陣子之後，但並非『胡搞一通』，而是向漢娜學習該怎麼做，僕人才不會笑我。雖然那時候只是在玩；但後來我真的非常感激，我不但願意下廚，也有能力為我幼小的四個女兒烹煮健康的食物，當我再也請不起僕人的時候，還能自己動手。梅格，親愛的，妳的歷程和我相反，但妳現在學到的技能以後會逐漸派上用場，等約翰慢慢富裕起來，無論身為女主人多麼光鮮亮麗，依然應該知道事情該怎麼做才對，這樣僕人才會認真地好好服侍。」

「是，媽媽，我一定會做到。」梅格恭敬地聆聽這場小型演說；因為賢慧女性最熱衷於持家相關的話題，一定會聊到渾然忘我。不久後，她們上到二樓，梅格看著充實完備的床單櫥櫃說：「妳們知道嗎，在我的這棟小小房子裡，我最喜歡這個房間。」

貝絲在這裡，正在將一堆堆雪白的床單順暢地放上架子，看到整整齊齊的樣子而開心不已。梅格一說出那句話，她們三個一起大笑；因為這個床單櫥櫃有個笑話。要知道，儘管馬區姑婆信誓旦旦地說，假如梅格嫁給「那個布魯克小子」，她絕不會給她半毛錢，然而隨著時間過去，她的怒火逐漸平息，也後悔說出那種話。她向來不會收回自己的話，所以一直在煩惱該怎麼迂迴地閃避，最後她終於想出一個滿意的計畫。卡羅爾太太，也就是佛羅倫絲的媽媽，她奉姑婆的命令，訂製了相當大量的床單與桌巾並且繡上姓氏，當成她的禮物送過去。儘管一切依計行事，但祕密還是洩露了，馬區家的人都覺得很好笑：因為馬區姑婆硬是假裝沒這回事，堅持說她什麼都不會給，除了那條老式的珍珠項鍊，很久以前她就答應要送給第一個出嫁的新娘。

「這是家庭主婦該有的品味，我十分樂見。我有個年輕的朋友，新婚配備只有六條床單，但她有待客用的洗手碗，所以她很滿足。」馬區太太說，摸摸那堆織花桌巾，展現出女性對精緻品質的真心讚賞。

「我一個洗手碗都沒有，不過，漢娜說這樣的『新婚配備』足夠我用上一輩子。」梅格的表情十分滿足，說不定真的夠她用上一輩子。

「圖多先生來了。」喬在樓下大聲說，她們一起下樓迎接羅利，因為她們的生活太平靜，所以他每週一次的造訪是件大事。

一個高大寬肩的年輕人走來，頭髮理成平頭，戴著毛氈圓帽，邁著大步往這裡走來，遇到矮籬笆時沒有停下來開門而是乾脆跨過，他直直走到馬區太太面前，伸出雙手，熱誠地說——

「我來了，媽媽！嗯，沒事。」

後面那句話是為了回答馬區太太，她用眼神傳達關懷詢問，那雙英俊的眼眸如此坦然的迎視，於是這場小儀式像平常一樣，以一個慈愛的吻作為結束。

「約翰·布魯克太太，身為成就這段姻緣的人，我要恭喜妳、讚頌妳。祝妳平安，貝絲！喬，妳真是令人耳目一新！艾美，妳越來越漂亮了，妳的美足夠分給好幾位小姐。」

羅利邊說邊將一個棕色包裹交給梅格，拉拉貝絲的髮帶，注視喬的大圍裙，假裝為艾美神魂顛倒，然後和所有人一一握手，大家開始說話。

「約翰在哪裡？」梅格焦慮地問。

「他去拿明天要用的證書，夫人。」

「泰迪，上次的比賽哪隊贏了？」喬問，儘管已經十九歲了，她依然對男士的體育活動深感興趣。

「當然是我們嘍，真希望妳在現場。」

「可愛的蘭道小姐還好嗎？」艾美露出意有所指的笑容。

「比以前更殘忍了，我都快憔悴而死了，妳沒看到嗎？」羅利拍一下寬闊的胸膛，發出響亮聲響，誇張地重重嘆息。

「這次他又帶了什麼好笑的東西來？梅格，快拆開來看。」貝絲好奇地看著凹凸不平的包裹。

包裹打開，裡面是個巡警用的手搖響板，女孩們全笑了。「這是居家必備的好東西，發生火災或遭小偷的時候很方便。」羅利解釋。

「梅格太太，約翰不在家的時候，如果妳覺得害怕，只要走到窗前搖幾下，很快整個社區的人就會全部醒來。很不錯吧？」羅利親身示範，而她們全部都掩住耳朵了。

「感謝我吧！對了，說到感謝，我想到妳應該向漢娜道謝，妳的結婚蛋糕差點毀掉，多虧她及時挽救。我來的時候，剛好看到蛋糕運進妳家，要不是她奮勇保護，我一定會偷吃，因為看起來實在太美味了。」

「羅利，我懷疑你不會有長大的一天。」梅格以老成的語氣說。

「我盡力了，夫人。可是恐怕我很難長更大，在這種墮落的年代，六英尺已經是極限了。」年輕紳士回答，他的頭幾乎碰到小水晶燈。「在這個嶄新的小窩裡吃東西似乎是一種褻瀆，可是我餓壞了，所以我提議散會。」他急著說。

「我和媽媽要等約翰回來。有些事情要做最後的安排。」說完之後，梅格便匆匆離開了。

「我和貝絲要去琪蒂．布萊恩那裡，拿明天要用的花。」艾美接著說，她拿起一頂別緻的帽子戴在別緻的鬈髮上，比任何人都欣賞美麗的效果。

「拜託，喬，不要拋棄朋友。我實在累慘了，要有人攙扶才回得了家。無論如何，千萬不要脫掉那件圍裙，真的非常好看。」羅利說，喬將他牙尖嘴利的挖苦收進寬大的口袋裡，伸出手臂支撐他蹣跚的腳步。

他們一起慢慢走出去，喬說：「好了，泰迪，我要認真和你商討明天的事，你一定要保證會守規矩，不會胡亂惡作劇，打亂我們的計畫。」

「我絕不會惡作劇。」

「還有不要在必須嚴肅的時候亂開玩笑。」

「我才不會呢，亂說話的人明明是妳。」

「還有，儀式進行中千萬不要看我，要是發現你看我，我會笑出來。」

「反正妳看不見我，妳會哭得亂七八糟，眼前一片濃霧，什麼都看不到。」

「除非有很苦惱的事，否則我不會哭。」

「例如老朋友上大學嗎？」羅利搶著說，暗示地笑了一聲。

「別自大了。我只是啜泣了一下，完全是為了配合姐妹。」

「可不是。對了，喬，這個星期爺爺心情如何？還好嗎？」

「非常好，怎麼了？你又闖了什麼禍，想知道到底是否會挨罵是吧？」喬相當不客氣地問。

「真是的，喬，剛才我看著妳母親的眼睛說『沒事』，如果有事我會那樣說嗎？」羅利猛然停下腳步，似乎很受傷。

「應該不會。」

「那就不要亂猜，我只是想要錢。」羅利重新邁開步伐，因為她真誠的語氣而恢復好心情。

「泰迪，你太會花錢了。」

「別搞錯，錢不是我花掉的，而是不知不覺消失了，我一回神才發現沒了。」

「你太大方、太好心，總願意借錢給他人，也無法對任何人說不。我們聽說韓修的事了，你幫了他很多忙。如果你把錢都這樣花掉，任何人都不會責怪你。」喬溫情地說。

「噢，他太小題大作了。他只是想要一點點幫助，妳應該也不會讓那個的大好人操勞到死吧？我們這種懶人，來一打也比不上他一個。」

「當然不會。不過，你有十七件背心、用不完的領帶，而且每次回來都戴新帽子，我不懂要這麼多有什麼用。我以為你已經過了趕時髦的階段了，不過這毛病好像不時會發作。現在流行扮醜嗎？把頭髮剪得像刷子一樣，穿瘋子的束衣、橘色手套，及笨重的方頭靴。如果雖然醜但是很便宜，那我沒有意見，不過這雙靴子和其他雙一樣貴，我一點也不喜歡。」

她的這波攻擊讓羅利仰頭大笑，毛氈圓帽都掉了，喬一腳踩上去，這樣的污辱反而給他機會展現粗糙現成服飾的好處，他將被踩扁的帽子撿起來塞進口袋。

「妳不要再責備我了，放我一馬吧。這個星期我已經夠辛苦了，我回家只想好好開心一下。明天我一定會振作起來的，無論要付出多少代價，都會滿足朋友的要求。」

「只要你把頭髮留長，我就不煩你了。我不是什麼貴族，但我不希望被人看到和格鬥選手走在一起。」喬無情地批評。

「這種謙遜的髮型有助於勤學，所以我們才剪成這樣。」羅利回嘴，如果責怪他虛榮就太過分了，畢竟他自願犧牲帥氣的鬈髮，剪成只剩四分之一吋的平頭。

「對了，喬，那個小帕克好像真的被艾美迷昏頭了。他經常提起她、寫詩，還會一副可疑的模樣做白日夢。」羅利沉默了一分鐘，然後說，「我看，他最好趁早打消主意，對吧？」他的語氣像在說什麼祕密，也很有兄長的派頭。

「當然嘍，我們希望接下來幾年這個家都不會有人出嫁。老天憐憫，這些孩子到底在想什麼！」喬震驚憤慨的程度，彷彿艾美和小帕克還只是幼兒。

「這個時代太輕浮，真不知道以後會變成什麼德行，女士。妳還只是個小寶寶，但下個出閣的就是妳了，喬，我們只能哀傷地悔恨。」羅利搖頭，感嘆時代太墮落。

「我？你別緊張，我不是好相處的人，沒有人會要我。這樣正好，因為每一家都該有個老小姐。」

「妳根本不給人機會。」羅利說，斜眼打量著她，曬黑的臉又比剛才更紅了一點。「妳不肯表現出性格中溫柔的一面，萬一有男生不小心看到，忍不住表示他喜歡妳，妳就會像狄更斯小說《塊肉餘生記》裡的古米治太太，總對追求的人潑冷水、動不動就滿身刺，讓人不敢接近妳、欣賞妳。」

「我不喜歡這種事，我太忙了，沒空為蠢事煩惱，我認為這樣和家人分開非常可怕。好了，別說這件事了。梅格的婚禮讓大家都頭腦不正常，整天只聊愛情和諸如此類的荒唐事。我不想發脾氣，所以快點換個話題吧。」喬的模樣彷彿隨時準備潑冷水，就算只是一點挑逗也會被她立刻澆熄。

無論羅利有什麼感受，他低聲長長吹了一下口哨作為抒發，在柵門外道別時，他說出可怕的預言——「記住我的話，喬，下一個就是妳。」

2 第一場婚禮

那個清晨，門廊旁的六月玫瑰一早便亮麗綻放，在晴朗無雲的陽光下全心祝賀，有如友善的小小鄰居。花兒在風中搖曳，紅潤的臉龐因為興奮而更加嫣紅，竊竊私語互相分享看到的事情；有些花從餐廳窗戶偷看到豐盛的餐點，有些則爬上樓對三姐妹點頭微笑，她們正忙著為新娘梳妝打扮，其他花朵舞動歡迎來來去去的人們，他們在花園、門廊、走道上奔波處理各種大小事。所有花朵，無論是最粉紅的盛放大花，還是最蒼白的嬌小花苞，全部為溫柔的新娘獻上美麗與芬芳，長久以來她一直那麼愛它們、照顧它們。

梅格自己也像一朵玫瑰。那一天，她的心與靈魂中最美好、甜蜜的部分全部在臉上綻放，讓她的臉龐顯得嫵媚嬌豔，流露比美貌更迷人的魅力。她不肯用絲綢、蕾絲、橙花作為裝飾。她說：「今天我不想打扮得怪裡怪氣或妖豔浮誇，我不要時髦的婚禮，只要我愛的人在身邊就好，我希望讓他們看到最熟悉的我。」

於是，她親手縫製結婚禮服，密密縫進少女心中最溫柔的希望與最純真的浪漫。三個妹妹將她美麗的頭髮編成辮子，她身上唯一的裝飾是幾朵鈴蘭，因為那是「她的約翰」最喜歡的花。

打扮好之後，艾美開心地欣賞。「妳看起來確實就像我們親愛的梅格，只是更可愛、更漂亮。要不是擔心弄皺妳的禮服，我一定會擁抱妳。」

「那我就滿意了。不過，大家儘管來擁抱、親吻我吧，別擔心我的禮服：今天我希望以這種方式多多弄皺衣服。」梅格對三個妹妹敞開懷抱，她們抱著她整整一分鐘，臉蛋如同四月春陽，感受到雖然有了新的愛，但既有的愛並沒有改變。

「現在我要去幫約翰繫領巾，然後去書房見爸爸，和他安靜獨處幾分鐘。」梅格跑下樓進行這些小儀式，然後一直黏著母親，走到哪、跟到哪。她很清楚，儘管母親臉上掛著笑容，但心中暗藏感傷，因為第一隻幼鳥要飛離鳥巢了。

三個妹妹站在一起，為她簡單的裝扮做最後打點，現在很適合描述一下這三年之中她們外表的變化；因為此刻，她們每一個都是最漂亮的模樣。

喬的稜角變得比較柔和，她學會自在的姿態，儘管或許不夠優雅。短髮髮留長，變成豐盈波浪，配合高大身軀上的小臉，顯得更加迷人。她曬黑的臉頰有一抹清新的紅潤，眼中有溫和的光彩，而伶牙俐齒的她今天只說溫柔的話語。

貝絲長大之後變得苗條、蒼白，也比以前更安靜，美麗善良的眼眸顯得更大，雖然眼神並不哀傷，但總會令人感到難過。那一張很能忍耐的可憐年輕臉蛋帶著痛楚陰影，但貝絲很少抱怨，總是滿懷希望地說：「很快就會好起來」。

艾美現在是公認的「家中之花」，因為十六歲的她已有成年女性的風韻——那並不是美貌，而是優雅，一種難以形容的魅力。她的五官、雙手的姿勢與動作，衣裳的線條、頭髮的垂墜，在在都體現這件事，那並非刻意，卻極為和諧，在許多人眼中，她迷人的程度不輸美貌。艾美的鼻子依然令她失望，因為永遠不會變成希臘人的高鼻，而她的嘴巴也一樣，有點太寬，而且下唇太厚。這些受她嫌棄的五官讓她的長相更有個性，但她自己看不出來，只好安慰自己有美麗潔白的肌膚、明亮的藍眸，一頭髮髮則比之前更金黃豐盈。

她們三個全都穿著銀灰色薄衣裳（她們最好的夏季服裝），頭髮和胸前配戴粉紅玫瑰；三個人都是此時該有的模樣——臉龐清新、內心歡樂的少女，暫時放下忙碌的生活，以惆悵的眼神閱讀女性浪漫故事中最甜美的一章。

這一場婚禮沒有裝模作樣的儀式，一切盡可能自然、有家的感覺。因此，當馬區姑婆抵達時，她簡直嚇壞了，因為新娘竟然親自跑出來帶她進去，新郎忙著重新掛起掉落的花環，她還瞥見新娘的父親兼牧師一臉嚴肅地衝上樓，兩手各挾著一個酒瓶。

「我不得不說，這也太胡鬧了吧！」老夫人嚷嚷，坐在為她特別準備的榮譽席上，整理著深紫色雲紋綢裙襬，發出窸窣的聲響。「孩子，妳應該等到最後一分鐘才能出來見人。」

「姑婆，我不是展示品，而且也沒有人會來觀賞我、批評我的禮服，猜我的婚宴花了多少錢。我太開心了，不在乎別人怎麼說、怎麼想，我要用我喜歡的方式進行我的小婚禮。約翰，親愛的，榔頭拿來了。」梅格一邊說著，一邊過去幫「那個男人」進行極端不得體的工作。

布魯克先生甚至沒有說「謝謝妳」，不過，當他彎腰接過毫不浪漫的工具時，在拉門後面吻了一下他的小新娘，他的眼神讓馬區姑婆急忙拿出手帕，因為她銳利的老眼突然起霧了。

一聲巨響、一下哀嚎、羅利狂笑，接著傳來粗野的喊叫，「朱彼特阿蒙神！喬又把蛋糕弄壞了！」瞬間引起一場騷動，當一大群表親到場時，喧鬧還沒完全平息，接著就像貝絲小時候常說的那樣，「客人開始了」。

每個房間都擠滿了人，羅利比所有人都高，一頭黑髮很顯眼。「不要讓那個大個子年輕人靠近我，他比蚊子還煩人。」老姑婆對艾美說。

「他答應過，今天會很守規矩，他想做到的時候，也可以表現出完美高雅的儀態。」艾美回答，飄然離開去警告赫丘力士小心惡龍，沒想到卻適得其反，他卯足全力纏著老姑婆，差點把她逼瘋。

雖然沒有新娘走紅毯的演出，但是當馬區先生與年輕新人在綠葉拱門下就位時，全場瞬間變得肅穆。母親與三個妹妹聚集在旁邊，彷彿不願意讓梅格離開，父親主持時也哽咽了不止一次，反而讓儀式顯得更加美好莊嚴；新郎的手明顯在發抖，沒有人聽到他的回答，但梅格直直望著丈夫的雙眼說「我願意」，她的臉龐與聲音都展現出如此柔情的信任，她母親的心歡欣鼓舞，馬區姑婆大聲吸鼻子。

喬真的沒有哭，只有一次差點哭出來，不過，因為她清楚感覺到羅利盯著她看，所以才死命忍住，他黑眸裡的壞壞神情很好笑，混合著喜悅與感動。貝絲的臉一直藏在母親肩頭，但艾美的姿態彷彿高雅雕像，一束美麗的陽光照亮她潔白的前額與髮際的鮮花。

雖然新娘不該這樣，但梅格一完婚立刻哭了出來，「第一個吻獻給媽咪！」然後轉身將全部的心意灌注在這個吻中。接下來十五分鐘，她比之前更像一朵玫瑰花，因為每個人都徹底享用他們的特權，從羅倫斯先生到老漢娜，她今天戴的頭飾製作嚴謹而美麗，她在走廊上一把抱住她，同時又哭又笑。「祝福妳，親愛的，祝福妳一百次！蛋糕一點也沒有損傷，一切都很美好。」

接著，大家收拾起情緒，紛紛說著美好的祝福話語，有些人雖然盡力而為但效果差強人意，不過沒關係，當心靈輕快時，隨時都有笑聲相伴。沒有展示禮物，因為所有禮物都已經在小房子裡使用了，也沒有奢華的婚宴，只有蛋糕配水果的豐盛午餐，以鮮花裝飾。羅倫斯先生和馬區姑婆互相微笑聳肩，因為三個青春女神端著的飲料只有水、咖啡，及檸檬水。沒有人說什麼，直到堅持要服務新娘的羅利端著滿滿拖盤出現在她面前時，表情顯得非常困惑。

他低聲問：「難道喬不小心打破了所有酒？還是我眼花了？今天早上我明明看到有幾瓶酒的。」

「不是，是你爺爺好心提議要送我們最好的酒，馬區姑姑也送了幾瓶過來，不過，父親將一些收起來留著給貝絲喝，剩下的都送去士兵之家了。你知道，他認為只有病人需要喝酒，作為一種藥物，而媽媽則說，她自己和她的女兒都不會在她家的屋簷下給任何年輕男子喝酒。」

梅格的語氣很嚴肅，她以為羅利會蹙眉或大笑，但他都沒有。他看了她一眼，然後以特有的魯莽態度說：「我認同，因為我見識過太多人因此受害，真希望其他女人也這麼想！」

「該不會是你的親身經歷吧？希望不是。」梅格的語氣有些焦慮。

「不是啦，我保證。但也不要把我想得太美好，對我而言，酒沒有誘惑力。

我從小生長的環境裡，酒和水一樣普通，幾乎毫無壞處，我不喜歡酒。但如果是美女獻上的，那就很難拒絕了，妳知道。」

「不過你必須拒絕，就算不為了你自己，也要為其他人著想。快答應我，羅利，今天是我人生中最幸福的一天，讓我錦上添花吧。」

這個要求來得很突然而且太嚴肅，讓年輕人猶豫了一下，因為雖然他能自制，但還是很怕被別人嘲笑。梅格很清楚，他一旦做出承諾，絕對會不計代價遵守，她感覺到自己身為新娘的權力，於是為了關心朋友而充分運用。她沒有說話，只是抬頭看著他，表情因為幸福而充滿說服力，她的笑容表明著「今天沒有人能拒絕我的任何要求」，而羅利當然也不能，於是他報以微笑，對她伸出手，真心誠意地說：「我答應妳，布魯克太太。」

「謝謝你，非常、非常感謝。」

「讓我敬你一杯，『祝你的決心永存』，泰迪。」喬大聲說，揮舞杯子，檸檬水濺出來噴到他身上，對他露出讚賞的笑容。

祝福的飲料喝完了，誓言成立。儘管未來有諸多誘惑，他依然沒有破戒，因為這兩個女孩憑藉本能的智慧，把握這個歡慶時刻，為朋友做了一件好事，他會畢生感謝她們。

午餐過後，大家四處走動，三三兩兩地在屋內或花園參觀，享受天上的陽光與心中的陽光。梅格與約翰碰巧一起站在草坪中央，羅利靈光乍現，為這場不流俗的婚禮添上最後的歡樂。

「我們模仿一下德國人的習俗，所有已婚的夫妻手牽手圍著新郎新娘跳舞，我們未婚的人和老小姐配對在外圍跳舞！」羅利大聲說，拉著艾美舞過小徑，他的活力與技巧太有感染力，所有人紛紛學習他的榜樣，沒有任何抱怨。馬區夫婦和卡羅爾姑姑夫婦率先開場，其他人迅速加入，就連莎麗・莫法特也在稍事猶豫之後，將長裙襬掛在手臂上，拉著奈德加入圈圈。不過，最好笑的絕對是羅倫斯先生和馬區姑婆，莊嚴的老紳士踏著舞步鄭重走向老夫人，她將枴杖塞在手臂下，輕快地跳步加入，和其他人牽著手圍繞新郎、新娘跳舞，花園各處都是年輕人，有如盛夏的蝴蝶。

因為大家都快喘不過氣了，於是這場臨時舞會宣告結束，之後賓客開始散場。

「親愛的，我希望妳過得好，我真心希望妳一切順利，不過我相信妳會後悔。」馬區姑婆對梅格說，後來新郎送她上馬車的時候，她又對他說：「你得到了一件珍寶，年輕人——希望你配得上。」

「我好久沒有參加過這麼美妙的婚禮了，奈德，我不懂為什麼，因為根本沒有格調可言。」莫法特太太在馬車上對丈夫說。

「羅利，好孩子，如果你有一天想結婚，務必要娶馬區家的小姑娘，那我就心滿意足了。」羅倫斯先生說，坐在安樂椅中休息，一上午的激動興奮讓他累壞了。

「爺爺，我會盡力實現你的心願。」羅利異常順從地回答，小心翼翼解下喬插在他鈕眼中的花束。

新居的小房子距離不遠，梅格唯一的新婚旅行，就是和約翰一起從娘家走去新家。當她下樓來，一身美麗的的貴格教派裝束，草編帽、綁著白色緞帶的灰色衣裳，他們全都聚集在她身邊道別，氣氛感傷，彷彿她要踏上遙遠旅程。

「親愛的媽咪，不要覺得我和妳分開了，也不要因為我這麼愛約翰就擔心我對妳的愛會減少。」她抱著母親說，一下子熱淚盈眶。

「父親，我每天都會過來，雖然我已經結婚了，還是要為我保留你們心中的位置。貝絲會常常和我在一起，其他妹妹也會不時來我家，取笑我被家務打敗的糗態。謝謝你們所有人，我的大喜之日很幸福。再會、再會！」

大家站著不動目送她，每個人的臉上寫滿愛、希望，以及溫柔的自豪。她走出家門，依偎著丈夫臂膀，雙手拿著滿滿的鮮花，六月陽光照亮她幸福的臉龐，梅格的婚姻生活就此展開。

3 各種藝術嘗試

人們往往要花很長的時間才能分辨才華與天賦，尤其是那些滿懷雄心壯志的年輕男女。在歷經許多磨難後，艾美才明白兩者的差別。曾經，她將熱忱誤解為靈感，以年輕人特有的勇往直前，嘗試了所有藝術類型。

「泥巴餅」維持了很長一段時間，接著她全心投入精細的鋼筆畫，並在這方面展現出高度品味與技巧，她優美的作品不僅賞心悅目，也收益頗豐。不過，鋼筆畫太耗眼力，於是很快也被扔在一邊，換上粗獷的火鉗烙畫。在她沉迷的那段時間，全家總是提心吊膽，生怕會發生火災。整個家裡隨時都瀰漫著木頭燃燒的氣味，閣樓與棚屋飄出濃煙的次數多得令人心驚，到處都是燒得發紅的火鉗，漢娜睡覺時一定會在房門口擺上一桶水和晚餐搖鈴，以防發生火災。他們在發黴的木板背面發現筆觸豪邁的拉斐爾畫像，啤酒桶頂端則出現酒神巴克斯；糖桶的蓋子上多了個唱歌的小天使，而《蓋瑞克向女店員買手套》[4]這幅作品讓她全神貫注了好一陣子。

從火到油是很自然的轉變，因為手指燙傷了，艾美以不曾稍減的熱情投入油畫。一位藝術家朋友將不要的調色盤、畫筆、顏料送給她，於是她開始辛勤作畫，創作出許多田園與海濱景色，但都是在大地與海洋上從未出現過的風景。她筆下的牛有如巨獸，絕對能在農產展覽會上得大獎；而她筆下的船隻角度如此傾斜，就連航行經驗老練的船員也會光看就暈船，前提是那些徹底違反造船原則的船隻沒有先讓他笑到抽搐、昏厥。膚色黝黑的小男孩與眼神憂鬱的聖母躲在工作室一角盯著人，看不出來是在模仿穆里羅[5]；油膩膩的模糊棕色臉龐上，悽慘的線條出現在不該出現的地方，看不出來是在模仿林布蘭；而豐滿的女士與水腫的嬰兒，也看不出是在模仿魯本斯；模仿特納[6]的結果則是一場暴風雨，藍色雷光、橘色閃電、棕色暴雨、紫色雲層，正中央有個番茄色的東西，可能是太陽也可能是浮球、水手的上衣、國王的長袍，看畫的人想怎麼解讀都行。

接下來是炭筆畫。全家人的肖像掛成一排時，狂野瘋癲的模樣彷彿剛從炭箱裡爬出來。炭筆變成比較溫柔的蠟筆素描，這次的成果好一些；因為相似度提升，艾美的頭髮、喬的鼻子、梅格的嘴唇、羅利的眼睛都被認為「妙極了」。接下來，又回到黏土與石膏，家中每個角落都擺著親朋好友鬼魂般的塑像，不然就是從櫥櫃架子上跌落砸到頭。她誘拐小朋友當模特兒，他們胡亂描述她神祕的行為，導致艾美小姐在外人眼中有如少女魔怪。然而，她在雕塑上的努力突然告終，因為發生了一起不幸的意外，徹底澆熄她的熱情。由於實在找不到模特兒，於是她不得不用自己漂亮的腳做模型。

有一天，家人聽到恐怖的撞擊聲與尖叫聲；緊張地跑去救援，卻發現年輕熱情的藝術家在棚屋裡到處亂跳，一隻腳困在裝滿石膏的盆子裡，她沒想到石膏會乾得這麼快。經歷一番辛苦與一些危險，她才終於脫困，而喬幫她去除石膏時笑到失

4 蓋瑞克（David Garrick）為十八世紀英國演員。此處艾美模仿藝術家紐頓的畫作《尤利克牧師與女店員》（*Yorick and the Grisette*）。

5 穆里羅（Bartolomé Esteban Murillo, 1618-1682），巴洛克時期西班牙畫家。

6 特納（Joseph Mallord William Turner, 1775-1851），英國浪漫主義風景畫家。

控，以致於刀子不小心戳太深，割到那隻可憐的腳，這次的藝術嘗試至少留下了一個不會消失的紀念。

之後，艾美沉寂了一陣子，直到風景素描的狂熱來襲，她踏遍河流、原野、森林，研究美麗風景，嘆息著描繪遺跡。她感冒很多次，因為太常坐在潮濕的草地上，專心臨摹「動人的小東西」，可能是一塊石頭、一根木樁、一支蘑菇、一根折斷的毛蕊花，也可能是「美麗至極的雲層」，可是畫下後，看起來卻像是在展示羽毛床。她犧牲白晰的膚色，在盛夏陽光下乘船飄盪，研究河面光影，因為太常「取景」——總之，就是她瞇起眼睛裝模作樣，所以鼻子上多了一條皺紋。

米開朗基羅曾說：「天才是無盡的耐心。」倘若真是如此，那麼，艾美肯定擁有上天加持，因為無論經歷多少阻礙、失敗、沮喪，她依然堅毅不拔，相信假以時日她的作品一定能登上「高級藝術」殿堂。

於此同時，她也在學習、進行、享受其他事情，因為她下定決心，即使無法成為偉大藝術家，也要成為有魅力、有教養的女性，這方面她較為成功，因為她是那種得天獨厚的人，不必太努力就能取悅別人，到處都有朋友，她的生活態度如此優雅閒適，沒有那麼好命的人們都相信她出生時受到幸運星保佑。所有人都喜歡她，因為她的美好天賦中包括了圓融的手腕。她本能地知道怎麼做才能討人喜歡、盡善盡美，總是對恰當的人說恰當的話，總是在對的時間做對的事，而且她總是那麼沉著，姐姐們常說：「就算沒有任何準備就進入宮廷，艾美也知道該怎麼進退應對。」

她的缺點是太想進入「頂尖的上流社會」，卻不明白真正的上流是什麼。金錢、地位、流行的技藝、高雅的儀態，在她眼中，這些都是最值得追求的東西，她喜歡與擁有這些東西的人來往，經常把虛假錯當為真實，欽佩不值得欽佩的人。她從不曾忘記自己出生時家裡環境高尚，她努力培養上流品味與情感，如此一來，當機會來臨時，她就能抓住現在因為貧窮而失去的地位。

她的朋友給她取了個綽號叫「貴婦」，她也一心嚮往成為真正的貴婦，在心中她已經是貴婦了，但現在她還沒學到，金錢買不到天生的優美，階級不代表高貴，無論外在環境多困苦，真正上流的教養依然能夠顯現。

有一天，艾美進來，一派莊重地說：「媽媽，我想請妳幫個忙。」

「喔，小姑娘，什麼事？」母親回答。在她眼中，這一位端莊的年輕淑女依然只是「小寶貝」。

「下星期我們的繪畫課要放假了，同學各自去放暑假之前，我想請她們來玩一天。她們很想看看河流、素描的那座斷橋，臨摹我畫冊中她們喜歡的東西。她們在許多方面都對我很好，而我非常感激，因為她們很富有，也知道我很窮，但依然沒有看輕我。」

「她們當然不會！」馬區太太傲然說，女兒們將這種狀態稱之為「瑪麗亞・特蕾莎[7]氣勢」。

「妳我都很清楚，幾乎所有人都會因為貧窮而看輕我們，所以啦，母雞媽媽，就算妳的小雞被更漂亮的鳥兒啄了，也別氣得鼓起羽毛，因為醜小鴨也會變天鵝的，妳知道。」艾美的笑容毫無苦澀，因為她天性開朗、滿懷希望。

馬區太太大笑，按捺住身為母親的自尊，然後問——

「好吧，我的天鵝，妳打算怎麼做？」

「下星期我想請同學來吃午餐，駕車帶她們去想去的地方，或許去河上划船——為她們舉辦一場小小的藝術饗宴。」

「這樣的安排應該可行，午餐妳想準備什麼菜色？蛋糕、三明治、水果、咖啡，這樣應該就足夠了吧？」

「噢，老天，不！我們一定要準備冷牛舌、雞肉、法國巧克力，另外還有冰淇淋。我同學習慣吃這些，我希望午餐稱頭又優雅，雖然我必須工作賺錢討生活。」

「一共有幾位小姐？」母親問，表情開始變得嚴肅。

「一共有十二到十四個，不過，我敢說她們不會全都來。」

「老天爺，孩子，要載她們出遊，妳得去租一輛公共馬車才行了。」

「唉，母親，妳怎麼會有這種想法？很可能頂多只有六到八個人來，我只要租一輛沙灘拖車，然後借用羅倫斯先生的油籃馬車。」（其實是「遊覽馬車」，但漢娜都說成「油籃馬車」。）

7 哈布斯堡君主國史上唯一女性統治者，統治範圍覆蓋奧地利、匈牙利王國、克羅埃西亞、波希米亞、特蘭西瓦尼亞、曼托瓦、米蘭、加利西亞和洛多梅里亞、奧屬尼德蘭及帕爾馬。

「艾美，這些要花很多錢。」

「其實還好，我已經算過花費了，我會自己出錢。」

「親愛的，那些女生已經習慣了奢侈的東西，就算我們再努力對她們而言也毫無新意，說不定簡單的計畫反而會讓她們更開心。就算沒有別的，至少是新體驗，這樣對我們也比較好，不用去購買或租借我們不需要的東西，硬是擺出不符合我們處境的派頭。妳不覺得嗎？」

「如果不能照我的意思，那就不要辦了。我知道我一定能完美執行，如果妳和姐姐願意幫一點忙就更好了，我都願意自己出錢了，我不懂為什麼不行。」艾美下定了決心，越反對只會讓她越頑固。

馬區太太明白，經驗是最好的老師，雖然她願意讓孩子用比較輕鬆的方式學習，但實在不行的時候，也只好讓她們吃點苦頭學教訓。尤其是當她們堅決抗拒她的建議，宛如抗拒清理消化系統的瀉鹽和決明子。

「那好吧，艾美，既然妳心意已決，妳就照妳的意思做吧，盡可能不要花費太多金錢、時間，也不要鬧脾氣，我就說到這裡。去和姐姐商量，無論妳決定怎麼做，我會盡力幫妳。」

「謝謝，媽媽，妳總是這麼慈祥。」艾美跑去和三個姐姐商量她的計畫。

梅格立刻答應，承諾會幫忙，她樂意借用她所擁有的一切，從她的小屋子到最好的鹽匙。但喬對整個計畫都很不滿，一開始還說不想參與。

「妳何苦花自己的錢、讓家人煩惱、把整個家搞得天翻地覆，只為了取悅不把妳放在眼裡的一群女孩？我以為妳有足夠的自尊與常識，不會去諂媚世俗女子，不會只因為她們穿法國靴子、坐豪華馬車就對她們卑躬屈膝。」喬正在看小說，在悲劇高潮來臨時被打斷，所以情緒不適合任何社交活動。

「這才不是諂媚，我像妳一樣討厭高高在上的人！」艾美憤慨回嘴，每當提起這種話題，這兩個姐妹依然會吵不停。「那些同學很喜歡我，我也喜歡她們，儘管妳說她們只會盲目跟隨流行，但其實她們很善良、很務實，也很有才華。妳不在乎別人是否喜歡妳，不想進入上流社會，培養禮儀與品味。但我想，我要好好把握每個機會。只要妳喜歡，儘管大剌剌地做人處事，伸出手肘、仰起鼻子自以為獨立。但我不要那樣。」

當艾美施展嘴上功夫說出心裡的想法，她通常都會贏，而且往往常識也站在她這一邊，而喬熱愛自由，極度地厭惡那些陳腐的規矩，在吵架的時候往往落於下風。艾美形容喬的獨立思想實在說得太好笑，最後兩姐妹一起大笑出來，氣氛接著變得緩和許多。儘管喬不甚甘願，但最後依然同意犧牲一天配合「小心眼女士」，幫助妹妹完成計畫，儘管她心中稱之為「胡搞瞎搞」。

邀請發出，大部分的同學都接受了，下個星期一就是舉辦這場盛大活動的日子。漢娜很不高興，因為她整個星期的工作流程都被打亂了，她陰森地預告「既然連日常的的洗衣熨燙都那麼不順，其他事情就更不會順」。家務機器的大彈簧運作失靈，讓全家人憂心忡忡，然而艾美的格言是「切莫絕望」，一旦決定好要怎麼做，就會克服萬難堅持做到。第一個障礙：漢娜煮出來的食物很失敗，雞肉太老、牛舌太鹹，而巧克力無法凝結。蛋糕和冰淇淋的價格則超出艾美的預期，拖車也是，其他許多花費也是，一開始以為只是小錢，但累積起來卻相當驚人。貝絲感冒臥床，梅格突然有很多訪客所以必須待在家，喬的心思太渙散，以致於打破東西、發生意外、接連犯錯的狀況比平常更多、更嚴重、更惱人。

「要不是有媽媽幫忙，我絕對撐不下去。」後來艾美這麼說，她滿懷感激回憶這件事，而其他人早就把「那個季節最大的笑話」給徹底忘記了。

倘若星期一天公不做美，那同學就改在星期二來，這樣的安排讓喬和漢娜都憤怒到極點。星期一早上，天氣陰晴不定，這樣比下大雨更令人不知所措。一點小雨、一點陽光，又是一點微風，天氣始終無法下定決心，到最後時間已經太晚了，所有人都無法決定。艾美破曉就起床，把所有人從床上挖起來，催促大家吃早餐，這樣才來得及打掃整理。她忽然發現客廳異常寒酸，但她沒有呆站在那裡哀嘆她欠缺的東西，而是巧妙利用她所擁有，搬動椅子遮住地毯破損的地方，用框在長春藤裡的圖畫掩飾牆上的污漬，用自己做的雕像裝飾空蕩蕩的角落，讓客廳增添藝術氣息，喬隨意放置的一瓶瓶鮮花也很有幫助。

午餐很賞心悅目；她檢查的時候誠摯希望味道也一樣好，更希望借來的玻璃杯、瓷器、銀器能平安回家。馬車已經在待命了，梅格和母親都準備好迎接客人，貝絲可以在幕後幫忙漢娜，喬會盡可能表現得活潑親切，儘管她心思渙散、頭痛不已，而且對所有人、所有事都極度不齒。艾美疲憊地更衣打扮，在心中激勵自己，想像著即將來到的歡樂時光，在午餐平安結束後，下午就能載著朋友外出享受藝術的喜悅，而她最大的賣點就是「油籃馬車」與斷橋。

接下來是反覆折磨的兩個小時，她緊張地在客廳與門廊間來回走動，大家的意見像天氣一樣複雜。同學預定十二點抵達，但十一點的大雨顯然澆熄了她們的熱忱，因為沒有人出現；到了兩點，精疲力盡的一家人坐下，在刺眼陽光下吃掉這頓大餐中會壞掉的菜色，以免浪費。

第二天早上，陽光喚醒艾美，她說：「今天的天氣沒有問題，她們一定會來，所以我們快點準備好迎接她們。」她說得很振奮，然而，心中卻後悔不該說改到星期二，因為她的興致像蛋糕一樣，有點乾掉了。

「我買不到龍蝦，所以今天妳得少一道沙拉了。」馬區先生說，他的表情有些淡淡的絕望。

「那就用雞肉吧，雖然太老，但放進沙拉就無所謂了。」他太太建議。

「漢娜只是把雞放在廚房桌上一下子，小貓就跑去咬了。艾美，真的很抱歉。」貝絲說，她依然是貓咪的守護者。

「既然如此，我非得買到龍蝦不可，因為只有牛舌不夠豐盛。」艾美斷然說。

「要我衝去鎮上訂一隻嗎？」喬壯烈的語氣有如準備赴死。

「妳會直接抱著龍蝦回來，不用紙包起來，故意惹我生氣。我自己去。」艾美說，她快要控制不住脾氣了。

她戴上厚重的面紗，挽著雅致的外出提籃出發，覺得在冷風中坐車能安撫她煩亂的精神，讓她重新振作起來面對今天的辛勞。略微延遲之後，她想要的東西終於到手了，她還買了一瓶醬汁，免得回家之後得浪費更多時間。她再度上車出發，很慶幸自己有遠見。

公共馬車上，除了她只有一位昏昏欲睡的老太太，於是艾美將面紗收進口袋，思索她的錢都花到哪裡去了，藉此打發時間。她一心忙著計算艱難的數字，以致於沒有察覺新乘客上車，他沒有攔車就直接跳上來，直到一個男性的聲音說：「早安，馬區小姐。」她才終於抬起頭，忽然發現眼前出現羅利最貴氣的大學同學，艾美慌張祈求他比她早下車，徹底忘記腳邊的提籃，她很慶幸自己穿了新的外出服，以平時溫柔開朗的態度回應年輕紳士。

他們相處得很愉快，因為艾美很快就得知他會比較早下車，於是最大的煩惱解決了，老太太下車時，她正興高采烈地高談闊論。沒想到老太太蹣跚走向車門時，不小心踢翻了提籃，噢，真糟糕！那隻尺寸粗俗巨大、顏色鮮豔刺眼的龍蝦公然出現在這位督鐸家的公子眼前。

「老天，她忘記把晚餐帶走了。」毫不知情的年輕人大喊，用手杖將龍蝦撥回籃子裡，準備追上去交給老太太。

「拜託不要——那——那是我的。」艾美喃喃說，臉幾乎像龍蝦一樣紅。

「噢，真的嗎？請見諒，這隻龍蝦真是非常出色，對吧？」督鐸格外體貼地說，正經關切的態度完全沒有辜負他的教養。

艾美在一次呼吸的時間內就恢復鎮定，將提籃大方放在座位上，笑著說——「這隻龍蝦要拿來做沙拉，你難道不想嚐嚐嗎？順便認識一下即將享用菜色的那些美麗年輕淑女？」

這才叫手段高超，她同時打中男性內心的兩大弱點；龍蝦瞬間被愉快的回憶賜予光環，而「美麗年輕淑女」更徹底轉移他的心思，讓他將這場好笑的災難拋在腦後。

督鐸鞠躬離開時，艾美想著：「我猜，他應該會和羅利一起拿這件事說笑，但至少我不會在場，這也是種安慰。」

回家之後，她沒有說出這次的遭遇（不過，她發現因為打翻提籃，醬汁灑出來沿著裙子流動，毀了她的新衣服），只是專心進行準備工作，但現在感覺比之前更令人厭煩；十二點到了，一切準備就緒。她覺得鄰居都在關住她的舉動，非常希望今天能盛大成功，掩蓋昨天的失敗，於是她叫來「油籃馬車」，興高采烈地出發迎接客人來享用大餐。

「我聽到馬車聲了，她們來了！我要去門廊迎接，這樣感覺比較好客。那可憐的孩子大費周章，我希望她玩得開心。」馬區太太說完就走到門廊上。但只是瞥了一眼，她帶著難以描述的表情急忙回到屋裡，因為那輛大車上只有艾美和一位年輕小姐，感覺十分可憐。

「貝絲，快跑，去幫漢娜把桌上的東西收掉一半。只來了一個客人，擺出十二人份的大餐很可笑。」喬大喊，急忙跑去廚房，因為太緊急，她甚至沒有停下來大笑一場。

艾美進來了，開朗殷勤地招呼唯一守約的客人，儘管狀況突然，但其他家人也同樣成功扮演好各自的角色。艾略特小姐覺得她們全都非常風趣，因為她們很難完全壓抑心中的笑意。大家愉快享用重新整理過的午餐，客人參觀畫室和花園，熱烈討論藝術，然後艾美叫了一輛輕便馬車（可惜了那輛高雅的油籃馬車！）載著朋友靜靜在街道上兜風，直到日落時分，當「客訪結束」的時候。

艾美走進家門，模樣非常疲憊，但像平常一樣端莊，她發現那場不幸的盛宴已經消失無痕，只有喬的嘴角似乎揚起可疑的角度。

「妳們下午出去兜風很開心吧？親愛的。」她母親說，語氣沒有半點揶揄，彷彿十二個客人全都出現了。

「艾略特小姐非常親切，我覺得她似乎十分愉快。」貝絲說出她的觀察心得，比平常更加溫暖。

「可以分我一些蛋糕嗎？我真的很需要，我有太多客人，我自己做不出這麼美味的蛋糕。」梅格一本正經地問。

「全部拿去吧，家裡只有我一個人喜歡甜食，我還沒吃完就會發霉了。」艾美回答，心中嘆息想著，她這麼慷慨地盛大準備，結果卻是這樣！

「真可惜羅利不在，不然他可以幫忙吃。」喬說，這是她們兩天內第四次坐下享用冰淇淋與沙拉。

母親告誡的眼神讓她明白自己不能繼續說下去，全家人英勇地默默吃著，直到馬區先生淡淡地說出心中的想法，「沙拉是古人最喜歡的菜色，約翰．伊夫林[8]——」這時全體放聲大笑，打斷了「沙拉的歷史」，博學的紳士大吃一驚。

「把所有東西裝進籃子裡，送去胡梅爾家吧——德國人喜歡大雜燴。我受夠了，不想再看到這些東西，你們沒必要因為我的愚蠢而全部死去或吃到撐。」艾美抹著眼淚說。

「看到妳們兩個小姑娘坐著那輛叫什麼來著的大車，搖搖晃晃像大果殼裡的兩顆小果仁，而且媽媽還一派莊重地等著迎接大批客人，我真以為我會笑死。」喬

8 約翰．伊夫林（John Evelyn, 1620-1706）英國作家，其創作記述了當時的事件與生活，讓後人更加瞭解。

嘆息，因為笑到沒力氣了。

「親愛的，很遺憾妳失望了，不過我們全都盡力滿足妳的要求了。」馬區太太說，語氣充滿母親的懊惱。

「我確實滿足了。我完成了我的計畫，會失敗不是我的錯，至少我能如此安慰自己。」艾美說，聲音有一點顫抖。「非常感謝妳們願意幫我。如果接下來至少一個月的時間，妳們可以不要拐彎抹角提起這件事，我會更加感激。」

接下來的幾個月都沒有人提及，不過，「盛宴」這個詞總會勾起所有人的微笑。此外，羅利送艾美的生日禮物是一隻珊瑚小龍蝦，作為錶鏈上的裝飾。

4 文學試煉

幸運女神突然對喬微笑，扔了一枚幸運幣在她的道路上。雖然不是金幣，不過我認為就算給她五十萬，也比不上這種方式帶給她的一小筆收入，因為她得到了真正的喜悅。

每隔幾個星期，她就會把自己關在房間裡，穿上寫作行頭「落入創作漩渦」，她自己如此形容，她投入全部的心與靈魂寫小說，因為在寫完之前，她無法得到平靜。她的「寫作行頭」包括一件黑色背心圍裙，她可以盡情在上面抹擦筆尖，還有一頂質料相同的軟帽，上面裝飾著亮麗的紅色蝴蝶結，她會將頭髮全部塞入帽中，清除障礙、準備作戰。對家人而言，這頂帽子可以作為評估她狀態的依據，他們會在她埋頭寫作時，刻意不打擾，只偶爾探頭進去關心詢問，「喬，靈感爆發了嗎？」就連這種問題，他們也很少放膽開口問，他們會觀察帽子的狀況，判斷寫作是否順利。倘若這頂表達能力豐富的帽子低低壓著前額，就表示她正在努力寫作；當她激動的時候，帽子會被胡亂撥歪；當大作家陷入絕望時，帽子會被摘下來扔在地上。遇到這種時候，進來關切的家人會默默離開，等到紅蝴蝶結重新回到才華洋溢的眉毛上，他們才敢和喬說話。

她認為自己怎樣都算不上是天才，不過當寫作狂熱來襲，她會將自己徹底投入，感受狂喜，完全拋開慾望、關心、壞天氣。她安全歡喜地坐在想像世界中，那裡的朋友對她而言那麼真實、親愛，不輸有血有肉的人。她不眠不休，三餐放在一旁一口都沒嚐，日夜都嫌太短，不夠讓她好好享受只有這時才會降臨的快樂，就算沒有帶來其他好處，能夠全心寫作就值得她投入時間。這樣天啟的靈感通常會持續一、兩週，然後她就會爬出「漩渦」，飢腸轆轆、睡眠不足、脾氣暴躁或沮喪。

她剛脫離這樣的狀態，就被請託陪克洛克小姐去聽演講，她的善行得到回報，得到一個新點子。那是一場大眾課程——主題是金字塔——喬相當困惑，這種場合怎麼會講這種主題，但她沒想到，儘管這些聽眾滿腦子忙著思考煤炭和麵粉的價格，人生中要解決的無數問題，每一個都比人面獅身的謎語更加困難，或許講述法老王的光榮歷史能夠導正巨大的社會不公，滿足極度匱乏。

她們太早到了，克洛克小姐正忙著將襪子腳跟處拉好，喬觀察其他聽眾的臉孔自娛。她左手邊坐著兩位已婚婦女，前額碩大，頭上的軟帽也很大，她們一邊織蕾絲，一邊討論女權。再過去一點的地方坐著一對樸實無華的情侶，毫不做作地牽著彼此的手，一位嚴肅的老太太從紙袋拿出薄荷糖吃，一位老紳士蓋著黃色大手帕小睡片刻預作準備，等一下才能睡得更好。她的右手邊只有一個人，一位感覺很好學的少年專心在看報紙。

那一頁有幾幅插圖，喬研究最靠近她的那幅圖畫，閒閒地想著究竟發生了多麼慘絕人寰的不幸事件，竟然需要用上這麼誇張的插圖：一個穿著全套軍服的印度人倒在斷崖邊，一匹狼咬住他的咽喉，旁邊則有兩位憤怒的年輕紳士持刀互刺，小腳大眼睛顯得很不自然，遠處的背景則有一位衣衫不整、嘴巴大大張開的女性狂奔逃離。那位少年準備翻頁，發現她在看，於是分給她半份報紙，率直地說：「想看嗎？這個故事很精采。」

喬微笑收下，因為她就算長大了，還是一樣喜歡和少年相處，很快她便陷入老套的謎團，愛情、懸疑、謀殺——因為這個故事屬於輕鬆文學的類型，狗血恣意噴灑，當作者的創意耗竭時，就來場大災難，一舉抹去一半的登場人物，存活下來的另外一半，則會因為其他人的悽慘結局而歡天喜地。

當她的視線移到手上那部分的最後一段時，少年說：「很厲害吧？」

「我敢說，就算是你我，只要願意寫，也能寫出差不多的東西。」喬回答，他竟然如此讚賞這種垃圾，令她感到很好笑。

「如果寫得出來就太幸運了，聽說她靠寫這種故事過著很優渥的生活。」他指著故事標題下方的作者姓名，「S·L·A·N·G·諾斯伯瑞太太」。

「你認識她嗎？」喬問，突然很感興趣。

「不認識，不過我讀過她的所有作品，我認識一個在這家報社工作的人。」

「你剛才說，她靠寫這種故事就能過得很優渥嗎？」喬重新看著插圖上情緒激昂的人們，以及遍布整個頁面的驚嘆號，心中多了一份尊敬。

「我想一定是！她很清楚大眾喜歡什麼，因為作品能吸引讀者，報酬很高。」

演講開始了，但喬幾乎沒有聽見內容，因為當山茲教授正在介紹義大利探險家貝佐尼、古夫法老王、聖甲蟲，及象形文字時，她偷偷撕下報社的地址，放膽決定要投稿參加報社徵文，最精采的聳動故事能贏得一百元獎金。當演講結束，聽眾從瞌睡中醒來，她已經為自己累積了可觀的財富（俗話說，書中自有黃金屋），她深刻思考故事情節，無法決定應該先決鬥再私奔，還是先殺人再決鬥。

回家之後，她沒有說出她的計畫，而是第二天就投入工作。母親覺得很不安，每當「靈感爆發」的時候，她的表情總會有些焦慮。喬從來沒有嘗試過這種類型，她為《展翅鷹》寫的都是些溫和的羅曼史，這樣她就很滿足了。她的戲劇經驗與廣泛閱讀此刻派上用場，讓她想到該如何製造戲劇效果，為她提供情節、語言與服裝。儘管她對掙扎與絕望這類痛苦的情緒體驗有限，但依然盡可能讓故事充滿那些情節，因為場景設定在里斯本，於是她安排了一場大地震，作為出人意料又十分恰當的結局。她偷偷寄出原稿，附上一張字條，謙遜地說，作者不敢奢望得獎，但若貴社認為有所價值，希望能得到相應的報酬，無論多少都十分感謝。

六週的等待相當漫長，要一個女孩保密這麼長的時間感覺更加漫長，但這兩件事喬都做到了，正當她放棄希望，以為再也看不到那份原稿時，一封寄到家中的信件令她忘記呼吸，因為一拆開信封，一張面額一百元的支票落在她腿上。那一刻，她只是呆呆看著，彷彿那是一條蛇，讀完信件內容後便哭了出來。倘若寫這封信的好心紳士能夠得知，他所寫的善意內容為另一個人類帶來多大的歡喜，如果他有任何空閒時間，一定會全部用來寫信作為娛樂；因為對喬而言，這封信比那筆錢更珍貴，因為裡面有著滿滿的鼓勵。她努力了這麼多年，很高興知道自己至少學到了「一些東西」，儘管只是聳動故事的寫作。

恐怕少有比她更自豪的年輕女性，鎮定情緒後，她給家人一個大驚喜。她一手拿著信、一手拿著支票，宣布她得獎了！當然所有人都開心極了，故事出刊之後每個人都讀了，而且大肆讚美。儘管，後來父親對她說，這篇故事的文藻優美，戀愛情節新鮮又感人，悲劇相當令人激動，但他搖搖頭，以超脫世俗的語氣說——

「喬，妳可以寫出更好的文章。要以崇高的成就作為目標，不要在乎金錢。」

「我認為錢是最好的部分，妳打算怎麼用這筆錢？」艾美問，以崇敬的眼神看著那張支票。

「送貝絲和媽媽去海邊休養一、兩個月。」喬毫不遲疑地回答。

「噢，太棒了！不，我不能接受，這樣太自私了。」貝絲激動地說，她細瘦的雙手交握，長長吸了一口氣，彷彿渴望海邊清新的微風，但她急忙停止，揮手要姐姐拿開在她面前晃動的支票。

「啊，可是妳一定要去，我下定決心了。我之所以嘗試投稿就是為了這件事，也是為此才會得獎的。如果只想著自己，我不會有這種動力，為妳的奉獻帶給我很大的幫助，妳看不出來嗎？更何況，媽咪需要換一個環境，但她不可能丟下妳，所以妳一定要去。如果妳回來之後變成像以前一樣圓潤、有好氣色，不是很有趣嗎？喬醫生藥到病除，大家為她歡呼！」

於是，經過反覆討論之後，她們去了海邊。儘管，貝絲回來時沒有如預期中變得圓潤、有好氣色，但健康依然改善許多，馬區太太則宣稱自己覺得年輕了十歲；喬對這筆獎金的投資感到非常滿意，便開開心心繼續寫作，打定主意要賺到更多令人喜悅的支票。那一年她確實賺到許多張支付，開始覺得自己在家裡有地位了，因為她憑著筆下的魔法，讓「垃圾」為家人帶來舒適。《公爵千金》付清了肉店的欠帳，《鬼手》為家中換了新地毯，《考文垂家的詛咒》則成為食物與衣裳造福馬區一家。

財富絕對令人垂涎，但貧窮也有好的一面，身在窘境最大的好處，就是能夠對頭腦與雙手辛勞得來的一切感到滿足；需求會讓人生出靈感，世上大半睿智、美麗、實用的東西都源自於此。喬享受這樣滿足的滋味，不再羨慕有錢人家的女兒，因為自給自足便能得到極大慰藉，她不必向人伸手要一毛錢。

很少有人留意她的作品，但她仍逐漸找到市場，這個事實讓她得到鼓舞，於是更加放膽追求名聲與財富。她把小說抄寫修改了四次，讀給所有密友聽，膽戰心驚地寄給三家出版社，她終於收到好消息，但條件是必須刪減掉三分之一的內容，而且全都是她特別喜愛的部分。

喬召開家庭會議，她說：「現在我有兩種選擇，一是將稿子拿回我的烤爐中，重新修改之後自費出版，不然就是配合出版社的刪減，能賺多少是多少。家裡出個名人雖然很不錯，不過有錢更方便，因此我希望大家一起討論這個重要的問題。」

「孩子，不要毀了妳的書，這本書比妳自己所認知的更有價值，而且構想上也鋪陳得很好，就放著等時機成熟吧。」父親如此建議，他是個言行如一的人，自己耐性十足地等了三十年，期待自己的果實成熟，即使到了現在，果實已經甜美熟軟了，他依然不急著採收。

「我認為比起等待，接受試煉對喬更有好處。」馬區太太說。「書評是文學作品最好的試金石，會點出她沒想到的優缺點，能幫助她下一本寫得更好。我們的看法太偏頗了，外人的讚美與指責會更有幫助，就算她賺不了多少錢也一樣。」

「對，就是這樣。」喬皺著眉頭說。「我花太多時間改來改去，以致於早已搞不清楚到底是好是壞，或根本平淡無奇。讓頭腦冷靜、立場中立的人看一下，聽見他們的想法，應該很有幫助。」

「我覺得一個字都不該刪，不然這本書就會毀了。故事中最有趣的部分，就在於角色內心而不是行動，如果不隨著情節推進一邊解釋，會變得太過混亂。」梅格說，她堅定地相信這是有史以來最出色的一本小說。

「可是艾倫先生說，『刪去解釋，盡量簡短、刺激，讓角色自己說故事。』」喬搶著說，以出版社的修改建議來辯解。

「照他的意思吧，他最清楚怎樣才能賣錢，我們不知道。先出一本好看的書獲得讀者支持，想辦法多賺一些錢。慢慢地，等出名之後，就算脫離模式也不會影響銷售，到時候就能寫一些充滿哲理和形上學精神的角色。」艾美說，她以全然務實的角度看待這個問題。

喬笑著說：「唉，假使我的角色真的『充滿哲理和形上學精神』，那也不是我的錯，因為我根本不懂這些東西，只聽父親偶而談過。如果他睿智的想法能出現在我寫的羅曼史裡，那就更好了。貝絲，輪到妳了，妳怎麼想？」

「我希望盡快看到這本書出版。」貝絲只是簡單地表示，帶著滿臉的笑容，但她不自覺地強調「盡快」這個詞，那雙從不曾失去童稚真誠的眼眸流露渴望，喬的心因為不祥的恐懼而凍結了一下，立刻決定要「盡快」進行她的小小投機事業。

於是，這位年輕作者以斯巴達式的堅毅，將處女作放在桌上，大刀闊斧地刪減，如同魔怪一般無情。她希望能讓每個人都開心，於是採納了所有意見。結果，有如老人騎驢的那個寓言故事，誰都沒有討好。

她父親喜歡無意中寫進去的形上學痕跡，所以這部分獲准保留，儘管她本身有些疑慮。她母親認為描述確實有些太多，於是幾乎全部刪除，就連許多故事中必要的關鍵也一起刪除。梅格喜歡悲劇，於是喬製造出重重的苦難。而艾美不喜歡逗趣情節，於是喬本著誠心刪除所有輕快活潑的場景，讓書中憂愁嚴肅的角色免於出醜。最後，她刪除三分之一的內容，徹底毀掉這本書，然後悄悄將這本可憐的小羅曼史寄出去，彷彿把受傷的知更鳥扔進龐大繁忙的世界，接受命運的考驗。

唉，書確實赴梓了，她賺到三百元，同時得到許多讚美與指責，兩方面的程度都超出她的預期，她完全被弄糊塗了，過了好長一段時間才恢復。

「媽媽，妳不是說書評會對我有幫助？可是意見如此矛盾，我搞不清楚我寫的書究竟是前途無量，還是觸犯了十誡的所有禁令。」可憐的喬嚷嚷著，將一堆信件翻來翻去，信裡的內容讓她一下感到得意歡喜，一下又變得憤怒沮喪。「這個人說『極度精采的佳作，充滿真實美好與誠摯，情節甜美、純潔、健全。』」困惑的作者接著說。「另外一個人卻說，『這本書的理論基礎糟糕透頂——充滿無謂妄想、迷信玄祕，角色太不自然了。』這就怪了，因為我根本沒有理論基礎，而且我不相信玄祕，我的角色全都取材自真實人生，我實在看不出來這篇評論哪裡正確。又有另一個人說，『這是近年來美國難得出現的小說佳作』（根本不是，我自己最清楚）；下一位則說，『儘管很有新意，但力量與感情太過激烈，這本書很危險。』才不是呢！有人訕笑、有人過譽，而且所有人都堅持我一定想展現什麼深刻的理論，其實我只是為了樂趣和報酬才寫這本書。真希望當初是選擇出版完整版，不然就乾脆別出了，我討厭這種偏差的誤解。」

她的家人與朋友展現出支持之意，大大給予稱讚，然而，敏感又自尊強烈的喬還是很難過，因為她出於良善的心意，卻讓結果顯得很糟。不過，這本書的出版確實對她有幫助，因為一些意見有重要的價值，給予她公正的評論，正是作家最需要的教育。儘管一開始很受傷，但她後來也能笑看這本可憐的小書，仍對這本書有信心，經過這次打擊之後，她覺得自己變得更堅強、更有智慧。

「雖然我不像濟慈是個天才，但也死不了。」她強悍地說。「而且我很清楚那些人多好笑，直接取材自現實人生的情節被貶低為虛假、荒謬，而那些從我傻腦袋裡瞎編出來的場景，卻被稱讚為『自然有韻味、洋溢柔情、反應現實』。總之，多少算是為我帶來一些安慰，等我準備好了，一定會東山再起。」

5 新婚生活

許多年輕主婦新婚時，都下定決心要成為主持家務的典範，而梅格也不例外。約翰覺得家裡如天堂般舒適，永遠看得到笑臉迎人的妻子，每天都有豐盛的三餐，衣物上一顆鈕釦都不會少。她在家務工作中投入那麼多愛、能量與喜悅，儘管有一些阻礙，但她勢必會成功。

她的天堂並不祥和，因為這個小女人總是匆匆忙忙、太急於討好，她就像聖經裡辛勤的馬大一樣，因為有太多要打點的事而忙個不停。有時候，她會累到連微笑的力氣都沒有。

有一次，精美的餐點讓約翰消化不良，他竟然不知感激地要求換成簡單的菜色。至於鈕釦，很快她就發現這種東西竟然會憑空消失，男人的粗心讓她連連搖頭，威脅他再弄掉就自己縫，看看他急躁的拉扯與笨拙的手指是否會比她做得好。

即使他們發現生活不能只有愛，但依然非常幸福。在約翰眼中，梅格的美貌不曾減少，即使她微笑時手裡端著日常的咖啡壺；梅格也沒有覺得每天送丈夫出門時的儀式不夠浪漫，儘管他吻她之後會補上一句：「親愛的，我去肉鋪請他們送晚餐用的肉過來，妳要小牛肉還是羊肉？」

這棟小房子不再是夢幻的新居，而是真正的家，小夫妻很快就發現這樣其實更好。一開始，他們像在玩辦家家酒遊戲，像小孩一樣嘻笑胡鬧；後來，約翰的工作逐漸穩定，感受到肩上扛著一家之主的責任，而梅格收起麻紗衣裳，穿上大圍裙便開始投入家務，就像之前說過的那樣，熱忱有餘但考量不足。

烹飪狂熱的那個階段，她認真研究康尼留太太所寫的《新嫁娘烹飪指南》，她做過書中的每一道菜，像是解開數學習題一樣，以耐心與細心解決所有問題。有時候實驗成功但分量太多，她不得不請家人們來幫忙吃；實驗失敗的時候，就會交給洛蒂偷偷帶回家，不讓任何人看到，消失在胡梅爾家眾多小孩的胃裡。約翰檢查帳本的晚間，她的烹飪熱忱會暫時熄滅，接下來一陣子都吃得很簡單，這種時候，可憐的約翰只能被迫吃麵包布丁、馬鈴薯泥、加熱的咖啡，這對他的靈魂是種考驗，不過他以值得讚許的堅忍撐過。然而，還沒找到家計的黃金比例，梅格又冒出了新主意，而且很少有年輕夫妻能過得了這一關——自製果醬。

身為主婦，她希望讓儲藏室擺滿手工果醬，於是想到要自己動手做醋栗醬，她要求約翰訂購一打左右的小罐子、多一點糖，因為他們的醋栗已經熟了，必須立刻處理。由於約翰堅定相信「我的妻子」是最厲害的，非常以她的手藝為榮，於是決定要盡可能滿足她，將家中唯一可以收成的農產做成最美味的果醬，整個冬季都可以享用。於是他請店家送來四打漂亮的小罐子，半桶糖，還找了個小男孩來幫忙採醋栗。她將漂亮長髮塞進軟帽裡，袖子捲到手肘處，穿上格子圍裙，儘管是背心款式，但依然很俏麗，年輕主婦開始動工，認定絕對會成功，她不是看漢娜做過好幾百次嗎？一開始，罐子的數量讓她相當驚訝，但約翰實在太喜歡果醬，而且這些小罐子放在架子上一定很賞心悅目，於是梅格決定要裝滿所有罐子，她花了很長的時間，辛辛苦苦採摘、煮沸、過濾，為了果醬殫精竭慮。她盡了全力，參考康尼留太太的食譜，也努力回想漢娜是怎麼做的，而她又少做了哪個步驟。她再次煮沸、

的，梅格一直沒機會展現她的過人之處，直到現在。這種事情總是發生在最不幸的時刻，難以避免，我們只能納悶、哀嘆，盡可能忍受。

若非約翰徹底忘記了做果醬的事，或許還可以原諒他好死不死竟然偏偏選了這一天，沒有預先通知就帶朋友回家。他很慶幸今天早上訂了一塊好肉，他滿心相信回家時一定煮得恰到好處，他同樣真誠期待，當美麗的妻子奔出門外迎接他，他的朋友看到之後會有多欣羨，他會帶朋友進入美麗家園，身為年輕的主人與丈夫，心中洋溢無法壓抑的滿足。

然而，約翰回到斑鳩窩時卻大為失望。平常大門都會敞開溫馨迎接，現在不只關著，而且還上鎖，昨天沾到泥巴的台階今天依然沒有清掃乾淨。客廳窗戶關著，窗簾拉上，他沒看到身穿白衣的美麗妻子忙於女紅，頭髮上裝飾著誘人的小蝴蝶結，也沒有看到眼眸晶瑩的女主人害羞微笑迎接客人。這些全都沒有——一個人影也不見，只有一個男孩在醋栗叢下睡覺，他身上整個染紅，像流血一樣。

「家裡好像出了什麼事。史考特，你先去花園，我去找布魯克太太。」家中一片死寂、毫無動靜，令約翰十分緊張。

他快步繞到房子後面，跟著糖燒焦的刺鼻氣味尋找，史考特先生慢慢跟在後面，臉上掛著好奇的表情。布魯克先生進屋裡之後，他停下腳步，謹慎地站在一段距離之外，但他看得見也聽得見裡面的動靜，身為單身漢，他很期待接下來會發生什麼事。

廚房裡的氣氛迷亂絕望，一種版本的果醬在鍋子間流動，另一種版本的灑在地上，第三種版本則在爐子上徹底燒焦。洛蒂不愧為德國裔，非常鎮定，若無其事地吃著麵包配醋栗糖漿，因為果醬依然是絕望的液體狀態，布魯克太太用圍裙蒙著臉沮喪啜泣。

「親愛的太太，發生什麼事了？」約翰高聲問，急忙衝進廚房，以為會看到妻子手燙傷，或突然發生什麼慘劇，想到客人還在花園裡等，他心中暗暗焦急。

「噢，約翰，我真的好累，好熱、好生氣、好懊惱！我努力了好久，一點力氣也沒有了。快過來幫我，不然我一定會死掉。」疲憊的主婦依偎在他的胸前，給他最甜蜜的歡迎，不只態度甜，身上也滿是甜味，因為她的圍裙灑到果醬，像地板一樣。

「親愛的，妳在煩惱什麼？發生了什麼不幸的事嗎？」約翰焦慮地問，柔情親吻小妻子的頭頂，她的帽子整個歪了。

「對。」梅格絕望哭泣。

「快點說給我聽，別哭了，只要妳不哭什麼都好。快點說吧，我的愛。」

「果、果醬不肯凝結——我不知道該怎麼辦！」

約翰．布魯克放聲狂笑，這是他唯一一次笑得這麼瘋狂，後來再也不敢了。在外面看好戲的史考特聽到這樣的笑聲不禁莞爾，但他的狂笑變成壓垮梅格的最後一根稻草。

「就這樣？扔到窗戶外面，不要再想了。妳想要果醬，我買幾大桶給妳，拜託妳不要歇斯底里，我帶傑克．史考特回來吃飯——」

約翰沒有說完，因為梅格推開他，雙手以悲慘的姿勢交握，重新倒回椅子上，用混合了憤慨、責備與沮喪的語氣說——

「廚房亂成這樣，你竟然還帶朋友回來吃飯！約翰．布魯克，你怎麼可以做這種事？」

「噓，他在花園，我忘記可惡的果醬了，不過現在沒辦法了。」約翰用焦慮的眼神觀察廚房的狀態。

「你應該先派人通知我，不然今天早上講一聲也好，你難道沒想過我有多忙？」梅格鬧起脾氣。就算是斑鳩，生氣的時候也會啄人。

「今天早上我還不知道，我也沒時間派人回來通知，因為我是在下班回家的路上遇到他。我沒想到要先問妳，因為妳總是說我可以隨時帶客人回家。我從來沒有這麼做過，以後要是我再這麼做，就讓我上絞刑台吧！」約翰有些氣憤地說。

「希望不會！立刻帶他走，我不能見他，我沒有煮飯。」

「哼，我才不要！我不是叫店家送來牛肉和蔬菜嗎？怎麼沒煮？還有，妳不是答應要做甜點？」約翰高聲質問，急忙走向儲藏室察看。

「我沒有時間煮飯，我原本想回娘家吃。對不起，我真的忙不過來——」梅格再次落淚。

約翰是個溫和的人，但他也只是凡人，上班辛苦了一天，又餓又累回到家，滿心期待享受家的溫暖，沒想到家裡卻一團亂，晚餐沒有著落，妻子又情緒惡劣，他實在很難保持好心情與好態度。不過他克制住脾氣，這場小爭執原本可以就這樣過去，但他說錯了一句話。

「我承認，確實很糟糕；不過只要妳願意幫忙，我們來想辦法解決，還是可以很開心。別哭了，親愛的，快打起精神，隨便弄點什麼給我們吃。我們兩個都餓壞了，無論吃什麼都好，就給我們冷肉、麵包、乳酪吧，我們不要求果醬。」

他只是想開個無傷大雅的玩笑，沒想到「果醬」那個詞卻注定了他悲慘的命運。梅格認為他太狠心，竟然在她傷口上灑鹽，她的最後一絲容忍也消失了。

「既然這麼糟糕，那你快點走吧，我實在沒力氣，沒辦法『打起精神』招待任何人。男人就是這樣，竟然要給客人啃骨頭、搭配寒酸的麵包和起司。帶那個史考特去我娘家，和他說我出遠門了，不然就說我生病或死掉了，隨便都好。我不要見他，你們兩個儘管嘲笑我和我的果醬吧，這裡除了果醬什麼都沒有。」梅格一口氣說完所有氣話之後，便拋開圍裙，頭也不回離開戰場，回臥房去自艾自憐。

她完全不知道她缺席的時候，那兩個男人做了什麼。約翰沒有帶史考特先生去「娘家」，他們一起出門之後，梅格下樓來，發現他們胡亂拼湊的晚餐殘跡，感到十分錯愕。洛蒂向她回報，說他們「吃了很多，笑得很開心，先生叫她扔掉所有果醬，再將罐子藏好。」

梅格很想向媽媽訴苦，但她自己也有不是之處，她覺得很可恥，也是出於對約翰的夫妻之義，「雖然他很狠心，但不必讓別人知道。」她克制衝動，簡單收拾之後，她打扮得漂漂亮亮，坐下等約翰回家求饒，她再大方原諒。

很可惜，約翰沒有回來求饒，在他眼中看來根本沒什麼好原諒。他和史考特把這件事當成笑話，盡可能為小妻子的缺席道歉，他殷勤招待客人，史考特覺得這頓臨時拼湊的晚餐相當愉快，答應下次會再來。不過，約翰其實很生氣，只是沒有表現出來，他認為梅格讓他陷入窘境，又在他最需要的時候拋棄他。

「她明明說，我隨時可以帶朋友回家，完全不用顧慮，我聽她的話真的帶回來了，她又發脾氣責罵我，丟下我自己一個人手忙腳亂，受人嘲笑、憐憫。不，我對天發誓，她不可以這樣！我一定要讓梅格知道。」吃飯時，他心中一直在嘔氣，不過他送史考特出去之後，自己散步回家時，火氣下降許多。「可憐的小東西！她這麼殷切想要討好我，一定非常辛苦。當然，她做錯了，不過她還這麼年輕，我一定要耐心教導她。」他希望她沒有跑回娘家，他討厭閒言閒語、外人干預。

光是想到這裡，他的火氣一下子又上來了，不過他馬上又開始擔心梅格是否會哭到生病，於是又再次心軟，便加快腳步，決心要以冷靜和善的態度對待她，但是要堅定，非常地堅定，讓她明白自己沒有善盡配偶的責任。

梅格同樣決心要拿出「冷靜和善但堅定」的態度，要讓他明白自己的責任。其實她很想跑去找他，求他原諒，她相信他一定會吻她、安慰她，不過她當然沒有這麼做。看到約翰回家時，她坐在搖椅上做針線活，一邊哼著歌，有如在豪華客廳打發時間的貴婦。

約翰有一點失望，她竟然沒有像神話中的尼俄伯那樣，因為傷心而化做岩石；不過，他的尊嚴讓他要求對方先道歉，於是他沒有開口求饒，只是悠閒地走進家門，躺在沙發上，淡淡說了一句話——

「親愛的，新月出來了。」

「嗯，很好啊。」梅格同樣淡然地說。

布魯克先生繼續提了幾個避重就輕的話題，但都被布魯克太太潑冷水，對話越來越難繼續。約翰走到窗前，攤開報紙一頭鑽進去，當然這只是個比喻。梅格走到另一扇窗前，專注做手工，彷彿拖鞋能否添上新的玫瑰裝飾是攸關生死之事。雙方都不說話，也都擺出「冷靜堅定」的態度，但心中卻覺得不舒服極了。

梅格在心裡想，「噢，老天，媽媽說得沒錯，婚姻生活真的是種考驗，確實需要無盡的耐心與愛。」想到媽媽，她回想起很久以前媽媽的勸告，當時她不肯相信，也拒絕接受。

「約翰是個好人，但並非完人，妳必須學習發現他的缺點並加以忍受，也別忘記妳自己也有缺點。他那個人說一不二，但只要妳好好向他解釋，他不會太過頑固，千萬不要和他槓上。他非常在意細節，很重視誠實——這是優點，雖然妳總是嫌他『小題大作』。梅格，千萬不要欺騙他，不要偽裝也不要說謊，他就會給妳應得的信任，滿足妳的需求。他的脾氣和我們不一樣，我們家的人大發脾氣之後很快就過去了——他的脾氣平穩，很難被激怒，但一旦發脾氣就很難平息。要當心，千萬當心，不要讓他對妳動怒，要尊重他才會有平和幸福的生活。時時警惕自己，倘若雙方都有錯，妳要先道歉，記住，鬥嘴、誤解、一時口不擇言，這些都會

有看到疲憊煩躁的妻子，她表現得好客、高雅，將一切打點得盡善盡美。史考特先生羨慕地說約翰真的很幸福，回家的路上不停搖頭感嘆單身漢的生活多艱苦。

秋季時，梅格遭遇了新的試煉與體驗。莎麗·莫法特和她再次拉近了關係，她總是跑來小屋子聊八卦，不然就是邀請「可憐的好姐妹」去她的大房子玩一整天。梅格覺得很愉快，因為天氣陰沉時，梅格經常覺得孤單——家務很忙，約翰晚上才會回家，她只能靠女紅、閱讀打發時間，不然就是在家裡摸摸弄弄。所以梅格很自然會沉溺於和朋友一起消磨時間、聊八卦。看到莎麗擁有的漂亮東西，讓她也很想擁有。莎麗很好心，經常把她想要的東西送給她，但梅格總是拒絕，因為她知道約翰會不高興；沒想到這個傻兮兮的小女人最後竟然做出讓約翰痛心疾首的事。

她很清楚丈夫賺多少錢，她很喜歡受到丈夫信任的感覺，他不只將幸福託付給她，也把一些男人眼中比幸福更重要的東西交給她——他的錢。她知道錢放在哪裡，可以自由取用，他的要求很簡單：花出去的每一毛錢都要記帳，每個月支付帳款，記住她是窮人的妻子。在這之前她都表現很好，精明節儉，小帳本的紀錄整整齊齊，每個月固定給他過目，沒有半點心虛。

然而，這年秋天，蛇溜進了梅格的伊甸園，誘惑著她，猶如誘惑夏娃，但這次的慾望並非蘋果，而是一件衣裳。梅格不喜歡受人憐憫，不喜歡讓人覺得她貧窮，這會讓她覺得不愉快。然而，她卻羞於承認，於是有時候也會買些漂亮小東西安慰自己，以免莎麗以為她必須剋扣度日。她總是覺得這樣很不應該，因為那些漂亮小東西通常並非必需品，但價格真的很便宜，也不值得煩惱。於是，不知不覺中小東西越來越多，出去逛街的時候，她不再只是看看而已。

然而，買這些小東西花的錢出乎意料，當她月底結算的時候，總額令她心驚。那個月約翰很忙碌，所以將財務交給她，下個月他不在家，但第三個月他準備要一次檢查整季的帳，梅格想忘也忘不了。幾天前，她做了一件很糟糕的事，她的良心一直過意不去。莎麗買了新絲綢，梅格也很想要新的絲質衣裳——只要做一件漂亮輕便的，參加宴會的時候可以穿——她有一件黑色的，但太普通，而且只有未婚少女才能穿這麼薄的晚宴服飾。每年過年的時候，馬區姑婆都會給四姐妹一人二十五元，距離現在只剩一個月了，而且有一塊很漂亮的深紫色絲綢正在打折，她有錢，只要鼓起勇氣拿來用就好。約翰總是說他的錢就是她的，然而，她不只要預支還沒到手的二十五元，還要從生活費裡拿出二十五元，約翰會不會覺得不應該？這是最大的問題。莎麗慫恿她買，甚至提出要借她錢，她的心意很感人，梅格終於抵擋不住誘惑。在那邪惡的一刻，店員高舉那塊閃亮的美麗布料，對梅格說：「真的很實惠，夫人，保證不騙您。」她回答：「我買了。」於是布料裁剪之後付了錢，莎麗興高采烈，梅格笑得非常歡喜，彷彿這麼做不會招致任何後果，然而乘著馬車離開時，她一直覺得自己偷了東西，警察在後面追。

回到家之後，她攤開美麗的絲質布料欣賞，想要趕跑懊悔的刺痛。然而，現在那塊布料感覺沒有那麼閃亮了，而且也不適合她，更別說「五十元」這個詞像印花一樣填滿布料的每一寸。她將布料收起，卻無法放下心中的憂慮，那種感覺並非期待新衣服的喜悅，而是做蠢事之後的心虛，怎樣也甩不開。那天晚上，約翰拿出帳簿，梅格覺得丈夫很可怕。那雙和善的棕眸彷彿隨時會變得冷硬，而且儘管他感覺比平常更開朗，但她一直幻想其實他發現了，只是不想讓她知道。家務帳款全都妥善支付，帳面很整齊。約翰稱讚她，動手解開他們稱之為「銀行」的皮夾，梅格很清處理面幾乎是空的，於是按住他的手，緊張地說——

「你還沒有看我的私帳。」

約翰從不曾要求看她的私帳，但她總是堅持要他看，因為她覺得很有趣，女人買的奇怪小東西總是讓他很驚奇，她會要他猜「滾邊」是什麼，他會緊張質問什麼是「緊抱裝」[9]，也會感嘆所謂的「帽子」竟然只是三個玫瑰花苞、一點絲絨、兩條帶子，而且要價五、六元。那天晚上，他的表情躍躍欲試，準備猜她花錢買了什麼東西，假裝嫌她太浪費，他經常這樣，因為他深深以勤儉持家的妻子為榮。

她慢吞吞地拿出小帳本放在他面前。梅格站在他的椅子後面，假裝撫摸他前額上的疲憊皺紋，她開口說話，每說一個字就更加恐慌——

「約翰，親愛的，我實在沒有臉給你看我的帳本，因為我最近真的非常奢侈。我太常出門，所以不得不添些行頭，你知道，莎麗一直勸我買，於是我就買了。我會用新年姑婆給的錢支付一部分，但我買了以後真的覺得很內疚，因為我知道你會認為我做錯了。」

9 編織的厚重女用緊身短外衣。

約翰大笑，將她拉到身邊，好脾氣地說：「不要躲起來，就算妳買了一雙嚇死人的靴子，我也不會打妳，我覺得我太太的腳很漂亮，我不介意她花八、九元買一雙靴子，只要品質好就行了。」

那是她上次買的「小東西」，約翰邊說邊低頭看。「噢，他發現那筆五十元的帳，不知道會說什麼！」梅格膽戰心驚地想。

「比靴子更糟，是一件絲質衣裳。」被逼到絕境後她反而冷靜下來，因為希望最痛苦的部分盡快過去。

「唉，親愛的，狄更斯小說《尼古拉斯．尼克貝》裡的曼塔利尼先生常說，『見鬼了，到底一共多少錢？』妳也快告訴我吧。」

這很不像平常的約翰，她知道他抬頭用直率的雙眼看著她，平常她都會坦然迎視、老實回答，但現在不一樣。她翻頁，同時轉過頭，指著總結的數字，沒有算進那五十元就已經很驚人了，加上之後更是恐怖。一瞬間客廳變得太過安靜，然後約翰開口說話，字斟句酌——她感覺得出來，他很努力不流露不悅之情。

「唉，我不知道五十元一件衣裳算不算貴，現在的衣服有太多褶襇，還要加上一堆叮叮咚咚的小玩意才算完工。」

「衣服還沒縫製，也還沒裝飾。」梅格輕聲嘆息，想到還有那些費用，她幾乎快崩潰了。

「這麼嬌小的女人做一件衣服竟然要用上二十五碼的絲質布料，不過我相信，等我的妻子穿上，一定不會輸給奈德．莫法特的妻子。」約翰無奈地說。

「約翰，我知道你很生氣，但我實在忍不住了。我不是故意亂花你的錢，我沒想到這些小東西加在一起竟然要這麼多錢。我實在很難抗拒，莎麗看到喜歡的東西都可以買，因為我什麼都不能買，她覺得我很可憐。我很努力想滿足現狀，但真的好難，我厭倦了貧窮。」

她說出最後那句話時非常小聲，以為他沒聽見，但這句話傷他很深，他為梅格犧牲了很多自己的享樂。話一旦說出口，她就想咬舌自盡，因為約翰推開帳本站起來，以有點顫抖的聲音說：「我就擔心會這樣，我盡力了，梅格。」就算他罵她、抓著她用力搖，也不會像這句話一樣令她如此傷心。她追上去抱住他，落下懊悔的眼淚。「噢，約翰！親愛的，我善良又勤奮的丈夫，我不是那個意思！我真的很不應該，那一句話不是真的，我太不知感激，我怎麼能說那種話！噢，我怎麼能說那種話！」

他很好心，當場原諒她，沒有給予任何斥責。但梅格知道她所做的事、所說的話不會被輕易遺忘，儘管他可能永遠不會提起。她承諾過無論貧富都要愛他，然而身為他的妻子，她不但亂花他的血汗錢，還嫌他貧窮，實在太糟糕了。最慘的是之後約翰如此平靜，彷彿什麼都沒有發生，只是他在公司待到更晚，深夜還在工作，而她只能獨自哭到睡著。一週的悔恨折磨幾乎讓梅格不支病倒，此時她發現約翰取消了新大衣的訂單，她更是陷入絕望的深淵，悽慘到不忍卒睹。她驚訝詢問為何取消訂單，他只是淡淡地說：「我負擔不起，親愛的。」

梅格沒有多說什麼，但幾分鐘後，他發現她在走廊上，臉埋在老舊的大衣裡，哭得彷彿心都要碎了。

那天晚上他們談了很久，梅格學會因為丈夫的貧窮而更愛他，因為這樣讓他更有男子氣概——給他力量與勇氣自己打天下——並且給予他溫柔包容，讓他能承受所愛之人難免會有的渴望與缺陷，並給予安慰。

第二天，她收起自尊去找莎麗，也和她說了實話，請她買下那塊布料。好心腸的莫法特太太欣然同意，而且她很貼心，沒有立刻當成禮物送給梅格。後來，梅格訂製了大衣送到家，約翰回來時，她穿起來，問他「喜不喜歡她的絲質新衣裳」[10]。我們只能想像他的回答，他如何收下這份禮物，之後又有多開心。約翰提早回家，梅格不再亂買東西，每天早上非常幸福的丈夫都會穿上那件大衣，每天晚上再由滿懷愛意的妻子為他脫下。就這樣一年過去了，盛夏時梅格迎來新體驗，身為女性人生中最深刻、最柔情的體驗。

一個週六，羅利偷偷摸摸地溜進斑鳩窩的廚房，神情興奮，迎接他的卻是一陣鐃拔聲響。因為漢娜在拍手，但一手拿著鍋子、一手拿著鍋蓋。

「小媽媽在哪裡？大家在哪裡？為什麼不在我回家之前先告訴我？」羅利大聲用氣音問。

「親愛的小姑娘像女王一樣開心！他們所有人都在樓上癡心崇拜，我們不希

10 梅格以溫柔而間接的方式表現她正學著為丈夫付出，放下自己的物質享受。

望弄得像颶風過境一樣。你去客廳吧，我叫他們下來找你。」漢娜說完之後就離開了，留下歡喜的笑聲，彷彿也是回答的一部分。

很快喬就出現了，得意地抱著一個小小的法蘭絨包裹，底下墊著一個大枕頭。喬的表情非常正經，但眼睛閃耀淘氣光彩，說話時聲音彷彿壓抑著某種情緒。

「閉上眼睛，伸出手臂。」她要求。

羅利急忙後退到牆角，雙手藏在身後，彷彿擔心會爆炸——「不了，謝謝妳，還是不要比較好。一定會被我會摔在地上或撞到，我知道一定會。」

「那你就別想看小外甥啦。」喬說完之後斷然轉身，假裝要走開。

「好啦、好啦！不過，萬一出了什麼事要由妳負責。」羅利乖乖聽命，英勇地閉上眼睛，一個東西被送到他懷中。喬、艾美、馬區太太、漢娜與約翰一起大笑，他忍不住立刻睜開眼睛，發現懷中抱著的不是一個嬰兒，而是兩個。

難怪他們會笑，因為他的表情滑稽至極，就連最嚴肅的貴格派信徒也會忍俊不禁，他呆站著，狂亂地來回轉頭，一下看著熟睡天真的寶寶，一下看著旁邊歡笑的人，他是如此驚慌，喬跌坐在地上，高聲狂笑。

「雙胞胎，老天啊！」整整一分鐘，他只能說出這句話，然後轉頭看那幾個女人，以眼神哀求，用好笑的悲慘語氣說：「快來人把他們抱走！我要開始笑了，我怕把他們摔在地上。」

約翰及時拯救他的寶寶，一手抱著一個來回大步走動，彷彿已經開始學習照顧寶寶的神祕工作，羅利大笑到眼淚都流出來。

喬終於喘過氣來說：「這是本季最棒的笑話，對吧？我沒有告訴你，打定主意要給你個驚喜，我敢說我做到了。」

「我這輩子從來沒有這麼錯愕過，很好笑吧？他們兩個都是男生嗎？要取什麼名字？再給我看看。喬，過來幫幫我，不誇張，對我而言兩個實在太多了。」羅利回答，他端詳兩個小嬰兒，感覺彷彿巨大溫和的紐芬蘭犬在看一對幼貓。

「一男一女，很美吧？」得意的爸爸說，對著扭來扭去的紅潤寶寶微笑，彷彿他們是還沒長出翅膀的天使。

「他們是我見過最神奇的小孩，哪個是男生、哪個是女生？」羅利觀察這不可思議的奇觀，整個人彎成直角，像打水的槓桿一樣。

「艾美在男孩身上綁了藍緞帶，女孩是粉紅的，她說這是法國人的習俗，方便辨認。另外，他們的眼睛一個是藍色、一個是棕色，快吻他們，泰迪舅舅。」壞心眼的喬催促。

「我擔心他們會不喜歡。」羅利說，他顯得異常膽怯。

「他們當然會喜歡，他們已經習慣了，現在立刻吻他們。」喬命令，生怕他會推託。

羅利整張臉皺起來，聽命小心翼翼吻一下兩張小臉蛋，引起另一陣大笑，小寶寶尖叫大哭。

「妳看吧，我就知道他們不喜歡！那個是男生，看他踢得多用力！他揮拳的樣子很有架勢。來吧，小布魯克，來和像你一樣的大男人打一場。」羅利嚷嚷，小小的拳頭正胡亂揮舞，羅利的臉被打中一下，他開心極了。

「我們要叫他約翰·羅倫斯，女生則是瑪格麗特，沿用媽媽和外婆的名字。為了避免家裡有兩個梅格，我們會叫她『黛西』[11]，我提議稱呼小男生『傑克』，除非我們想到更好的暱稱。」艾美說，很有阿姨的派頭。

「他是『迷你約翰』（Demijohn），就簡稱『戴米』吧。」羅利說。

「黛西和戴米——很合適！我就知道泰迪一定會有好主意。」喬拍手大聲說。

泰迪的主意確實非常好，因為兩個寶寶從此就叫這個名字，直到故事最終章。

11「Marguerite」為法文的瑪格麗特，是「雛菊」之意，在英文中則為「黛西」（Daisy）。

6 造訪鄰居

「快點，喬，時間到了。」

「要做什麼？」

「妳該不會忘記了吧？妳不是答應我，今天要陪我去造訪六個鄰居嗎？」

「我這輩子是做過很多衝動愚蠢的事，不過，我應該沒有瘋到答應一天去六個鄰居家，因為光是一家就會讓我痛苦整個星期。」

「妳明明答應了，我們有交換條件。我幫妳畫完貝絲的蠟筆素描，妳就會乖乖陪我去回訪之前來過家裡的鄰居。」

「當初約定的時候我說過，如果天氣好我就去，我這個人言出必行，討債鬼。東方的雲層很厚，今天天氣不好，我不要去。」

「妳只是想逃避，天氣明明很好，根本不會下雨，妳不是以守信為榮嗎？那就實踐約定，乖乖和我去，接下來六個月我都不會再找妳去。」

這時候，剛好喬正全神貫注在縫製衣裳，因為她負責縫製全家所有女生的外套，她非常自滿，因為她用針線的才華不輸用筆。她正沉浸於第一次試穿後的修改，竟然被命令換上最好的衣服出去造訪鄰居，而且現在是七月，天氣很熱。她最討厭正式拜訪，除非艾美用條件交換、賄賂或承諾逼她，否則她絕不會去。此時此刻，她逃不掉了，她不滿地重重放下剪刀，聲稱聞到打雷的味道，但最後她還是認輸收起工作，以一種身不由己的態度拿起帽子和手套，告訴艾美，她這個犧牲品已經準備好了。

「喬．馬區，妳真的很壞，連聖人都會被妳激怒！妳該不會想要那副模樣去鄰居家吧？」艾美高聲說，難以置信地上下打量她。

「怎麼了嗎？我的打扮整齊又清涼，而且很舒服，非常適合在塵土飛揚的大熱天走路。如果那些人只在意我的衣著、不看重我本人，那我也不想見到他們。妳儘管連我的部分一起打扮吧，想多高雅都行，妳盛裝打扮會很漂亮，但我不會，那些花邊只會讓我感到心煩。」

「噢，老天！」艾美嘆息。「這下她開始使性子了，還沒幫她打點好之前會先發瘋的。今天我也不是去玩的，我們要去還人情債，除了妳沒有人能陪我去。喬，我什麼都答應妳，只要妳願意好好打扮、陪我出門，幫我一起盡社交義務。只要妳願意聊天就會口才很好，穿上最好的衣服也很有貴族氣派，行為舉止也很美觀，我非常以妳為榮。我不敢自己一個人去，拜託妳跟我去，妳可以照顧我。」

「妳真是個油嘴滑舌的小傢伙，看到姐姐生氣，妳就阿諛奉承、說一堆好聽話想讓我改變主意。妳竟然說我有貴族氣派、有教養，還說什麼妳不敢自己一個人去！我都不知道哪一句比較荒謬。好吧，既然妳硬要我去，那我就去吧。這趟外出由妳當統帥，我一切盲目聽從，這樣妳滿意了嗎？」喬的態度突然轉變，從倔強變成綿羊般順從。

「妳真是個小天使！好了，快去穿上最好的衣服，每到一個地方我都會告訴妳該怎麼做，讓人對妳留下好印象。我希望大家喜歡妳，只要妳稍微配合一點，一定沒問題。把妳的頭髮弄成那種漂亮的樣子，在帽子上裝飾粉紅玫瑰，這樣很好看，妳穿單色衣服感覺太嚴肅。拿那雙小羊皮輕便手套和那條繡花手帕。我們先去梅格家借用她的白陽傘，妳可以用我灰色的那把。」

艾美一邊打扮一邊發號施令，喬全部乖乖聽從，不過她也並非全無抱怨，因為她窸窣穿上蟬翼紗新衣時不停嘆氣，綁帽帶時陰沉地皺著眉頭，但蝴蝶結打得很完美，她戴上硬領時和別針也搏鬥了一番，抖開手帕時整張臉皺成一團，因為上面的繡花讓她鼻子很難受，而現在面對的任務讓她心裡更難受。她將雙手擠進過緊的手套，上面不僅有兩個鈕釦還有流蘇，作為最後的高雅妝點。她以傻氣的表情看著艾美，順從地說——

「我快要難受死了，不過只要妳認為我能見人，我死也甘願。」

「妳的模樣真令人滿意，慢慢轉個圈讓我仔細看一下。」喬轉圈，艾美這裡摸摸、那裡弄弄的，然後歪著頭大方稱讚。「嗯，這樣可以了，讓我太滿意了，那頂白帽子配上玫瑰真迷人。肩膀往後收，雙手動作要自然，無論手套多刺都不要去弄。喬，有一種裝飾只有妳能用——披肩，我自己不適合，但看到妳用我也滿足了，真高興諾登小姐給了妳那條很漂亮的披肩，雖然簡潔但很好看，披在手臂上時的皺褶很有藝術美感。我的斗蓬中間是否對正了？我的裙擺拉起來的時候有對稱嗎？我想展現我的靴子，因為雖然我的鼻子不美，但腳倒是很漂亮。」

「妳永遠那麼美麗、那麼討人喜歡。」喬說，做出藝術鑑賞家的動作，舉起手評鑑艾美金髮上的藍羽毛。「請教夫人，我應該讓最好的外衣在泥土上拖行，還是要把裙擺拉起來呢？」

「走路時拉起來，進屋後放下，曳地的款式最適合妳，妳一定要學會以高雅的方式帶動裙擺。妳的袖口連一半都沒扣上，快點弄好。如果不連最小的細節都用心，妳的打扮永遠不會看起來得體，因為美觀的整體就是由各個小細節所組成。」

喬嘆息，為了扣好袖口而解開手套。好不容易，她們兩個都準備好可以出發了，漢娜在二樓窗口探出半個身體目送她們，說她們「像花一樣美」。

她們先去借陽傘，梅格一手抱著一個寶寶對她們評頭論足一番，然後終於即將抵達第一個鄰居家。

「好了，喬。親愛的，卻斯特家的人非常高雅，所以我希望妳拿出最好的儀態。不要突然發表意見，也不要做奇怪的行為，知道嗎？只要保持沉穩、冷淡、安靜就好——這樣很安全也很有淑女風範，妳應該可以輕鬆撐過十五分鐘。」

「我想想喔，『沉穩、冷淡、安靜！』好，我應該做得到。我在舞台上扮演過拘謹的年輕淑女，我會試試看。我很厲害的，妳等著瞧吧；所以儘管放心，小妹。」

艾美似乎安心了，但調皮的喬故意遵照字面的意思，拜訪第一家鄰居時，她坐著不動，四肢都擺出優美的姿勢，每條褶襉都整理得毫無瑕疵，如夏季海面般沉穩、如積雪河岸般冷淡，又如人面獅身般沉默。卻斯特太太特別聊起她「有趣的小說」，卻斯特小姐大聊宴會、野餐、歌劇，及時尚，但不管她們說什麼，她一概微笑鞠躬，嫻靜地只回答「是」或「不」，語氣很冷淡。艾美打暗號要她「說話」，想盡辦法打開她的話匣子，甚至不惜偷偷踢她，她使盡一切手段，但喬只是坐著，彷彿對周圍的一切毫無知覺，宛如詩人丁尼生筆下的「茉德」，頂著著一張「永恆冰冷、完美空洞」的臉。

她們告辭離開，正關上客廳大門時，聽到一位女士高聲批評。「那位年長的馬區小姐，真是個高傲又無趣的人呀！」喬在走廊上無聲地狂笑，但艾美一臉氣惱，她的指示竟然如此失敗，於是就很自然地怪罪在喬身上。

「妳怎麼可以曲解我的意思？我只是希望妳表現出端莊自持的模樣，妳卻變得有如木石。到了蘭柏家要健談一點，像其他女生一樣聊聊八卦，無論談到衣服、戀愛還是其他胡說八道的話題，都要做出有興趣的反應。他們經常和上流人士來往，很值得我們多親近，無論如何我都要讓他們留下好印象。」

「我會很好相處的，我會聊天、傻笑，無論多瑣碎的話題，我都會有驚訝或歡喜的反應。我覺得挺有趣的，現在我要來模仿所謂的「可人少女」，一定沒問題的，因為我有梅．卻斯特當我的榜樣，我以她為標準來改進我的表現。等著瞧吧，蘭伯家的人一定會說『喬．馬區真是活潑又有趣呀。』」

艾美很焦慮，也難怪，因為喬一旦決心要搗蛋，誰也不知道她會鬧到什麼程度。艾美的表情五味雜陳，看著姐姐蹦蹦跳跳地走進下一家的客廳，熱絡親吻每個女孩，對每位年輕紳士燦爛微笑，她投入談話的積極程度，讓看到的人都嘆為觀止。艾美被蘭柏太太拉著而走不開，她最喜歡艾美，滔滔不絕說著之前盧克蕾亞發病的事，三位英俊的青年在旁邊徘徊，等蘭柏太太一停頓，他們就會搶著衝過去拯救艾美。她的處境讓她無法緊盯著喬，她似乎滿心想要惡作劇，像蘭柏太太一樣講個不停。一群人聚集在她身邊，艾美拉長耳朵想聽出究竟怎麼回事；她聽到的片段使她緊張，那些人瞪大眼睛、舉起雙手的模樣令她好奇，接連傳來的笑聲讓她很想也加入。當她聽見這一類的內容，可以想像她有多惱火。

「她的騎術很出色，是誰教她的？」

「她無師自通；小時候她常練習，我們在樹上放了一個舊馬鞍，她會筆挺坐在上面握住韁繩。現在她什麼馬都能騎，因為她不會害怕，馬廄的人讓她便宜租馬，因為她很會訓練馬，馬被她教過之後，載淑女都不會有問題。她真的非常在行，我常跟她說，就算她一事無成，至少可以當個不錯的馴馬師，這樣就能維持生活了。」

這番話實在太糟糕，艾美幾乎控制不住自己，因為大家會以為她是隨便的女生，她最討厭這樣。可是她無能為力，因為蘭柏太太的故事還沒講完，她正滿心焦慮，喬緊接著又講下去，說出更多滑稽的糗事，做出更多可怕的蠢事。

「沒錯，那天艾美很心急，因為好馬都被租走了，馬廄裡只剩下三匹，一隻跛腳、一隻瞎眼，最後一隻老是愛走不走的，得把土塞到牠嘴裡才肯動。碰上這種馬，派對的好心情都會變差了，不是嗎？」

「她選了哪匹？」一位紳士笑著問，覺得這個話題很有趣。

「都沒選。她聽說河對岸的農場有匹年輕好馬，只是從來沒有載過淑女，她決心要試試，因為那匹馬非常帥氣、有活力。她著實辛苦了一番，因為沒有人可以把馬帶去上鞍，於是她只好帶著馬鞍去找馬。我的老天，她真的帶著馬鞍划船過河，頂在頭上，一路殺去農場，把老人家嚇壞了！」

「她有沒有騎到那匹馬？」

「當然有，而且非常開心。我以為她會摔得支離破碎被送回家，沒想到她把那匹馬馴服得很好，成為整個派對的焦點。」

「她真是勇敢！」年輕的蘭柏先生讚賞地看著艾美，納悶他母親究竟說了什麼，那女孩怎麼會滿臉通紅、尷尬無比。

不久之後，她更加臉紅、尷尬，因為話題突然改變，他們聊起了服裝。一位年輕淑女說，喬上次野餐時戴的黃褐色帽子很漂亮，問她是在哪裡買的；喬應該只要說出兩年前買那頂帽子的店家就好，沒想到她竟然蠢到把沒必要揭露的真相全曝光了。「噢，那是艾美著色的，這麼柔和的顏色哪裡都買不到，所以我們乾脆畫上喜歡的顏色，有個擅長藝術的妹妹真是太方便了。」

「這種方式真是太有創意了，對吧？」蘭柏小姐說，她覺得喬非常有趣。

「這根本不算什麼，她做過更了不起的事，這孩子沒有辦不到的事。有一次，她要去參加莎麗的派對，她想要一雙藍色的靴子，於是她將白色舊靴子畫上最漂亮的天藍色，看起來就像絲緞一樣。」喬接著說，語氣彷彿非常以妹妹的成就為榮，艾美氣急敗壞，很想拿東西砸她。

「前幾天我們讀了妳寫的故事，真的好精采。」年長的蘭柏小姐說，想要讚美一下這位投入文學的淑女，不過老實說，她現在感覺不像是一位文學少女。每當有人提起她的「作品」，喬通常會有兩種反應，不是變得冷漠不悅，不然就是說些失禮的話以轉開話題，例如此刻。「真遺憾，妳竟然找不到更有意義的讀物。我是為了錢才寫那種垃圾，沒品味的俗人都會很喜歡。今年冬天妳打算去紐約嗎？」

蘭柏小姐剛才說「很精采」，所以這番回答非但不知感激，也十分沒禮貌。話一說出口，喬立刻驚覺不對，但她擔心多說多錯，幸好突然想到身為客人應該先行告辭，於是她突兀地退場，但身旁的三個人話都還沒說完。

「艾美，我們真的該走了。再見，親愛的，請務必要來我們家喔，我們非常期待妳的造訪。我不好意思邀請你，蘭柏先生，不過萬一你來了，我應該也不會狠心趕你走才是。」

喬過於刻意地模仿梅．卻斯特裝腔作勢的態度，艾美急忙逃出客廳，同時覺得想大哭又想大笑。

她們出去之後，喬得意洋洋地問：「我的表現很好吧？」

「糟到不能更糟了。」艾美挫敗回答。「妳到底著了什麼魔？竟然說出我扛馬鞍的事，還有帽子和靴子的事，其他那些事情也都不該說的。」

「怎麼了？明明很有趣，大家笑得多開心。他們知道我們很窮，所以沒必要假裝我們有馬夫，或是能每季買三、四頂帽子，像他們一樣能輕易買下高級的東西。」

「妳不必把我們的權宜之計說給大家聽，以那種沒必要的方式揭露我們的窮困。妳完全沒有自尊心，永遠學不會什麼時候該閉嘴、什麼時候該說話。」艾美萬分無奈地說。

艾美放任姐姐愛怎樣就怎樣，自己也盡情享受拜訪鄰居的樂趣。督鐸先生的伯父娶了英國人，她是一位貴族爵爺的遠親，艾美對他們家族懷抱很深的敬重。儘管她在美國土生土長，卻對貴族熱愛有加——儘管不願承認，但世上最民主的國家暗藏著對王族的原始崇拜，幾年前，一位王族金髮少年來訪，舉國上下轟動一時，因為這個年輕的國家依然對那個年老的國家有所依戀，就像高大的兒子和霸道的瘦小母親，她會盡可能將他拴在身邊，當他開始叛逆時卻只能痛罵一頓，並眼睜睜看他離去。不過，即使和英國貴族遠親相談甚歡，艾美依然沒有忘記時間，合乎禮儀的拜訪時間到了，她勉強離開貴族的陪伴，到處尋找喬的下落——她焦急地盼望，無可救藥的姐姐不會做出有辱家門的事。

雖然不算太糟，但艾美已經覺得很糟了，因為喬坐在草地上，旁邊圍繞著一群男孩，一隻腳很髒的狗趴在她的裙子上，毀了那件只有重要場合才會穿的衣裳，她生動描述羅利的惡作劇，聽眾們以崇拜眼神注視著她。一個幼童拿著艾美珍愛的陽傘戳烏龜，另一個就著喬最好的帽子吃薑餅，還有一個把她的手套揉成球玩耍。每個人都興高采烈，喬收拾好受損的物品準備離開，那群男生一路送她出去，求她下次再來，一邊說著「羅利惡作劇的故事好好笑喔」。

「那些男孩很棒吧？和他們相處之後，我又覺得年輕暢快了。」喬慢慢走著，將雙手放在身後，一方面出於習慣，一方面是為了藏起濺到污泥的陽傘。

「為什麼妳一看到督鐸先生就閃躲？」艾美問，對於喬亂七八糟的外表，她選擇明智地不予置評。

「我不喜歡他，他太愛擺架子，對姐妹不屑一顧，讓父親操心，對母親說話的時候大沒小。羅利說他很輕浮，我個人並不想和他來往，所以我盡量迴避。」

「至少，妳應該以文明的態度對待他。妳只對他冷淡地點頭，卻對湯米·錢博倫行禮微笑，禮數非常周全，他父親明明只是開雜貨店的。假使妳把點頭和行禮的對象交換過來，那該多好。」艾美譴責地說。

「才不會。」喬執拗地回嘴。「就算督鐸的祖父的叔叔的姪兒的外甥女確實是貴族爵爺的遠親，我依然對督鐸既不喜歡、也不尊重，更不崇拜。湯米雖然家貧又害羞，但他很善良，而且非常聰明，我敬重他，所以想讓他知道，因為儘管他每天忙著用牛皮紙包商品，但他才是真正的紳士。」

「和妳講道理一點也沒用。」艾美抱怨。

「一點也沒用。」喬搶著說。「所以，就讓我們表現出相親相愛的模樣，在這裡留張小名片然後走人吧，因為金家的人顯然外出了，我深深感激。」

家庭名片善盡功能之後，兩姐妹繼續前進，到了第五家，僕人說小姐另有行程，無法會客，喬再次感謝老天。

「好了，我們回家吧，今天就跳過姑婆家，反正我們隨時可以去。我們已經又累又生氣了，還要穿著最好的行頭在塵土滿天的路上行走，未免太可惜。」

「只有妳自己這麼覺得，拜託不要把我拉進去，姑婆很喜歡我們打扮漂漂亮亮地去正式拜訪，她會覺得很有面子。這只是舉手之勞，卻可以讓她很高興，走一點路不會損害妳的行頭，反正妳剛才和髒兮兮小狗、一大堆小孩胡鬧的時候，已經毀得差不多了。彎腰吧，我幫妳清掉帽子上的餅乾屑。」

「艾美，妳真好心。」喬說，懊惱地看看自己，她的服飾慘兮兮，妹妹的卻依然乾乾淨淨、一塵不染。

「真希望我也能像妳這樣，輕輕鬆鬆就能做些討人喜歡的小事。我不是沒有想過，但做那些事情太花時間，所以我等待機會想幫大忙，就這樣錯過了幫小忙的機會。看來，到了最後，最令人感動反而是這些小事。」

艾美微笑，一下子心軟了，以媽媽般的口吻說——

「女性應該學習親切待人，尤其是窮人家的女性，因為她們沒有其他辦法能回報他人恩惠。只要記住這點，並多加練習，妳一定會比我更討人喜歡，因為妳有更多優點。」

「我是個乖戾的老小姐，永遠都不會變，但我願意承認妳說得對。只不過，我可以為別人犧牲生命，卻無法在沒心情的時候去配合別人。如此好惡分明真的很不幸，對吧？」

「無法隱藏好惡，更是不幸。我不介意承認，其實我對督鐸的觀感也沒有比妳好，但總輪不到我去教訓他，妳也一樣。只因為他很討人厭，妳就把自己變得和他一樣討厭，這麼做沒有意義。」

「但是，我認為當女生不欣賞年輕男士就該表明，除了態度冷淡之外，還有什麼方法？說教也沒有用，我一直努力想管教泰迪，所以我比誰都清楚，但我知道很多能影響他的小招數，不必說話也能讓他明白，所以我認為我們必須對其他人也這麼做。」

「泰迪是個特別乖巧的好孩子，不能因為他，就以為其他男生都一樣。」艾美深信不疑地說，那個「好孩子」聽到可能會昏倒。「假使我們是社交名媛或是有錢、有地位的貴婦，或許還會有點影響，但我們如果只是對不欣賞的男生不假辭色、對欣賞的男生和顏悅色，恐怕一點用處也沒有，只會讓別人覺得我們很古怪、很嚴厲。」

「難道只因為我們不是社交名媛、百萬富豪，就算遇到不欣賞的人也得給他們好臉色？這算什麼道德？」

「我無法解釋，我只知道這個世界就是這樣，企圖對抗的人只會受盡痛苦還遭到嘲笑。我不喜歡企圖改革社會的人，希望妳不會成為那種人。」

「我喜歡，如果可以，我一定會成為那種人。儘管遭到嘲笑，少了他們世界絕不會變好。在這這件事，我們永遠不會有共識，因為妳屬於老派，我屬於新派；妳會活得有滋有味，但我的人生也會發光發熱，我樂於承受別人的辱罵與嘲弄。」

「唉，妳先冷靜一點，不要用妳的新派思想讓姑婆煩心。」

「我盡量，不過，我總是在姑婆面前脫口說出特別不經大腦的蠢話，不然就是格外反骨的言論。這是我的致命缺點，但我改不了。」

她們發現卡羅爾姑姑也在姑婆家，她們兩位正在專心聊很有趣的話題，但兩姐妹一進門，她們立刻停止對話，尷尬的表情一看就知道她們在講姪女的事。

喬心情很差，拗脾氣又發作了，但是艾美順從地善盡本分、壓著情緒，並討好所有人，展現出她最天使的一面。她宜人的性情立刻得到注意，兩位長輩都寵愛地叫她「親愛的孩子」，後來也對她讚譽有加，說「這孩子每天都在進步」，而她的表現也確實如此。

「親愛的，妳會去幫忙義賣會嗎？」卡羅爾姑姑問，艾美坐在她身邊，擺出談心的姿態，長輩最喜歡年輕人這樣。

「是的，姑姑，卻斯特太太問我要不要去，我自願負責一個攤位，因為我除了時間沒有其他東西可以貢獻。」

「我不去。」喬斷然說。「我討厭別人施恩的嘴臉。卻斯特家的人自以為他們的義賣會是貴人雲集的大活動，准許我們去幫忙是莫大的恩惠。我不懂妳為什麼要答應，艾美，他們只想讓妳去做工。」

「我願意做。幫忙不只是為了卻斯特一家，也為了得到解放的奴隸，我認為他們很好心，願意讓我分擔工作、分享歡樂。既然用意良善，我不介意被施恩。」

「妳的想法很正確、很得體，親愛的，我喜歡妳懂得感恩。幫助懂得感恩的人是一種喜悅；有些人就是不知感恩，真的讓人很受不了。」馬區姑婆說出想法，從眼鏡上緣看了喬一眼，她坐在一邊搖來搖去，表情相當勉強。

其實，兩位長輩正在商量一件極大的好事，猶豫不決該選她們之中的哪一個，倘若喬知道，絕對會立刻變得像白鴿一樣柔順，只可惜人心沒有窗戶，我們無法看見別人的想法。一般而言，雖然看不見是好事，但有時候能看見會非常方便，能夠省下大量的時間，也不會胡亂生氣。喬接下來說的話，讓她喪失了為期多年的喜悅，也讓她上了寶貴的一課，學會謹言慎行的重要。

「我不喜歡恩惠，壓迫感太大，會讓我覺得像奴隸。我寧願凡事靠自己，徹底獨立。」

「嗯哼！」卡羅爾姑姑輕輕咳嗽一聲，看著馬區姑婆。

「我不是跟妳說了嗎？」馬區姑婆對卡羅爾姑姑斷然點頭。

她完全不知道她葬送了什麼機會，鼻子朝天坐在那裡，一派反骨模樣，非常不討喜。

「親愛的，妳會說法文嗎？」卡羅爾姑姑問，按住艾美的手。

「還不錯，要感謝馬區姑婆，她讓我時常與愛絲特一同練習。」艾美回答，表情充滿感激，讓老姑婆露出慈愛的微笑。

「妳的法語能力如何？」卡羅爾姑姑又問喬。

「一個字也不會說，我頭腦不好，什麼都學不會。我受不了法文，這種語言感覺滑溜溜、傻兮兮的。」她魯莽地回答。

兩位長輩再次互使眼色，馬區姑婆對艾美說：「親愛的，現在妳應該強壯又健康了吧？眼睛的問題好了嗎？」

「完全好了，謝謝姑婆關心。我非常健康，今年冬天我打算要做許多很棒的事，做好準備，等時機到來，我隨時可以去羅馬。」

艾美幫忙撿起毛線球，姑婆讚許地摸摸她的頭。「好孩子！妳值得去，我相信有一天一定能成真。」

「抱怨鬼、拴上門，枯坐火邊紡紗繩。」波里高聲說，並棲息在喬的椅背上，低頭偷看喬的臉，那種無禮好事的動作，讓人忍不住大笑。

「這隻鳥的觀察力真好。」老姑婆說。

「親愛的，去散散步吧？」波里大喊，跳向瓷器櫃，以暗示的動作看著糖罐。

「謝謝你，我這就出發——走吧，艾美。」喬的這次拜訪就此結束，她比之前更加堅定地相信，正式拜訪會讓她全身不對勁。她像男人一樣握手道別，但艾美親吻兩位長輩，兩姐妹離開之後，留下的印象差別之大，有如陽光與陰影，以致於她們走遠之後，馬區姑婆這麼說。

「瑪麗，我勸妳就這麼決定了吧，我會出錢。」卡羅爾姑姑堅決地回答。「一定的，只要她父母同意就沒問題。」

7 後果

郤斯特太太的義賣會非常高雅，只有精挑細選的人才能參加，鄰里間的年輕淑女如果受邀布置攤位，都會覺得很有面子，所有人都很想參加。艾美德到邀請，但喬沒有，其實這樣對大家都好，因為在人生這個階段她很難相處，要受過許多沉痛的教訓之後才學會和善待人。那個「高傲無趣的人」被徹底孤立；而艾美的才華與品味受到重視，她被指派負責藝術攤位，她盡心盡力準備，做了許多得體又有意義的貢獻。

一切都很順利，直到義賣會開幕當天。一場小爭執發生了，其實在所難免，畢竟二十五個女性一起合作，有老有少，而每個人都有獨特的怪癖與偏見。

梅・郤斯特相當嫉妒艾美，因為艾美比她更有人緣；而這時候，許多零碎的狀況加在一起，導致她更加不是滋味。艾美細緻的鋼筆畫讓梅的彩繪花瓶相形失色，這是第一根刺；然而，上一次舞會中，萬人迷督鐸和艾美跳了四支舞，只和梅跳了一支，這是第二根刺；最令她怨恨難消的，其實是一個長舌婦告訴她的傳聞，據說馬區姐妹在蘭柏家取笑她，這也成為她做出惡意行為的藉口。

其實，她應該怪罪的對象是喬，因為她的調皮模仿實在太像，很難讓人不察覺，加上蘭柏家的人太愛說好笑的事，以致於將這個玩笑傳了出去。然而，這些人卻都沒有受到責怪，反而是艾美倒楣。義賣會前一天傍晚，艾美忙著為美觀的攤位進行最後調整，卻斯特太太因為女兒受辱而心懷怨恨，過來找艾美說話，雖然她的語氣溫和，但眼神冰冷——

「親愛的，我發現一些年輕淑女有些不滿，認為我不該把這個攤位交給妳，而是該交給我女兒才對。因為這是備受矚目的攤位，甚至有人認為是全場最能吸引客人的攤位——我女兒是整場活動的焦點，所以將這個攤位交給她們會比較好。很抱歉，但我知道妳是真心想為慈善付出，所以一定不會介意妳個人的小小失望，如果妳願意負責其他攤位，我可以給妳另外一攤。」

卻斯特太太先前還以為，要講出這番話應該不會太難，沒想到真正說出口時卻很難有自然的語氣，因為艾美毫無猜疑的雙眼直視著她，流露驚訝與困惑。

艾美察覺背後一定有鬼，但猜不出怎麼回事，她覺得很受傷，也想讓對方知道她的感受，於是她輕聲說——

「或許妳認為我不要負責攤位比較好？」

「唉，親愛的，請不要有芥蒂。要知道，我只是為大局著想，我的女兒理所當然會主導義賣會，大家都認為這個攤位應該由她們負責。我認為這個攤位很適合妳，也很感謝妳努力布置得這麼漂亮，但我們必須為了公益放棄個人喜好，我會幫妳另外找個好攤位。妳覺得花卉攤位如何？現在負責的幾個女孩年紀太小，似乎不太順利。妳一定能布置得很迷人，鮮花攤位本來就很吸引人，妳知道的。」

「尤其是男士。」梅補上一句，如此一來，艾美領悟到自己突然被打入冷宮的一個原因了。她氣憤地脹紅臉，但不針對那句幼稚的嘲諷辯解，只是以出人意表的和善語氣回答——

「卻斯特太太，當然能照妳的意思安排。既然妳認為這樣比較好，我會立刻離開這個攤位，去打點花卉攤位。」

梅看著漂亮的展示架、彩繪貝殼，及細膩的藝術書法，艾美如此精心製作並以優美的品味陳列。她突然一陣良心不安，於是說：「如果妳想，可以把自己的東西拿過去。」她用意良善，但艾美誤解了，她立刻說——

「噢，沒問題，抱歉占用妳的空間。」然後將她貢獻的所有藝術品掃進圍裙，匆忙離開，覺得自己和她的藝術創作都受到不可饒恕的污辱。

「這下她生氣了。噢，老天，真希望我沒有拜託妳插手，媽媽。」梅憂傷地看著空蕩蕩的攤位。

「女生的小爭執很快就會過去了。」她媽媽說，覺得自己插手小孩子的紛爭有點可恥，她確實應該感到羞愧。

花卉攤位的小女孩歡喜迎接艾美和她帶來的寶物，這樣的盛大歡迎稍微安撫她受創的心。她投入工作，既然無法展現藝術長才，那麼，她決心要以花卉嶄露頭角。然而，一切如此不順，而時間很晚了，她很疲累，大家都在忙自己的事，無暇伸出援手，幾個小女孩也只是拖累，因為那些小可愛像喜雀一樣慌慌張張、嘰嘰喳喳，她們雖然想布置到盡善盡美，卻手法笨拙，導致越幫越忙。好不容易做好長春藤拱門，卻怎樣也站不穩，一旦掛上裝滿商品的籃子，就會搖搖晃晃，隨時可能倒下砸到她的頭。她畫得最漂亮的磁磚濺到水，邱比特的臉上多了一道墨水淚痕，而她的雙手被榔頭敲到瘀血，因為在冷風中工作而受寒，讓她非常擔心明天該怎麼辦。曾經因為類似苦惱而煩心的讀者，一定都會同情可憐的艾美，希望她能順利度過難關。

那天晚上回到家，她向家人傾吐，她們全都義憤填膺。媽媽說真是可惜，但她做得很對。貝絲決定不要去義賣會了，喬則質問她為何不拿走所有的漂亮東西，讓那些壞心的人自生自滅。

「她們雖然很壞心，但不代表我也要和她們一樣，我不喜歡這種事，儘管我自認有資格傷心，但我不想表現出來。比起憤怒吵鬧或衝動鬧事，這樣做會讓她們感受更深刻，對吧，媽咪？」

「這樣想就對了，親愛的，以德報怨永遠是最好的作法，雖然有時候要做到真的很不容易。」她母親說，語氣似乎親身體驗過知易行難的道理。

儘管難免生出挾怨報復的種種念頭，但第二天艾美秉持決心，打定主意要以溫柔征服敵人。她的起步很順利，因為有個意想不到的叮嚀悄悄來到眼前，她非常幸運。那天早上，小女孩在休息室裝花籃，她忙著整理攤位，她拿起最心愛的創作，那是一本小書，古董書封是她父親在收藏中發現的，她為許多段落畫上漂亮的文字裝飾。她翻頁欣賞自己優美的作品，雖然略有自滿之嫌，但無傷大雅，她的視線落在一段詩句上，讓她不禁停下來思考。她在這句話的周圍畫上了漂亮的紅、藍、金色捲軸裝飾，善良的小精靈互相幫助，在荊棘與花朵間爬上爬下，那句話的內容是「汝當愛鄰如己」。

「我應該這麼做，但我沒有做到。」艾美想，視線從鮮豔的書頁移動到梅喪氣的臉上，她擺了幾個花瓶，卻還是藏不住艾美拿走美麗作品之後留下的空洞。艾美站著不動一分鐘，翻著手中的書頁，每頁文字都溫柔譴責嫉妒與小心眼的行為。我們每天在路上、學校、公司、家中都會遇到許多無意中教導我們睿智道理的人，就連義賣會的攤位也可能成為講桌，讓我們看到永不過時的美好文字，給予我們很大的幫助。艾美的內心當場給她上了一課，於是她做出我們很多人做不到的事——

將道理聽進心中，並立刻付諸實踐。

一群女孩站在梅的攤位旁，欣賞那些漂亮的東西，聊著換人顧攤位的事。她們竊竊私語、交頭接耳，但艾美知道她們在談論她，她們只聽到片面之詞，就隨便做出偏頗的批判。雖然令人不愉快，但她心中有著滿滿的善意，也有機會立即用行動證明。她聽到梅憂傷地說——

「真的很慘，我沒有時間做新的東西，我也不想隨便濫竽充數。這個攤位本來很完美——現在全毀了。」

「我敢說，只要妳開口，她一定願意拿回來。」有人提議。

「鬧得那麼難看，我怎麼開得了口。」梅說，但她還沒講完，站在會場另一頭的艾美和善地說——

「妳可以拿去，如果妳想要，儘管拿吧，不必開口問我。我正覺得應該要主動拿回去，因為這些東西比較適合妳的攤位。東西都在這裡，請拿吧，昨晚我一時衝動才全部拿走，請原諒我。」

艾美一邊說，一邊將東西拿回去，並且點頭微笑，然後急忙走開，因為她覺得只是做一件友善的事，沒必要留下來接受道謝。

「她真是好心，妳們不覺得嗎？」一個女孩高聲說。梅的回答太小聲而聽不見，但另一位年輕淑女顯然因為做了太多檸檬汁，連內心都變酸了，她譏刺地笑了一下說：「真好心喔，因為她知道在自己的攤位一定賣不出去。」

這樣的嘲諷真的很難嚥下。當我們做出小小的犧牲時，難免會希望別人至少能感激。艾美一時後悔不該拿回去的，覺得好心不一定有好報。然而，她很快就發現並非如此，因為她的心情漸漸輕快起來，攤位在她的巧手裝飾下變得美不勝收，而女孩們的態度轉為和氣，那個小小的善行似乎一掃之前的烏煙瘴氣。

這一天很漫長，艾美也覺得很辛苦，因為幾乎是她一人在顧攤位，小姑娘們一下子就跑走了。夏季時很少有人想買花，天還沒暗下來，她的花束就已變得無精打采。

藝術攤位確實是全場矚目的焦點；一整天都有人圍著，顧攤位的人總是忙碌地跑來跑去，一臉嚴肅，裝錢的箱子發出叮咚聲響。艾美經常惆悵地看著對面，希望自己在那裡，那才是屬於她的位置，她在那裡才會快樂，而不是枯守著角落，無事可做。或許，總有些人會覺得閒閒的沒什麼不好，但艾美是個美麗活潑的年輕人，對她而言，無所事事不但太無聊，甚至令人痛苦。而且，一想到傍晚家人會來，羅利也會帶朋友來，他們一定會發現她有多慘，更是讓她覺得自己宛如烈士。

那天她很晚才回家，她的模樣如此蒼白沉默，家人一看就知道她有多不如意，儘管她沒有抱怨，甚至沒有說出自己做了什麼。母親幫她泡了一杯特別好喝的茶，貝絲幫她換衣服、做了個可愛的小花圈讓她裝飾頭髮，喬令全家人大吃一驚，她格外用心地打扮好，陰森地暗示局面即將逆轉。

「喬，拜託妳不要做失禮的事，我不要鬧出難堪的場面，就這樣算了吧，不要胡鬧。」艾美懇求，她要提早出門去找花，為她可憐的攤位補充商品。

「我只是打算讓自己變成超級萬人迷，把所有人都留在妳的攤位旁，盡可能讓他們待久一點。泰迪和他的朋友會來幫忙，我們還有機會開心一下。」喬回答，她站在閘門旁，正拉長脖子等羅利。終於暮色中傳來熟悉的重重腳步聲，她跑過去迎接。

「來人可是我的少年？」

「當然嘍，我的少女！」羅利挽起她的手，彷彿所有心願都成真。

「噢，泰迪，那些人真過分！」身為姐姐的喬，憤慨地為艾美打抱不平，說出她受到虧待的事。

「我的一群朋友會陸續駕車過去，我說什麼都要讓他們買光艾美的每一朵花，買完之後還要守在她的攤位前。」羅利熱烈支持她的使命。

「艾美說攤位上的花已經不行了，新鮮的花可能無法即時運到。我不該偏頗多疑，但我懷疑花根本不會送到。人既然做得出一件壞心的事，就很可能會做出更多。」喬以厭惡的語氣說出想法。

「海耶斯沒有把我們花園裡最美的花給妳們嗎？我吩咐過了。」

「我不知情，他大概忘記了；因為你爺爺身體不舒服，我不想開口拜託讓他煩心，不過我確實想要花。」

「真是的，喬，妳怎麼會以為這件事需要拜託呢！我的東西就是妳的，我們向來什麼都一人一半的，不是嗎？」羅利曖昧地說，這語氣總是會令喬劍拔弩張。

「老天爺！才不要呢！你大部分的東西分一半給我，我也用不著。不過，我們不要站在這裡抬槓了。我得去幫艾美，你也快點去打扮得光鮮亮麗一點。如果你願意叫海耶斯送一些漂亮的花去會場，我會永遠祝福你。」

「不能現在就祝福我嗎？」羅利的語氣充滿暗示，喬兇巴巴地當著他的面甩上閘門，從欄杆間大聲說，「走開啦，泰迪，我很忙。」

感謝這兩位的共謀，那天晚上局面確實逆轉了，海耶斯送去大量鮮花，還用心製作精美的花藝作為重點擺飾；馬區一家全體出動，喬更是火力全開，因為大家不但來光顧攤位，還因為被她的妙語逗笑而逗留，他們欣賞艾美的品味，每個人都很開心。羅利和朋友如英勇騎士投入戰場，買下所有花束，站在攤位前不走，讓那個角落成為全場最熱鬧的地方。現在艾美終於如魚得水了，就算不為了別的，她也因為感激而盡可能拿出最活潑動人的模樣——這時候她終於相信，好心確實會有好報。

喬表現出足以作為典範的得體舉止，艾美在眾多護花使者簇擁下非常開心，喬在會場四處走動聽八卦，因此明白了卻斯特太太臨時換人的原因。她非常自責，因為這椿恩怨其實是她的錯，她決心要盡快為艾美洗刷清白，她也發現艾美早上把東西拿回藝術攤位的事，認為她是寬宏大量的典範。經過藝術攤位時，她特別找了一下妹妹的作品，但全都不見了。「我看八成是被藏起來了吧。」喬這麼想，她可以原諒別人虧待她，但膽敢冒犯她的家人，她絕對會氣憤到噴火。

「晚安，喬小姐，艾美的攤位狀況如何？」梅傳達和解的善意——因為她想表現出她也可以很大方。

「攤位上能賣的東西都賣光了，現在她只是在玩樂。花卉攤位確實很吸引人，妳知道，『尤其是男士。』」

喬實在忍不住說出這句小小的酸話，但梅很溫順地吞下，喬立刻後悔了，連忙稱讚花瓶很漂亮，雖然到現在還沒賣出去。

「艾美加上插畫的書還在嗎？我想買下來送給爸爸。」喬說，急著想知道妹妹的作品遭遇怎樣的下場。

「艾美的所有作品早就都賣掉了，我特別留意讓合適的人看到，那些作品為我們賺了不少錢呢。」梅回答，她也像艾美一樣，克服了各種小心眼的報復誘惑。

喬非常滿意，急忙跑回去報告好消息。聽到梅所說的話、表現出來的態度，艾美的反應既感動又驚訝。

「好了，各位男士，我希望你們去光顧其他攤位，就像在我的攤位上一樣大方——尤其是藝術攤位。」她對「泰迪的好哥們」下令，馬區家的姐妹都如此稱呼他的大學同學。

「『衝啊，卻斯特，衝啊！』這是那桌的口號；不過你們要拿出男子氣概盡責貢獻，你們的錢絕不會白花，因為你們不只能得到藝術品，也能討女生歡心。」喬發表激勵演說，忠誠的大軍準備上戰場。

「我們自當遵命，不過馬區比梅更美，就像三月比五月[12]時更美麗。」小帕克努力想展現出機智又柔情的一面，但很快就被羅利潑冷水。「很厲害嘛，小傢伙，以小鬼而言算不錯！」他以父親般的動作摸摸他的頭，帶著他離開。

「去買花瓶。」艾美低聲對羅利說，作為對敵人最後的雪中送炭。

12　「馬區」（March）為三月之意，「梅」（May）的名字則也同樣是「五月」的意思。

梅非常開心，羅倫斯少爺不只買了花瓶，還一手抱著一個在會場四處走動。其他男士也同樣胡亂出價買下各種瑣碎小東西，然後不知所措地遊蕩，手裡拿著蠟花、彩繪摺扇、掐絲裝飾品，以及其他實用又得體的戰利品。

卡羅爾姑姑也在場，聽說了今天發生的事情，她感到十分欣慰，對坐在角落的馬區姑婆講了幾句話，讓老姑婆露出滿意的笑容，她以自豪又焦慮的神情看著艾美，但她沒有說出欣慰的原因，直到幾天之後才揭曉。

這次義賣會圓滿成功。梅向艾美道別時，沒有像平常那樣「過度熱情」，而是親切地吻她一下，表情看得出來她決定要「寬恕並遺忘」，這樣艾美就滿足了。回到家之後，她發現那兩個花瓶放在客廳的壁爐架上，裡面插著大把鮮花。羅利做了一個花俏的行禮動作，一邊說：「這是獎品，送給最有雅量的馬區小姐。」

那天晚上，她們互相幫忙梳頭髮，喬真摯地說：「艾美，我太小看妳了，妳很有原則又大方，比我想像中更高貴、有個性。妳的行為很感人，我全心敬重妳。」

躺在床上的貝絲也說：「沒錯，我們全都這麼覺得，因為她的寬宏大量而更愛她。我相信一定非常難做到，她辛苦了那麼久，一心以為可以自己賣出那些漂亮的作品。換成是我，可能沒辦法像妳那麼善良。」

「哎呀，兩位姐姐，妳們不必那麼稱讚我，我只是用家人對待我的方式對待她們。每次我說想當貴婦，妳們總會笑我，但我真心想從內到外都成為高尚的淑女，我盡力而為、努力嘗試。我無法確切解釋，但我希望能超越那種小心眼的惡意、愚行與缺陷，太多女性因此而品格掃地。我還沒做到，但我會盡力，希望假以時日我可以像媽媽一樣。」

艾美的語氣很真誠，喬給她一個衷心的擁抱——

「現在我懂妳的意思了，我再也不會取笑妳。妳進步得很快，超乎妳自己的想像，我要向妳學習真正的禮貌，因為我相信妳已經掌握祕訣了。繼續加油，親愛的，有一天妳會得到回報，到時候不會有人比我更歡喜。」

一週後，艾美確實得到了回報，可憐的喬卻很難感到歡喜。卡羅爾姑姑送了一封信過來，馬區太太看完之後臉上綻放出如此耀眼的光彩，在一旁的喬和貝絲急忙追問到底發生了什麼好事。

「卡羅爾姑姑下個月要去海外，她希望——」

「帶我一起去！」喬脫口大喊，難以扼抑的狂喜讓她從座位上跳起來。

「不，親愛的，不是妳，是艾美。」

「噢，媽媽！她還太小，應該讓我先去，我一直好想出國——去了對我一定很有幫助，而且會非常精采——我一定要去。」

「喬，恐怕沒辦法，姑姑指定要艾美去，這是她給我們的恩惠，我們不能挑三揀四。」

「每次都這樣，好玩的都給艾美，辛苦的都歸我。不公平啦，噢，太不公平了！」喬激動地說。

「親愛的，妳自己恐怕要負部分的責任。前兩天姑姑來找我聊天，她說妳的舉止太莽撞、性情太獨立，她覺得這樣不好，而且她在信裡引述了妳之前說的話——『我原本打算請喬和我們作伴；但她說『恩惠讓她覺得很有負擔』，而且她『討厭法文』；我看還是不要麻煩她比較好。艾美比較溫順，可以和佛羅倫絲相處得很好，而且如果這趟旅程對她有任何好處，她都會心懷感恩。』」

「噢，我這張嘴，我這張可惡的嘴！為什麼我學不會閉嘴？」喬哀嘆，想起害慘她的那些話。讀完信中引用作為解釋的話之後，馬區太太憂傷地說——

「我也很希望妳能去，但這次恐怕沒希望了，妳就坦然接受吧，不要怨天尤人，破壞艾美的喜悅。」

「我會盡力。」喬猛眨眼睛，撿起剛才一時興奮而弄翻的針線籃。「我會學習她的榜樣，不只是表面高興，心裡也會為她高興，絕不會壞了她的興致，一分鐘也不會。但一定很難做到，因為我非常失望。」可憐的喬，幾滴苦澀淚水落在胖胖的小針插上。

「喬，親愛的，我知道這樣想非常自私，但我真的不能離開妳，我很慶幸妳暫時還沒有要走。」貝絲小聲說，將她抱個滿懷，連籃子也一起抱著，感受到貝絲的依戀擁抱，看到她的可愛臉蛋，喬感到一絲的安慰，儘管強烈的悔恨讓她很想給自己一記耳光，卑微懇求卡羅爾姑姑讓她擔起這個恩惠，她絕對會滿懷感激地接受施恩。

當艾美回家時，喬已經能夠扮演好她的角色，和全家人一起慶祝，或許不像平常那麼真心，但她不埋怨艾美的好運。

然而，當艾美本人聽到消息之後，歡喜彷彿大浪撲來，她在狂喜中一臉嚴肅地到處走來走去，當天晚上就開始收拾顏料、打包鉛筆，至於衣物、金錢、護照之類的瑣碎問題，就交給那些頭腦未被藝術夢想占據的人處理。

「姐姐們，這趟我不只是出去玩而已。」她鄭重地說，一邊將最好的調色盤刮乾淨。「我將會決定是否繼續藝術生涯。如果我真的有天分，在羅馬一定能發現，我會做出一番成就來證明。」

「萬一沒有呢？」喬說，她紅著眼睛縫製新硬領，要給艾美帶去用。

「那我就會回家，當繪畫老師討生活。」一心追求名聲的藝術家如是說，展現出雲淡風輕的超然；但想到那樣的未來，她不禁做了個苦臉。更加用力刮調色盤，彷彿決心要拚死奮鬥，絕不輕言放棄希望。

「才不會呢，妳討厭辛苦工作，妳會嫁給有錢人，整天在家享受奢華的生活。」喬說。

「妳的預測有時候很不準，但這個說不定會成真喔。我希望成真。倘若我無法成為藝術家，那我希望至少能夠幫助藝術家。」艾美微笑著說，彷彿比起貧窮的繪畫老師，有錢夫人的角色更適合她。

「哼！只要妳想要，一定能得到，因為妳每次願望都會成真——我的從來不會。」喬怨嘆地說。

「妳想去嗎？」艾美問，沉思著用畫刀壓扁鼻子。

「很想！」

「好，過一、兩年，等我出名就會派人來接妳過去，我們可以一起去古羅馬廣場挖古物，實現我們多次提到的計畫。」

「謝謝，等那一天來到，我會提醒妳曾說的承諾。」喬回答，接受這個難以實現但非常大方的承諾，全力表達感謝。

準備的時間有限，在艾美出發之前，家人們一直忙個沒完。喬很努力忍耐，直到飄動的藍色緞帶消失在遠處，她才躲去閣樓上她的小天地大哭一場，直到再也哭不出來。艾美也一樣，她堅強壓抑淚水，直到輪船出航，登船踏板即將收起時，她才突然意識到，即將和最愛她的人分隔大西洋兩岸，她緊抱住羅利，她最後的依靠，哭著說——

「幫我好好照顧他們，萬一發生什麼事——」

「我會的，親愛的，我會。萬一發生什麼事，我會去找妳，給妳安慰。」羅利低聲說，稍微幻想了一下多快他會被召喚過去實踐諾言。

就這樣，艾美啟程前往舊大陸，在年輕人的眼中，那片天地總是新奇而美麗，她的父親和好友站在岸上目送她遠去，熱切盼望這個內心開朗的女孩一切順遂，只會發生最溫柔的際遇，她不停揮手，直到再也看不見他們，眼前只剩海面上耀眼的夏季陽光。

8 我們的海外特派記者

倫敦

親愛的家人：

我不敢相信，我真的坐在皮卡迪里廣場的巴斯飯店窗前。這間飯店很不起眼，但姑丈幾年前投宿過，他說什麼也不肯去別的地方。不過，我們不會在這裡停留太久，所以無所謂。噢，我無法描述我有多享受這一切！我永遠說不明白，所以我會附上筆記本裡的幾頁，因為自從啟程之後，我什麼都沒做，只是不停素描、隨筆畫畫。

之前在加拿大的哈利法克斯我寄了一封短信回家，那時候我心裡很憂傷，但後來我就開心起來了。我很少暈船，整天待在甲板上，船上有很多有趣的人，一點也不無聊。每個人都對我很好，尤其是那些船員。喬，不要笑，在船上真的很需要男士，給我們扶持、為我們服務，反正他們也很閒，如果不幫他們找點事情做，我擔心他們會抽太多菸死掉。

姑姑和佛羅一路都很不舒服，只想安靜休息，所以除了盡力照顧她們的時候，我都自己去找樂子。在甲板上散步很有趣，落日很美，空氣和波浪都那麼神奇！航行速度加快的時候，感覺幾乎像騎著駿馬奔馳。真希望貝絲也能來，對她的健康會大有好處；如果是喬，她一定會爬到最高的三角帆上坐著，其實我不太確定那個很高的東西叫什麼，她會和工程人員變成好朋友，拿船長的擴音器當喇叭吹，她一定會玩瘋的。

一切都非常美好，不過，看到愛爾蘭海岸時我真的好高興，那裡非常美，一片碧綠、晴空萬里，點綴著棕色矮房子，山上有古代遺跡，山谷裡有紳士的鄉間住宅，公園裡有鹿在覓食。雖然時間很早，但我不後悔特地起床，因為海港裡滿是小船，海岸風景如畫，天空一片粉紅，我永遠不會忘記。

在愛爾蘭的皇后鎮，一位新朋友離開了，蘭諾斯先生。我提起知名景點基拉尼湖，他嘆息一聲，用奇怪的眼神看著我，唱起歌來——

噢，你可曾聽過凱蒂・基爾尼，她住在基拉尼湖岸；
她明眸一瞥，危險便逃竄飛奔，因為凱蒂・基爾尼的明眸如此致命。

歌詞很莫名其妙吧？

我們只在利物浦停留幾個小時，那個地方很髒、很吵，離開時我非常高興。姑丈衝下船去買了一雙狗皮手套、一雙很醜很厚的鞋子，及一把雨傘，還跑去把鬍子修成「羊排鬚」[13]。後來他一直自吹自擂，說他像真正的英國人；但他第一次去清鞋子上的污泥時，小擦鞋匠立刻發現他是美國人，笑嘻嘻說：「好了，先生，我把您的美國鞋子刷得亮晶晶呢。」姑丈覺得非常好笑。噢，我一定要告訴妳們那個

13 由較長的鬢角與唇髭結合而派生的一種鬍型。

誇張的蘭諾斯先生做了什麼！他的朋友沃德和我們同行，他請他幫忙訂了一束花送我，我一進房間就看到一束很漂亮的花，上面的卡片寫著「羅伯·蘭諾斯敬贈」。很好笑吧，姐姐們？我好愛旅行。

我得講快一點，否則永遠寫不到倫敦的事。這趟旅程有如騎馬跑過一條很長的藝廊，每處的風景都美不勝收。我最喜歡農舍，屋頂鋪著瓦，長春藤爬上屋簷，窗戶上有花格子，矮胖婦人帶著一群紅潤幼兒站在門口。就連牛群感覺也比我們的牛兒沉靜，牠們站在膝蓋高的苜蓿中，母雞的叫聲感覺很愉快，彷彿從來不知道緊張為何物，不像我們美國的母雞老愛窮緊張。我從來沒看過這麼完美的色調——草很綠、天很藍、穀物金黃、森林幽暗——我一路都開心極了，佛羅也是，我們在車廂兩側不停跑來跑去，想看清所有東西，同時以時速六十英里的高速前進。姑姑很累，所以先去睡了，不過姑丈一路在研究旅遊書，不管看到什麼都堅持不肯表現出驚訝的模樣。所以旅程中我們就像這樣，艾美激動地跳起來——「噢，那一定是凱尼爾沃思城堡，森林中那個灰色的建築！」佛羅衝到我的窗前——「真美，有機會我們一定要去。爸爸，帶我們去嘛？」姑丈冷靜地欣賞靴子——「不，親愛的，難道妳想喝啤酒？那裡是釀酒廠。」

安靜一陣之後，佛羅大喊——「老天爺，那裡有絞刑台，有個人剛走上去。」「哪裡、哪裡？」艾美尖叫，注視著兩根很高的柱子，中間有橫桿和垂掛的鎖鍊。「那只是煤礦場。」姑丈說，眼中閃著笑意。「這裡有一大群綿羊趴在地上。」艾美說。「快看啊，爸爸，好可愛喔！」佛羅感性地跟著說。「那是鵝，兩位小姐。」姑丈的語氣讓我們安靜下來，佛羅沉浸在《情挑凱文迪許中尉》的故事裡，我自己一個人看風景。

可想而知，我們到倫敦的時候在下雨，除了霧和雨傘沒有東西可看。我們休息、整理行李，趁雨停的空檔去逛了一下街。瑪麗姑姑買了一些東西給我，因為出發太倉促，我準備得不夠周全。一頂漂亮的白帽子配藍羽毛，一套和帽子搭配的漂亮棉布衣裳，還有妳們見過最美的披風。去攝政街買東西太愉快了，東西感覺都好便宜，品質很好的緞帶一碼只要六便士。我買了很多存貨，不過手套要去巴黎買。這句話感覺很高雅、很富裕吧？

姑姑和姑丈出門去了，我和佛羅為了好玩而叫了一輛出租馬車去兜風，不過我們後來才知道年輕淑女不可以單獨坐出租馬車。真的好刺激！前面的檔板關上之後，馬車跑得好快，佛羅很害怕，拜託我叫車伕停車。但他在車廂外很後面的地方，我大聲喊，他聽不到，我把陽傘伸出車外猛揮，他也看不到，我們就這樣無助地被載著狂奔，轉彎的速度非常快，我們很怕會跌斷脖子。終於我在驚慌中發現車頂上有個小門，我一推開就看到一雙紅眼睛，一個醉醺醺的聲音說——

「啥事，姑娘？」

我用最嚴肅的語氣命令他放慢速度，然後用力關上門，老傢伙說了句「是、是，姑娘」，然後就讓馬慢慢走，簡直像出殯一樣。我再次推開門，吩咐他「稍微快一點」，他又開始像之前那樣狂奔，我們只好認命了。

今天天氣很好，我們去海德公園散步，距離很近，我們住的地方不太起眼，沒想到這個地區很有貴族氣派。德文郡公爵就住在附近，我經常看到他家男僕靠在後門欄杆上休息，而威靈頓公爵的家也不遠。親愛的家人，我看到多少驚奇場面呀！簡直像《潘趣雜誌》的圖片，肥胖的老貴婦坐著紅黃色馬車，穿著絲質長襪和天鵝絨大衣的帥氣男僕坐在車廂後面的高處，前面的車伕還撲了粉呢。時髦的女僕帶著我看過最紅潤的小孩，好像沒睡飽的美女；時尚公子哥們戴著奇怪的英國帽子和紫色小羊皮手套，懶洋洋地隨處靠著，高大的士兵穿著紅色短外套，斜斜戴著造型像馬芬鬆糕的帽子，樣子很有趣，我很想把他們畫下來。

騎馬道原本的名字是「Route de Roi」，也就是「國王道」的意思，不過現在感覺像是騎術學校。這裡的馬都很精良，男士們的騎術很不錯，馬夫更是厲害，可惜女士很僵硬，而且會在馬背上彈跳，在我們這裡是不合規矩的。我很想讓她們見識一下美國風格的奔馳，因為她們只會來回慢慢騎，身穿很緊的騎馬裝、頭戴高頂帽，樣子像諾亞方舟玩具組裡面的女人。所有人都會騎馬——不論是老人家、健壯的女士、小朋友。這裡的年輕人很愛打情罵俏，我看到一對年輕情侶交換玫瑰花蕾，現在很流行用來裝飾扣眼，我覺得是個不錯的主意。

傍晚我們去了西敏寺，不要期望我描述，因為我辦不到——我只能說真是宏偉莊嚴！晚上我們要去看法國演員費雪演的戲，今天是我人生中最快樂的一天，這絕對是結束前最恰當的收尾。

午夜

…

時間很晚了，但信件明天早上就要寄出，我一定要告訴妳們昨晚發生的事。晚餐時有人來拜訪，猜猜是誰？羅利的英國朋友，沃恩家兩兄弟，佛列德和法蘭克！我非常驚訝，因為要不是看到名片，我絕對認不出他們。他們都長高很多，還留起鬍鬚；佛列德有種英式的帥氣，法蘭克的傷勢好多了，走路只有一點微跛，不必用枴杖。他們從羅利那裡打聽到我們住的地方，過來請我們去他們家住，但姑丈不肯，所以我們改天要去回訪，也會盡可能和他們多見面。他們和我們一起去戲院，我們很開心，法蘭克全心陪伴佛羅，我和佛列德聊過去、現在、未來的各種事情，感覺好像我們認識一輩子了。轉告貝絲，法蘭克問起她，聽到她健康狀況不佳，他很難過。我提起喬的事，佛列德大笑，要我代為「向大帽子致敬」。他們兩個都沒有忘記羅倫斯夏令營的事，也沒有忘記當時多開心。感覺像上輩子的事了，不是嗎？

姑姑拍牆三次了，所以我必須就此停筆。我真的覺得自己很像放縱的倫敦淑女，這麼晚了還在寫信，我的房間裡有好多漂亮的東西，我的頭腦裡塞滿公園、劇院、新衣服，還有風度翩翩的男士，他們會說「啊」，而且喜歡把玩金黃鬍鬚，非常有真正的英國貴族派頭。我好想見妳們大家，雖然我寫了很多沒意義的內容，但我永遠是最愛妳們的——

艾美

・・・

巴黎

親愛的姐姐們：

上一封信中，我說了在倫敦的事——馮恩兄弟真的很親切，有他們加入非常愉快。我最喜歡去漢普頓宮和肯辛頓博物館這兩趟旅程，遠超過其他地方——因為在漢普頓宮我看到了拉斐爾的草圖，在肯辛頓博物館更是有好幾間展覽室掛滿了特納、勞倫斯、雷諾茲、霍加斯的作品，還有其他大師鉅作。去里其蒙公園那天很有意思，因為我們享用了英式野餐。那裡有好多橡樹和鹿，我畫都畫不完。我們聽到夜鶯歌唱、看到雲雀飛翔。盡情遊覽倫敦——感謝佛列德和法蘭克——離開時我心中充滿遺憾，雖然英國人慢熟，但一旦覺得是朋友之後，就會以最大的熱忱招待。馮恩一家希望冬天能去羅馬找我們，如果他們沒有來，我一定會非常失望，因為我和葛蕾絲變成姐妹淘了，兩兄弟也都是好人——尤其是佛列德。

呃，我們來到巴黎，還沒安頓好，他就出現了，他說是來度假的，接下來要去瑞士。姑姑一開始有點不高興，但他表現得十分正大光明，她也無話可說；我們相處得很愉快，我很慶幸他來了，因為他的法語程度像當地人一樣好，我不知道要是沒有他幫忙，我們該怎麼辦。姑丈頂多只知道十個詞，總是堅持用很大的音量說英文，彷彿這樣就能讓人聽懂。姑姑的發音太老式，至於我和佛羅，我們自以為程度很好，卻發現其實我們根本差得遠了，因此我們非常感激佛列德，幸好有他幫忙和當地人「傳話」，姑丈都這麼說。

我們真的玩得好愉快！從早到晚都在觀光！中午在別緻的咖啡館休息用餐，遇到很多好笑的怪事。下雨的日子我都去羅浮宮，沉浸在繪畫中。喬很可能會對最美好的藝術品不屑一顧，因為她沒有藝術的靈魂，但我有，而且我在盡快培養眼光與品味。她會比較喜歡偉人的遺物，她最心愛的拿破崙，我看到他的三角帽和灰大衣，他孩子的搖籃和他的舊牙刷；我也看到瑪麗皇后的小鞋子、聖丹尼斯的戒指、查理曼大帝的劍，以及許多有趣的東西。等我回家可以說上好幾個小時，但我沒時間在信中一一描述。

皇宮簡直是天堂，有好多珠寶和漂亮東西，我快發瘋了，因為我不能買下來。森林和香榭大道也非常迷人。我看過皇室家庭好幾次，皇帝很醜、很嚴肅，皇后潔白美麗，但我覺得她的衣著品味很糟——紫色衣裳、綠色帽子、黃色手套。小拿破崙是個英俊的少年，他坐著和家教聊天，乘坐四匹馬拉的大馬車外出時，會對民眾拋飛吻，馭馬侍從穿著紅色絲緞外套，馬車前後都有騎馬的衛士。

我們經常去杜樂麗花園，因為那裡很漂亮，雖然我更喜歡古老的盧森堡花園。拉雪茲神父公墓是個很奇特的地方，許多墳墓都像小房間，探頭進去可以看到一張桌子，上面有死者的畫像或照片，還有椅子讓來悼念的人休息。真的很法式作風——n'est pas?（不是嗎？）

我們住在里沃利街，坐在陽台上能看到燈火輝煌的長長道路兩頭。傍晚時坐在那裡聊天真的很愉快，白天如果玩得太累，晚上我們就會在飯店休息。佛列德非常有趣，整體而言是我認識最親切的青年，除了羅利，他的行為舉止更有魅力。我多希望佛列德是深色頭髮，因為我不喜歡淺色頭髮的男人：無論如何，馮恩家非常富有，家世也很優秀，所以我不介意他們的金髮，更何況我自己的頭髮顏色更金。

下星期我們要出發去德國和瑞士，因為行程比較緊湊，我可能只能簡單寫短信。我會寫日記，也會盡可能像父親建議的那樣，「清楚記得所有我看過、欣賞過的事物，並且準確描述」。這對我是很好的練習，加上我的素描簿，應該可以讓妳們對我的旅程有更詳盡的瞭解，遠勝過這些隨手寫的內容。

Adieu（再見），我溫柔擁抱妳們。

Votre Amie（妳們的艾美）

海德堡

……

親愛的媽媽：

出發去伯恩之前，我們有一個小時的休息時間，我想盡可能告訴妳最近發生的事，因為有些非常重要，妳看到就會明白。

坐船沿萊茵河北上的旅程完美至極，我只是坐著盡可能享受。我拿出爸爸的舊旅遊指南看，再華麗的辭藻也不足以形容那樣的美景。在科布倫次發生了一件很有趣的事，佛列德在船上認識了幾個來自波恩的學生，他們為我們獻唱了一首情歌。那天晚上月色明媚，大約一點的時候，窗外傳來甜美悅耳的音樂，我和佛羅醒來。我們急忙起床，躲在窗簾後面偷看，佛列德和那群學生在下面唱歌。這是我見過最浪漫的事。河流、成排的船隻、對岸的巨大碉堡，月光灑落大地，動人的音樂連鐵石心腸也會融化。

他們唱完之後，我們拋了一些鮮花下去，看到他們搶著撿，對樓上看不見的女士拋飛吻，然後嘻笑著走開——我猜大概是去抽菸、喝啤酒。第二天早上，佛列德從背心口袋拿出一朵壓扁的花給我看，表情十分感性。我笑他，說那朵花不是我拋的，而是佛羅倫絲。他似乎覺得很失望，因為他立刻將花拋出窗外，恢復正經。我擔心我和他之間恐怕會發生麻煩事——感覺似乎免不了。

拿紹的澡堂非常棒，巴登巴登也是，佛列德在那裡弄丟了一些錢，我罵了他一頓。法蘭克不在的時候，他需要有人盯著他。凱特曾經說過希望他快點結婚，我也認為婚姻對他有幫助。法蘭克福很好玩；我造訪了歌德故居、席勒雕像，以及丹尼克[14]知名的「阿里阿德涅」雕塑。非常美，如果知道故事背景我應該會更喜歡。但我沒有問，因為大家似乎都知道，不然就是假裝知道。真希望喬可以說給我聽；我應該多讀一點書，發現自己什麼都不懂，真的很丟人。

現在要講嚴肅的事了——因為事情發生在這裡，佛列德剛剛離開。他一直非常和善親切，我們全都很喜歡他；在那次唱情歌之前，我單純把他當成好旅伴。那之後，我開始發現，月光下散步、陽台談心、每天外出探險，這些對他而言不只是玩樂而已。媽媽，我沒有和他曖昧，真的沒有——妳的叮嚀我謹記在心，也盡力遵守。但別人要喜歡我，我也沒辦法；我沒有故意誘使別人喜歡我，因為如果我不喜歡對方，我也會很困擾，儘管喬總是說我沒有心肝。我知道媽媽現在一定在搖頭，姐姐們會罵我是「現實的小壞蛋！」但我下定決心了，倘若佛列德開口，我會接受，雖然我並沒有瘋狂愛上他。我欣賞他，我們相處很愉快。他英俊、年輕，頭腦也不錯，而且非常富有，財力甚至遠勝過羅倫斯家。我不認為他的家人會反對，我會過得很幸福，因為他們都是善良、有教養又慷慨大方的人，他們很喜歡我。佛列德是雙胞胎中的哥哥，所以應該會得到宅邸——多美輪美奐的房子！位在市區最有格調的街上，雖然不像我們美國的豪宅那麼奢華，但更加舒適，英國人喜歡的耐用奢侈品他們全都有。我喜歡，因為感覺很實在，我看過他們的餐具、家傳珠寶、老僕人，也看過鄉村住宅的照片，周圍有大片庭院，房子很大，環境幽美，有很多駿馬。噢，我夢寐以求的東西全都有！我寧願要財產，很多女生攀附貴族頭

14 德國雕塑家（Johann Heinrich von Dannecker, 1758-1841）。

銜，卻發現只是空殼子。或許我真的很現實，但我厭惡貧窮，只要能盡快擺脫，我什麼都願意。

我們姐妹中一定要有人嫁進豪門，梅格沒有、喬不肯、貝絲不能，那就我來吧，我會徹底改善家裡的狀況。我不會嫁給我討厭或鄙視的人，這一點妳可以放心，儘管佛列德並非我心目中的白馬王子，但他的表現真的沒話說，如果他非常愛我，而且讓我隨心所欲，有朝一日我應該也能對他產生足夠的感情。上個星期我一直在反覆思考這件事——因為佛列德喜歡我，這件事已經昭然若揭。他沒有表白，但很多小事都看得出來，他從來不和佛羅出去，在馬車上總是坐在我身邊，用餐、散步的時候也是，我們獨處的時候，他總是一副含情脈脈的模樣，任何人膽敢和我說話，他都會皺起眉頭表示不悅。昨天晚餐時，一位奧地利軍官盯著我們看，然後對朋友（一個感覺很輕浮的男爵）說了一句「ein wonderschönes Blöndchen」（金髮妞很漂亮），佛列德的表情像獅子一樣凶惡，切肉的動作非常野蠻，肉差點從盤子裡飛出去。他不是那種冷漠高傲的英國人，他的個性相當火爆，因為他有蘇格蘭血統，從那雙漂亮的藍眼睛就看得出來。

昨天傍晚，我們登上城堡去看夕陽——佛列德沒有一起去，他要去郵局拿信，然後再和我們會合。我們四處探訪遺跡，存放巨大的酒桶的地窖，以及古代選帝侯為英國妻子建造的美麗花園。我最喜歡大觀景台，風景美不勝收；所以其他人進去城堡裡面參觀的時候，我坐在那裡想要素描牆上的灰石獅頭，周圍蔓生著大紅色的忍冬。我覺得彷彿進入了羅曼史的世界，坐在那裡望著內卡河滾滾流過山谷，聽著下方奧地利樂團的演奏，等待我的情郎——有如故事書中的女主角。我有種預感，即將發生重大的事，我準備好了。我並沒有害羞或緊張，反而相當沉著，只有一點興奮。

「不久之後，我聽到佛列德的聲音，他快步穿過大拱門來找我。他的模樣十分慌張，我瞬間忘了自己的心思，問他發生了什麼事。他說剛收到一封信，家人要他盡快回去，因為法蘭克生了重病；他必須立刻出發，搭今晚的火車回國，時間只夠道別。我為他感到難過，也為我自己感到失望，但只有一下子而已，因為他和我握手的時候說了一句話，那樣的語氣我絕不會弄錯。他說：「我很快就會回來，艾美，妳不會忘記我吧？」

我沒有給他承諾，只是看著他，他似乎就滿意了。時間真的不夠，只能簡短交代一下口信然後道別，因為一個小時之後他就出發了，我們全都很想念他。我知道他想說什麼，但我記得他曾經暗示，他答應過父親不會這麼快論及婚嫁——因為他個性衝動，老先生擔心他會娶外國媳婦。我們很快就會在羅馬見面，如果到時我沒有改變心意，那麼，當他問「妳願意嗎？」時，我會說「我願意，謝謝你。」

當然，這些事全都非常私密，但我希望妳知道這裡發生的事。不必為我操心，別忘了，我是「精明的艾美」，放心的，我不會衝動行事。假使妳有什麼建議，儘管寫信告訴我，如果恰當，我一定會聽從。真希望我能當面和妳商量，媽咪。愛我，信任我。

永遠屬於妳的

艾美

9 感情煩惱

「喬，我很擔心貝絲。」

「為什麼，媽媽？自從寶寶出生之後，她身體健康的程度，都好到有點不自然了呢。」

「我煩惱的不是她的健康，而是她的心靈。總覺得她一定有煩惱，我希望妳能幫忙問出來。」

「媽媽，妳為什麼會這麼想呢？」

「她經常一個人坐著，不像以前那樣常和爸爸講話。前兩天，我發現她一邊看著寶寶一邊哭。唱歌的時候，她總是選哀傷的曲子，我偶爾會在她臉上看到難以理解的表情。這不像平常的貝絲，我很擔心。」

「妳沒有問她嗎？」

「我提了一、兩次，她不是迴避我的問題，就是很難過的樣子，我只好停止追問。我絕不會強迫孩子說出祕密，因為通常不用等太久，妳們自己就會說了。」

馬區太太一邊說、一邊看喬一眼，但從二女兒的表情判斷，她似乎沒有什麼祕密的煩惱，只是在想貝絲的問題。喬若有所思地做了一會兒針線活，然後說——

「我猜她應該只是長大了，開始做夢，並且心中出現希望、恐懼和擔憂，卻不知道原因，也不懂該如何說明。別忘了，媽媽，貝絲已經十八歲了，但我們沒有意識到，一直把她當成小孩對待，忘記她已經是女人了。」

「親愛的，確實沒錯，妳們長大得真快。」她母親微笑著嘆息。

「我們也沒辦法，媽咪。所以妳只能認命承受各種煩惱，讓妳的小雛鳥一隻接一隻飛離巢穴，我答應妳絕不會飛得太遠，希望能給妳一點安慰。」

「我非常安慰，喬，有妳在家的時候我總覺得更堅強。現在梅格出嫁了，貝絲身體不好，而艾美還太小、不能依靠，但妳不一樣，當考驗來臨時，妳永遠準備就緒。」

「妳也知道，我不介意做苦工，家裡總得有人做這些事。艾美擅長細緻的工作，我做不來。不過，若有一天家中的地毯都要拆下來清洗，或是大半家人同時生病時，那就輪到我表現啦。雖然艾美在國外過得有聲有色的，但如果家裡有什麼狀況，我就是妳的依靠。」

「那我就把貝絲交給妳了，因為比起其他人，她會比較願意對喬敞開溫柔的小心靈。要當心，不要讓她覺得有人監視她或議論她。只要她能健健康康，心情重新振作起來，我在世上就沒有其他煩惱了。」

「妳真是幸運！我有一大堆煩惱。」

「親愛的，說給我聽吧？」

「我先處理好貝絲的問題，然後再和妳說我的問題。不太緊急，所以先放著也沒關係。」喬睿智地點頭，繼續縫衣服，至少媽媽現在暫時不用操心她的事。

喬自己雖然有許多心事要思考，但也同時觀察著貝絲，提出了許多互相矛盾的猜測，最後終於做出結論，發現是什麼造成她的改變。一件沒什麼的小事，讓喬自以為得到解謎的線索，加上活潑的想像力與友愛的心靈，其他謎底也迅速揭開。

一個週六下午，她埋頭辛勤寫作，只有她和貝絲在家裡，她一邊寫作，一邊留意妹妹，她似乎異常安靜。貝絲坐在窗邊，手中的針線活經常放在腿上不動，她一手撐著頭，神情沮喪，視線固定凝視陰沉的秋季景色。突然有人從窗外經過，吹口哨的聲音有如畫眉鳥歌唱，那個人大聲說——

「一切平靜！晚上再來！」

貝絲嚇了一跳，探出上身微笑點頭，目送那個人遠去，直到匆忙腳步聲消失。然後她彷彿自言自語似地輕聲說——

「親愛的男孩，他多麼強壯、健康、快樂呀。」

「哎呀！」喬依然專心觀察妹妹的臉，紅潤的氣色來得突然、去得也突然，笑容消失，窗台上多了一滴晶瑩的淚珠。貝絲急忙擦掉，擔憂地看喬一眼，但她正在奮力搖筆桿，速度十分驚人，顯然一心一意在寫《奧林匹亞的誓言》。但貝絲一轉頭後，喬又開始觀察，發現貝絲不只一次悄悄伸手抹去眼睛，她側臉的臉蛋上有著溫柔憂傷，喬的眼眶也不禁濕了。她生怕會漏餡，於是站起來走開，喃喃說著要去拿紙。

「我的老天，貝絲愛上羅利了！」她在自己的房間坐下，自認剛才發現了大祕密，因為衝擊而臉色發白。「我做夢也想不到會有這種事！媽媽會怎麼說？我很想知道他——」喬想到這裡停住，突如其來的念頭讓她的臉色變成通紅。「萬一他不愛她，那不是很慘嗎？他一定要愛她，我要強迫他愛上她！」她看著牆上羅利的照片，他淘氣的表情彷彿在揶揄她，她搖頭以示威嚇。「噢，老天，我們確實長大得太快了。梅格嫁人、當媽媽，艾美在巴黎過得多采多姿，連貝絲都情竇初開了。只剩我還夠理智，知道要遠離那種麻煩事。」喬專注思考片刻，雙眼注視照片。然後她糾結的眉頭舒開，對牆上那張臉斷然點頭——

「不，多謝了，老兄！你很迷人，但你像風向雞一樣沒定性，所以你不必寫逗人的短信，也不必曖昧微笑，因為一點用也沒有，我不會接受的。」

她嘆息，開始做起白日夢，就這樣一直待到暮色時分，她下樓繼續觀察，更加確定她的想法。儘管羅利喜歡逗艾美、捉弄喬，但他對貝絲向來格外善良溫和。只是所有人都這樣，沒有人會懷疑他是否對貝絲有特殊的感情。確實，最近全家人都有種感覺，「我們的男孩」對喬越來越深情，但這件事她卻連一個字也不願意聽進去。若有人膽敢有所暗示，會挨她一頓痛罵。其實過去一年發生許多曖昧柔情，或者該說是曖昧柔情的企圖，因為總是才剛萌芽就被她狠狠折斷，倘若家人知道，一定會無比滿意地說：「我早就說過了。」但喬最討厭男歡女愛，絕不允許這種事情發生，每當察覺危險逼近，就算只有一絲徵兆，也會立刻以玩笑或微笑帶過。

羅利剛進大學的時候，幾乎每個月都會愛上新對象，但那些愛雖然火熱卻也短暫，未造成任何傷害。喬得到很大的娛樂，每星期和他見面時，都熱中於聽他述說一路從希望、絕望，到放棄的過程。但不知從何時開始，羅利不再拜倒在眾多美女的石榴裙下，陰沉地暗示他陷入一段全心全意的熱戀，偶爾會來段拜倫風格的憂鬱沮喪。後來他徹底放棄戀愛，寫些高來高去的短信給喬，變得非常用功，信誓旦旦地說他要埋頭苦讀，打算榮耀畢業。喬比較喜歡這樣的發展，她不想和他黃昏談心、溫柔牽手、眼神傳情，因為她動腦比動心快，而且喜歡虛構英雄勝過真實男性，因為一旦厭倦的時候，虛構人物只要收進烤爐裡就好，等想到再挖出來，而真實男性則難處理多了。

發現那個大祕密的時候，事情正處在這樣的狀況，那天晚上，喬以嶄新眼光看著羅利。若非心中已有了定見，她絕不會察覺貝絲格外安靜，羅利對她更加體貼。但她的旺盛想像力如同脫韁野馬，帶著她一起狂奔，加上她寫太多羅曼史了，常識被削弱，以致於沒有及時前來救援。貝絲像平常一樣躺在沙發上，羅利坐在旁邊的矮椅子，說各種小道消息娛樂她，因為她不能沒有這樣的每週新聞評論，而羅利從來不會讓她失望。然而那天晚上，當貝絲的視線停留在那張活潑黝黑的臉上，喬想像她的眼神帶著特殊的歡喜，他在描述一場精彩刺激的板球賽，儘管「揮棒落空」、「擊殺出局」、「連得三分的好球」這些句子對貝絲而言幾乎像梵語一樣，但她依然聽得津津有味。因為喬心裡覺得有鬼，所以也幻想羅利的態度更加溫柔，他不時會壓低音量，比平常少大笑，有一點心不在焉，當他用毛毯蓋住貝絲的腳，那般殷勤的照料動作幾乎可算是柔情萬種。

「誰想得到呢！竟然會發生這麼奇特的事。」喬想著，在客廳裡做些瑣碎小事。「如果他們彼此相愛，她會成為他的天使，他會讓小貝絲的人生變得快活輕鬆又歡喜。我相信他一定會情不自禁愛上她，只要我們其他人不要礙事。」

所有人都沒有來礙事，只有她一個人在破壞氣氛，於是她覺得需要盡快消失。可是她能去哪裡呢？她一心想為妹妹犧牲，想了很久之後決定乾脆坐下。

那不過只是一張很普通的老舊沙發——又長又寬，椅墊很厚，高度很矮，些微破舊，因為四姐妹從小就常在那裡睡覺或趴著休息，也會隔著椅背玩釣魚遊戲，騎在扶手上。小時候在沙發下面玩動物園遊戲，長大之後也常在那裡小睡、做夢、彼此溫柔談心。她們全都很愛這張沙發，因為那是全家人休息的去處，其中一個角落是喬最愛癱著不動的地方。年高德劭的沙發上擺著許多抱枕，其中有一個圓形的硬抱枕，上面滿是刺刺的馬毛，四角都縫上卡卡的扣子；這個令人退避三舍的抱枕專屬於她，她用來當作防禦武器、圍籬屏障，也可以避免自己睡太熟。

羅利和這個抱枕很熟，經常對它抱持懷恨的態度；因為以前還會互相打鬧的時候，他常被這個抱枕狠打，現在則是經常受到這個抱枕阻撓，無法隨心所欲和喬一起窩在沙發角落。大家都稱這個抱枕為「香腸」，如果立起來，就表示他可以過去坐下；如果平放在沙發上，那麼，不分男女老幼最好都要當心，千萬別去打擾。

那天晚上，喬忘記要在她的角落豎起藩籬，她才剛坐下五分鐘，一個巨大的身影出現在她身邊，雙手張開放在椅背上，兩腿往前伸直，羅利滿足地嘆息著說——

「這才叫爽快啦！」

「說話不要這麼粗俗。」喬斥責，用力將抱枕放下。可惜太遲了——沙發上沒有空間，抱枕滾到地上，神祕地消失了。

「別這樣嘛，喬，不要凶巴巴的。我整個星期拚命讀書，都快變成骷髏了，我值得溫柔寵愛，妳不能虧待我。」

「貝絲會寵你，我很忙。」

「不行，我不能這樣煩她，而且妳明明就喜歡寵我，難道妳突然沒興趣了？是嗎？妳討厭妳的男孩了，想用抱枕扔他？」

很少有比這番哀求更動人的甜言蜜語，但喬對「她的男孩」潑了一盆冷水，嚴肅地問——

「這個星期你送了幾束花給蘭道小姐？」

「一束也沒有，我發誓！她訂婚了，沒戲唱了。」

「真是太好了，這也是你愛亂揮霍的傻毛病，隨便送花和小禮物給女生，其實你對人家根本沒意思。」喬譴責。

「我真心喜歡的女生太務實，不准我送『花和小禮物』，所以我能怎麼辦呢？我的感情總得有個出口。」

「媽媽不喜歡我們兩人搞曖昧，即使只是好玩也一樣，你卻老愛說這種話，泰迪。」

「我多想說『妳也是』，我願意付出一切代價。可惜我不能這麼做，那麼只好辯解說我認為這種愉快的小遊戲無傷大雅，只要雙方都很清楚只是遊戲。」

「唉，看起來確實有趣，但我實在學不會。我覺得很痛苦，因為在同儕間我覺得十分彆扭，沒辦法做大家都在做的事情，我就是抓不到訣竅。」喬說，暫時忘記要扮演嚴師。

「叫艾美教教妳，她在這方面相當有天分。」

「是啊，她確實得心應手，而且絕不會太過火。我猜這應該是種天生的才能，有些人就是能輕輕鬆鬆討人喜歡，有些人卻總是在不對的地方說不對的話、做不對的事。」

「我很慶幸妳不會搞曖昧，難得有個務實率真的女生，可以開朗、可以善良，而且不會把自己弄得像個傻瓜，讓人耳目一新。我只和妳一個人說喔，喬，有些女生實在太做作，我看了都覺得丟臉。我相信她們沒有惡意，但她們要是知道男生們如何在背後議論她們，一定會改變作風的。」

「她們也一樣，而且她們的嘴更厲害，你們男生只會被說得更慘。因為你們和她們半斤八兩。假使你們規規矩矩的，她們也會懂得收斂。但是，她們知道你們喜歡那個蠢樣子，自然會火力全開，然後你們又嫌棄她們。」

「這位女士，妳說得好像很懂一樣！」羅利以高高在上的語氣說。「雖然我們偶爾會裝作喜歡隨便、輕浮的女生，但其實不然。那些端莊漂亮的女生，我們從來不會議論她們，就算偶然提到也充滿敬意。老天保佑妳單純的靈魂，假使妳和我交換一個月，一定會見識到很多讓妳大驚失色的事情。相信我，每次看到那種輕挑的女生，我總會想引用那首童詩《鷦鷯珍妮》（*Little Jenny Wren*）裡知更鳥說的話：滾一邊去吧，我唾棄妳，厚顏無恥的東西！」

羅利很有紳士風度，所以不願意說女性的壞話，但同時他看過太多社交圈輕浮放蕩的作風，本能地感到厭惡，這樣矛盾的心情，讓喬不禁失笑。

喬很清楚，在那些世故媽媽們的眼中，「羅倫斯少爺」是一位令人垂涎的金龜婿，而她們的女兒更對他青睞有加，而各種年齡層的淑女都將他奉為夢中情人，因此，她相當嫉妒地看著他，擔心他會學壞。現在發現他依然鍾情於端莊的女生，喬感到十分欣慰。她突然又回到嚴師模式，壓低音量說：「泰迪，如果你真的需要出口，一定要找個值得敬重的『端莊漂亮的女生』，千萬不要浪費時間在隨便的女孩身上。」

「妳真的希望我這麼做？」羅利看著她，神情很奇怪，混合著焦慮與歡喜。

「對，真的。但是，最好等到你大學畢業，利用這段時間好好充實自己。現在的你完全配不上——呃，端莊的女孩，無論那女孩是誰。」喬的表情也怪怪的，因為她剛才差點脫口說出一個名字。

「我確實配不上！」羅利承認，難得露出謙卑的神情，他垂下視線，將喬的圍裙流蘇纏在手指上把玩。

「老天憐憫，這樣下去永遠行不通。」喬想著，然後又說：「去吧，唱首歌給我聽。我很想聽音樂，而且我最喜歡你的歌聲。」

「謝了，可是我比較想待在這裡。」

「唉，你不能待在這裡，太擠了。去吧，找點事情做吧，你個頭太大，不適合當裝飾品。你不是最討厭被綁在女人圍裙上？」喬用他自己以前的叛逆言語開他玩笑。

「啊，這要看穿圍裙的人是誰！」羅利放膽扯一下流蘇。

「你還不去？」喬凶巴巴地說，彎腰撿抱枕。

他急忙逃跑，唱起蘇格蘭小調，到最熱鬧的「追隨當迪爵爺揮舞的帽子」[15]那一段，喬趁機溜走，再也沒有回來，直到泰迪氣呼呼離開。

那天晚上，喬躺在床上遲遲無法入眠，好不容易要睡著時，卻聽到一聲壓抑的啜泣，她急忙飛奔到貝絲的床邊，焦急詢問。「親愛的，怎麼了？」

「我以為妳睡著了。」貝絲哭著說。

15 華特．史考特爵士（Sir Walter Scott）寫的詩歌，歌頌第七代 Cleverhouse 領主，他於一六八八年受封當迪子爵，並於一六八九年參加詹姆斯黨起義而犧牲。

「寶貝妹妹，疼痛的老毛病又發作了？」

「不是，這是新的痛，我無法承受。」貝絲強忍淚水。

「快說給我聽，讓我幫妳治療，就像治療妳的老毛病一樣。」

「不可能，這個痛無藥可治。」說到這裡，貝絲痛哭失聲，緊抱住姐姐，她哭得如此絕望，喬嚇壞了。

「妳哪裡痛？要我去叫媽媽來嗎？」

貝絲沒有回答第一個問題，只是在黑暗中不由自主舉起一隻手按住心臟，就是那裡疼痛著，而她另一隻手緊抓住喬，焦急地低語。「不、不，不要叫媽媽來，不要告訴她！我很快就會沒事。躺在這裡，愛憐地摸摸我的頭，我會安靜不哭好好睡，我保證。」

喬聽從，但當她輕柔撫摸貝絲發燙的前額與濕潤眼瞼，她心中有好多話想說。喬雖然很年輕，但已經知道心就像鮮花一樣，不能粗魯對待，而是必須耐心等候自然綻放的時機到來。於是儘管她自認看透了造成貝絲心痛的原因，卻只是以最溫柔的語氣說：「親愛的，妳有什麼煩惱嗎？」

貝絲沉默許久之後說：「喬，我有！」

「說給我聽，會讓妳比較舒服嗎？」

「現在不行，還不是時候。」

「那我就不多問了。不過，貝絲，別忘記，媽媽和喬永遠願意盡力聽妳傾訴、給妳幫助。」

「我知道，有一天我會告訴妳。」

「現在痛的地方好一點了嗎？」

「噢，好多了，喬，妳真的給我好多安慰！」

「睡吧，親愛的，我在這裡陪妳。」

於是她們貼著臉頰入睡，第二天貝絲又恢復正常了。在十八歲這個年紀，無論頭疼還是心痛都不會持續太久，一句貼心的話就能治療大部分的疾病。

但喬下定決心了，思考一個計畫好幾天之後，她去找母親說出想法。

她們坐在一起，她開口說：「前幾天妳問過我的煩惱是什麼，現在我要說出其中一個，媽咪。今年冬天我想離開一陣子，換換環境。」

「喬，為什麼？」她母親迅速抬起視線，彷彿擔心這句話有別的意思。

喬看著手中縫製的東西，嚴肅地回答：「我想要新的體驗。我覺得煩躁不安、很心急，想看、想做、也想學新的事物，不想侷限於現在的狀況。我太常為自己的小問題憂慮，我需要振作起來，如果今年冬天家裡不需要我幫忙，我想出去試試能飛多高。」

「妳想去哪裡？」

「紐約。昨天我想到一個好主意，所以想說給妳聽。柯克太太之前寫信給妳，問有沒有乖巧規矩的年輕人能介紹給她，幫忙教導她的孩子、做些針線活。要找到合適的人選並不容易，但只要我努力一下，應該能做到。」

「親愛的，妳想去那麼大的寄宿公寓當女傭嗎？」馬區太太一臉震驚，但沒有不高興。

「其實也不算是女傭，因為柯克太太是妳的朋友，她是世上最好心的人，我知道她一定會讓我過得很愉快。她的住家和其他人分開，那裡也沒有認識我的人，就算認識也無所謂，那份工作並非壞事，我不覺得丟臉。」

「我也一樣，但妳的寫作怎麼辦？」

「換個環境只會有好處。我會看到、聽到新事物，產生新點子，即使我在那裡沒有太多時間，我也會帶著大量新素材回家寫我的垃圾。」

「我相信一定會。妳突然有這樣的想法，這是唯一的理由嗎？」

「不，媽媽。」

「可以讓我知道其他理由嗎？」

喬看看上面、看看下面，臉突然羞紅，慢吞吞地說：「這麼說可能很虛榮，也可能是我誤會了，不過——我擔心——羅利對我的感情有點太深了。」

「他開始對妳產生情愫，但妳對他卻沒有相同的感覺？」馬區太太神情焦慮地詢問。

「老天，不！我愛那個親愛的男孩，一直都沒變，我非常以他為榮。但如果要更進一步，絕不可能。」

「喬，我很高興妳這麼想！」

「為什麼？」

「因為，親愛的，我不認為你們彼此適合。身為朋友，你們非常快樂，就算經常吵架也一下子就過去了，但我擔心倘若你們結為終身伴侶，雙方都會受不了。你們太相似，都熱愛自由，更別說脾氣火爆、十分頑固，兩個人結婚之後要得到幸福，除了愛之外，還需要無盡的耐心與包容。」

「這就是我心中的感覺，只是我無法表達。我很慶幸妳認為他只是『開始』對我產生情愫。如果害他傷心，我會非常難過痛苦，因為我不能出於感激就愛上老朋友，對吧？」

「妳確定他對妳動情了？」

喬的臉更紅了，回答時，她的表情混雜著喜悅、得意與痛苦，是少女談到初戀情人時才有的表情——

「恐怕是真的，媽媽，他還沒有說出口，但他的行為道盡一切。趁現在還沒走到那一步，我認為我最好先遠離。」

「我也這麼想，如果一切安排妥當，妳就去吧。」

喬似乎終於安心了，她沉默了一下，然後微笑著說——

「如果莫法特太太知道了，她一定會很震驚，妳對女兒的未來竟然都不打算，而且更慶幸安妮仍有希望。」

「啊，喬，當媽媽的人雖然有不同的打算，但希望都是一樣的——我們想看到孩子幸福。梅格得到幸福了，我對她的成就很滿足。妳儘管去享受自由吧，等妳累了再回來，因為只有到那時候妳才會明白世上有比自由更美好的東西。現在我最擔心的是艾美，但她的理智會幫助她。至於貝絲，我不敢抱太多希望，只盼她健健康康。對了，最近這兩天她似乎比較開朗了。妳和她談過了嗎？」

「有，她承認自己有心事，也答應之後會告訴我。我沒繼續追問，因為我覺得我知道原因了。」喬說出她的小小推理。

馬區太太搖頭，她對這件事的看法沒這麼浪漫，她一臉嚴肅地重複她的想法，為了羅利著想，喬最好離開一陣子。

「計畫敲定之前，先不要告訴他。到時候我會快點離開，不給他時間反應過來，又裝可憐。一定要讓貝絲覺得我是自己想去，事實也是如此，因為我無法和她談羅利的事。但是，等我離開之後，她可以寵他、安慰他。他為這種事情受過很多小折磨，他早就習慣了，很快就會走出情傷。」

喬的語氣充滿希望，但她始終有種感覺，這次的「小折磨」會比之前那些更痛苦，羅利恐怕無法輕易走出「情傷」。

他們召開家庭會議商討這個計畫，大家達成共識。柯克太太欣然同意讓喬過去，承諾會給她一個舒適的家。教導小朋友能讓她經濟獨立，也能利用閒暇時間寫作賺錢，新環境和新朋友不僅有幫助，也會很有趣味。喬很滿意這個計畫，等不及想出發，因為這個鳥巢對她而言太小了，無法容納她好動天性與好奇靈魂。一切安排妥當之後，她膽戰心驚地告訴羅利，沒想到他竟然平靜接受了。最近，他比平常嚴肅，但非常體貼，當有人開玩笑說他洗心革面時，他總是一派認真地說：「沒錯，我洗心革面了，而且打算這樣保持下去。」

喬鬆了一口氣，他偶爾會道德大發作，這次的時機恰到好處，讓她能無後顧之憂準備遠行——因為貝絲似乎也比較開朗了——她希望這麼做對所有人都好。

出發前一晚，她說：「我想拜託妳特別照顧一下……」

「妳的手稿嗎？」貝絲問。

「不——我的男孩。要對他非常好，可以嗎？」

「當然嘍，但我無法取代妳，他會憂傷地想念妳。」

「他死不了的。記住，我把他交給妳了。妳儘管黏著他、寵愛他，但要讓他守規矩。」

「為了妳，我會盡力。」貝絲承諾，不懂為什麼喬要用奇怪的眼神看她。

羅利來道別時，意味深長地低語。「喬，這樣做一點用也沒有。我會監督妳，所以妳最好乖一點，否則我會親自過去帶妳回家。」

10 喬的來信

紐約

親愛的媽咪和貝絲：

我會常常寫信給妳們，儘管我不是在歐洲旅行的年輕淑女，但我一樣有很多話想說。當爸爸親愛的老臉消失在遠處，我有點憂傷，本來可能會掉個幾滴眼淚，但車上有一位愛爾蘭太太帶著四個小朋友，他們全都哭得亂七八糟，剛好讓我能夠轉變心情，他們每次張嘴大哭，我就會拋一塊小薑餅到他們的座位上。

太陽很快就出來了，我認為這是好兆頭，我甩開憂傷，全心享受這趟旅程。

柯克太太熱忱歡迎我，我覺得像又回到家，即使那棟大房子裡住了很多陌生人。她給了我一間在頂樓的可愛小房間——這是屋裡最後的空房了，但裡面有暖爐，還有一張很棒的桌子，靠在向陽的窗邊，我可以隨時坐在這裡寫東西。景色很美，對面有座教堂鐘塔，彌補了要爬很多階梯的缺點，我立刻喜歡上我的小窩。

我以後要教學、做針線的地方是育兒室，就在柯克太太的私人起居室旁邊，兩個小女孩都很漂亮——似乎被寵得無法無天，不過我和她們講了《七隻壞小豬》的故事，她們立刻和我混熟了，我有信心能成為模範教師。

柯克太太說，如果我不想下去和大家一起用餐，可以在這裡陪小朋友吃。現在我想先這樣，因為我會害羞，雖然說出來沒人會相信。

「好了，親愛的，就當自己家吧。」柯克太太用母親的語氣說。「我整天會從早忙到晚，應該可想而知吧，畢竟家裡住了這麼多人，不過，知道孩子和妳在一起會很安全，我就能放下心中的重擔。我的住處妳隨時可以進去，妳的房間我會盡量弄得很舒適。如果妳想交朋友，住在這裡的人都很和善，而且晚上的時間妳可以自由支配。如果有什麼問題，儘管來找我，希望妳在這裡能開開心心。晚餐鈴響了，我得快點去換帽子了。」她說完之後就急忙離開，留下我在新的小窩裡安頓。

我很快就下樓去探險，正好看到感人的一幕。這棟房子很高，所以樓梯非常長，我在三樓看到一個小女僕扛著東西上來，停下腳步讓她先過，這時，一個樣子很奇怪的人在她身後走近，接過她手中沉重的炭箱，一路搬到樓梯頂，放在旁邊的門前，他和善頷首之後離開，用帶著外國腔調的聲音說——

「這樣才對嘛，這麼小的孩子，背部承受不了這種重量。」

他很善良吧？我喜歡這樣的事情。因為父親說過，小事更能顯現人格。那天晚上我說給柯克太太聽，她笑著說——

「一定是巴爾教授，他經常做這樣的事。」

「柯克太太告訴我，他從柏林來，非常有學問也很善良，但一貧如洗，靠教德文維持生活、養育失去父母的兩個小外甥，他遵守妹妹的遺願讓孩子在美國受教育，她的丈夫是美國人。這個故事雖然不是很浪漫，但我覺得很有意思。柯克太太說，她會出借私人起居室讓他上課時使用，我覺得很高興。起居室與育兒室之間隔著一道玻璃門，我打算偷偷觀察他，然後詳細描述他的外型給妳們聽。他已經將近四十歲了，所以不會怎樣的，媽咪。

用餐之後，我和兩個小女孩玩了一陣子，然後送她們上床，接著我動手處理一大籃的修補衣物，和我的新朋友安靜聊天，就這樣過了一晚。我會像寫日記一樣固定寫信，然後每週寄出一次。晚安了，明天繼續寫。

・・・

星期二晚上

今天早上課堂很活潑，因為兩個小朋友像《唐吉訶德》裡的桑丘一樣吵鬧，有一次，我真的好想教訓她們。幸好善良的天使提醒我可以教她們做體操，讓她們累到慶幸能坐下，乖乖待著不動。午餐之後，女僕帶她們出去散步，我繼續做針線活，就像童謠裡的美寶一樣，「帶著喜悅的心」工作。

當我正感謝我的守護星，我學過怎麼縫漂亮的扣眼，這時起居室的門打開又關上，有個人哼著德文歌曲《問君可知此地》，聲音像隻大黃蜂。我知道這樣很不應該，但我實在忍不住，於是偷偷掀開玻璃門上的門簾偷看。

進來的人是巴爾教授，他忙著整理書本，我趁機仔細觀察他。他是個很平凡的德國人，體格略胖，蓬亂棕髮，有一把大鬍子、滑稽的鼻子、一雙我見過最善良的眼睛，以及讓耳朵很舒服的悅耳聲音。我們美國人說話若不是太尖銳就是太拖拉，急促又含糊。他的衣服老舊褪色，手很大，他的五官沒一個好看，但牙齒很漂亮，儘管如此，我很欣賞他，因為他的頭腦很好，衣著也整潔，感覺是一位紳士，只是大衣有兩顆鈕釦不見了，鞋子上有一塊補丁。儘管他在哼歌，但感覺很嚴肅，他走到窗前將風信子球莖轉向太陽，然後摸摸貓，牠乖乖地讓他摸，好像已是老朋友了，他才露出笑容。這時有人敲門，他宏亮地朗聲說——

「請進！」

我正準備逃跑，卻看到一個瘦小的孩子拿著一本大書進來，於是我停下來看怎麼回事。

「偶要偶的巴爾。」小女孩說，將大書重重放下，跑去他身邊。

「汝自當擁有巴爾。快過來，我的蒂娜，來給巴爾抱抱。」教授說，一把抱起她，笑著把她舉高過頭，她得低下小臉蛋才能吻他。

「現在偶要讀蘇了。」可愛的小傢伙說。他將她抱到桌邊坐好，翻開她帶來的大字典，給她一張紙和一隻筆，她塗塗寫寫的，偶而翻頁，小手指沿著書頁往下移動，彷彿在查字典，模樣如此認真，我幾乎忍不住要笑出來，巴爾先生站在旁邊摸摸她漂亮的頭髮，一派慈父模樣，我以為那是他的孩子，雖然她感覺不像德國人，比較像法國人。

又有人敲門，這次來的是兩位年輕淑女，我急忙躲回去工作，我乖乖坐在那裡，不再去偷看，但我聽到隔壁傳來的聲音。其中一個女孩不停嘻嘻哈哈的，用輕浮的語氣說「唉唷，教授」，另一個的德語發音非常糟糕，他應該很難忍著笑意。

兩個女生似乎都讓他十分頭痛，因為我不止一次聽到他大聲說：「不對、不對，不是這樣。我說的話妳根本沒聽進去。」有一次還傳來巨大聲響，他似乎用書拍桌子，接著氣急敗壞地大聲說：「唉！今天怎麼這麼不順。」

真可憐，我很同情他。兩個女生走了以後，我再次拉開門簾偷看，只是想確定一下他是否被氣死了。他似乎累壞了，整個人倒在椅子上閉目養神，時鐘敲響兩點，他急忙跳起來，將書收進口袋，彷彿要趕去別的地方上課，他抱起在沙發上熟睡的蒂娜，抱著她靜靜離開。我猜他的生活應該很苦。

柯克太太說晚餐五點開始，問我要不要下樓和房客一起用餐，因為我有點想家，所以決定去，我想看看住在同一個屋簷下的都是什麼人。於是我打扮得體下樓，本來想躲在柯克太太身後溜進去，但她很矮、我很高，企圖躲在她身後完全行不通。她安排我坐在她身邊，害羞的心情減退之後，我鼓起勇氣看看四周。長餐桌旁坐滿了人，每個人都專心用餐——尤其是男士，他們似乎謹守用餐時間，因為鈴聲一響他們就「衝」進來，毫不誇張，一吃完立刻消失。

房客包括各式各樣的人，年輕男士眼裡只有自己，而年輕夫妻眼裡只有對方，媽媽們眼裡只有孩子，老人家眼裡只有政治。我不太想和他們有太多交流，不過，一位長相甜美的未婚小姐感覺不錯，似乎很有想法。

教授被放逐到餐桌最尾端，旁邊坐著一位耳背的老先生和一位法國人，他提高音量回答老先生的問題，和法國人聊哲學。倘若艾美在這裡，絕對會永遠唾棄他，因為我和他同病相憐，胃口都很好，但他用餐時狼吞虎嚥，那模樣一定會嚇壞我們的「貴婦」。我不介意，因為我喜歡看到別人「放開肚子吃喝」，就像漢娜常說的那樣。可憐的教授整天教白癡學德文，一定很需要補充大量的食物。

晚餐過後，我上樓去，兩位年輕男士站在走廊的鏡子前戴上他們的海狸毛帽子，我聽到其中一個低聲問對方：「新來的那個是誰？」

「好像是家庭教師之類的。」

「她怎麼會和我們同桌？」

「她是房東太太的朋友。」

「臉蛋不差，但不會打扮。」

「完全不會。借火點個菸，我們走吧。」

一開始我覺得很生氣，不過很快就釋懷了，因為無論是當家庭教師還是在公司上班，一樣是在工作，就算我不會打扮，至少我會思考，這樣已經比他們強了，那兩個男人雖然時髦，但只會道人長短，像煙囪一樣猛吸菸。我討厭平凡人！

···

星期四

昨天很平靜，我忙著教學、縫紉，在房間寫東西——我的房間很舒服，有燈也有火。我聽到一些新聞，正式和教授認識。蒂娜似乎是一個法國女傭的孩子，她在這裡的洗衣間負責熨燙精緻衣物。那個小姑娘傾心於巴爾先生，只要他在家，她就會像小狗一樣走到哪、跟到哪，他覺得很有趣。雖然他是「萬年王老五」，但十分喜歡小孩。柯克太太的兩個孩子，凱蒂和米妮都很喜歡他，經常提到他的事，關於他發明的遊戲、他送的禮物，及他說的精彩故事。年輕男士似乎會取笑他，叫他老費、啤酒巴爾、大熊，拿他的名字亂開玩笑。不過柯克太太說，他像個少年一樣跟著大笑，完全不以為忤。所以儘管他作風奇特，大家都很喜歡他。

那位未婚小姐姓諾頓——有錢、有教養，心地善良。今天晚餐時她和我講話（我又下樓去用餐了，觀察人很有趣），她請我去她房間坐坐。她有很多精美書籍和照片，認識很多有趣的人，似乎很友善。因此，我也表現出親切的模樣，因為我也想和上流人士來往，但並非艾美喜歡的那種人。

昨晚我坐在我們的起居室，巴爾先生幫柯克太太拿報紙過來。她不在，不過米妮像個小老太太，非常有禮貌地介紹我們認識。「這位是媽媽的朋友，馬區小姐。」

「沒錯，她很好笑，我們很喜歡她。」凱蒂接著說，她是家中的小搗蛋。

我們各自行禮，然後大笑。米妮有模有樣的介紹，加上凱蒂直率的評論，對比實在太好笑。

「啊，是的，我聽說這兩個小壞蛋常為難妳，馬區小姐。如果她們又使壞，儘管叫我來幫忙。」他凶惡地皺起眉頭，逗得兩個調皮鬼笑個不停。

我說「一定會」，他接著就離開了，不過我好像注定會一再遇到他，因為今天我要出門的時候經過他的房間，我的雨傘不小心敲到門。門立刻打開，他穿著晨袍站在門口，一手拿著一隻很大的藍色襪子，另一手拿著織補用的針。他似乎不覺得丟臉，只是拿著襪子揮揮手，用他宏亮開朗的聲音說——

「祝妳外出愉快，一路順風，小姐。」

下樓的時候，我一路都在笑，但我也覺得有點悲哀，那個可憐的男人竟然要自己補衣物。我知道德國男士會繡花——但是，補襪子就是另一回事了，而且很不優美。

・・・

星期六

今天沒什麼特別的事可寫，除了去拜訪諾頓小姐，她的房裡有好多漂亮東西，她本人也很有魅力，她給我看她的寶物，問我想不想偶爾陪她去聽演講或音樂會，如果我有興趣，可以一起作伴。她說得好像是在拜託我幫忙，但我相信柯克太太一定和她講過我們家的事，她其實是好心想幫我。我的自尊心比惡魔還強，但這樣的人給予這樣的恩惠，我並不會覺得有負擔，我滿懷感激接受。

回到育兒室時，起居室那邊很吵鬧，於是我探頭去看，巴爾先生趴在地上，蒂娜騎在他背上，凱蒂用跳繩當韁繩牽著他，兩個小男孩在椅子圍成的籠子裡吼叫、跳躍，米妮拿蛋糕餵他們。

「我們在玩動物園遊戲。」凱蒂解釋。

「這是偶的象象！」蒂娜跟著說，抓住教授的頭髮。

「星期六下午法蘭茲和埃米爾會來，所以媽媽讓我們想做什麼都可以，巴爾先生，對吧？」米妮說。

「象象」站起來，像這群孩子一樣真誠，嚴肅地對我說——

「我保證真的是這樣。如果我們太吵，妳只要『噓』一聲，我們會安靜下來。」

我說知道了，不過我沒有關上門，因為光是聽也像他們一樣開心——我沒有見過更熱鬧的遊戲。他們玩抓鬼，然後玩軍隊遊戲、唱歌跳舞，天漸漸黑了，他們全部擠在沙發上圍著教授，他講一個很可愛的童話故事，煙囪頂上的鶴，還有乘著雪花飄落的小精靈。德國人真的好純樸自然，真希望美國人也能像那樣，不是嗎？

我真的好喜歡寫信，我可以永遠寫下去，可是經濟因素讓我不得不停筆。儘管我用了薄信紙、寫小字，這封長信還是得用一大堆郵票，想到我就心驚膽跳。拜託，等妳們看夠了，快點將艾美的信轉給我。和她的精彩遊歷比較之下，我的小新聞顯得非常無聊，我自己也知道。泰迪真的那麼用功嗎？甚至沒時間寫信給老朋友了嗎？貝絲，幫我好好照顧他，告訴我寶寶的所有大小事，幫我告訴每個人我非常愛他們。

妳們忠誠的喬

附註：我讀了一下自己寫的內容，發現幾乎全在講巴爾先生，不過我就是喜歡奇怪的人，而且真的沒有其他事情可寫，上帝保佑妳們。

．．．

我的寶貝貝絲：

因為這封信只是隨手寫寫，所以就署名給妳了，因為說不定能讓妳娛樂一下，稍微瞭解我這裡的狀況，雖然我的生活很平靜，但相當有趣，噢，希望妳看得開心！經歷過一番艾美會稱之為「英雄事業」的努力，辛勤耕耘心靈與道德兩方面，我的學生終於如我所願開始迅速發展，脾氣也比較受控了。他們不像蒂娜和兩個男孩那麼好玩，但我盡責教導，她們很喜歡我。法蘭茲與埃米爾是活潑的小傢伙，頗得我歡心，因為他們的內在混合了德國與美國精神，所以總是活潑歡樂。每個星期六下午都熱鬧歡騰，無論是在家還是外出遊玩都一樣。天氣好的時候，所有小朋友會一起去散步，像校外教學那樣，我和教授負責管秩序，真的很開心。

現在我們是好朋友了，我開始學德文。我實在忍不住，這一切發生的過程太好笑，我一定要說給妳聽。從頭說起吧，有一天我經過巴爾先生的房間，柯克太太正在裡面找東西，她叫我進去。

「親愛的，妳有看過這麼亂的房間嗎？進來幫我把這些書放好。不久之前我送給他六條手帕，但全都不見了，我把所有東西翻了一遍還是沒找到。」

我進去，一邊整理一邊觀察，因為這裡確實很亂，到處都是書本和紙張。有一支斷掉的海泡石煙斗，壁爐上方掛著一支舊笛子，彷彿吹膩不想再吹了；窗台上有一隻小鳥在啼叫，羽毛凌亂，完全沒有尾羽，另一邊的窗台上則擺了一籠小白鼠；大量手稿之間放著做到一半的模型船、長短不一的繫繩；髒兮兮的小靴子放在壁爐前烘乾，另外還有那兩個男孩的各種小東西，看得出來他們很受寵愛，他甘心為他們做牛做馬。徹底翻箱倒櫃之後，手帕終於出現了，一條在鳥籠上、另一條沾滿墨水，第三條因為用來充當桌墊所以燒焦了。

「男人真是的！」好脾氣的柯克太太笑著說，將找到的手帕放進碎布袋。「其他幾條，八成被撕破拿去當模型船的帆了，不然就是手指受傷用來包紮，或是做成風箏的飄帶。真是糟糕，可是我不能責怪他，他太迷糊，而且脾氣又好，那兩個孩子都騎到他頭上了。我答應幫他清洗、縫補衣物，但他總是忘記拿出來，我也忘記要仔細檢查，所以有時候他的樣子很落魄。」

我說：「我來修補吧，我不介意，不必讓他知道。我很樂意——他對我很好，經常幫我拿信，還借書給我。」

於是我把他的東西整理好，重新織好兩雙襪子的腳跟——因為他自己亂補，弄得嚴重變形。我們沒有告訴他，也希望他不會發現，但上星期有一天被他逮到了。因為蒂娜經常進進出出忘記關門，所以我會聽到他給別人上課，我覺得很好奇、很有趣，我也想學。我坐在門邊，最後一隻襪子即將完工，試著理解他對新學生說的內容，她像我一樣笨。那個女孩離開之後，我以為他也走了，因為外面很安靜，我試著練習一個動詞的變化，身體以可笑的動作晃來晃去，這時我突然覺得不對勁，一抬起頭，發現巴爾先生看著我悄悄在笑，他還打手勢要蒂娜不要告訴我。

我停止動作，像隻呆頭鵝望著他，他說：「原來妳在偷看我，我也在偷看妳，這沒什麼不好，不過呢，妳想學德文嗎？我不是隨便問問而已。」

「想。可是你太忙了；而且我很笨，學不會的。」我脫口說出，臉紅得像甜菜一樣。

「哎呀！我們雙方都找出時間就好，而且我們都有心。我很樂意傍晚花點時間教妳，因為呢，看看妳，馬區小姐，我欠妳很大一筆債呢。」他指著我手中的襪子。「可不是，這兩位心地善良的女士，她們互相說好了，『他是個老笨蛋，不會發現我們做了什麼，不會察覺襪子腳跟的洞消失，以為鈕釦掉了又自己長出來，繫繩會自己出現。』哈！可是我有眼睛，我觀察到很多東西。我有心，也很感謝妳幫忙。就這樣吧，偶爾花點時間上課，不然我不會再接受善良小仙女的幫助了。」

他都這樣說了，我還能說什麼？而且這真的是很棒的機會，算是我賺到，於是我們開始上課。上了四次之後，我完全陷入文法泥淖動彈不得。教授對我非常有耐心，但他一定也很痛苦，有時候他會用帶著淡淡絕望的眼神看我，害我很難決定到底該哭還是該笑。於是我又哭又笑，弄得場面既丟臉又悲慘，最後他乾脆把文法書往地上一扔，大步走出出去。我以為他會永遠唾棄我、拋棄我了，但我完全不能怪他，我胡亂收拾紙張，想要上樓去狠狠教訓自己一頓，這時他回來了，滿面笑容的開朗模樣，彷彿我完成了什麼偉大的功績——

「我們換個方法吧，我們來讀這些可愛的小故事，不要再鑽研無聊的文法書，那本書給我們惹了這麼大的麻煩，就此打入冷宮吧。」

他的語氣非常和善，翻開安徒生童話故事集擺在我面前循循善誘，我比之前更覺得丟臉，於是以拚死的決心學習，他似乎覺得好笑極了。我忘記害羞，用盡全力、百折不撓（沒有更適合的表達方式了），勉強讀出長字，根據當下的靈感胡亂發音，拿出最好的表現。我終於讀完第一頁停下來換氣，他拍手歡呼，以誠摯的語氣說：「Das ist gut（非常好）！現在很順利了！輪到我了。我用德文念一遍，仔細聽喔。」他開始讀，渾厚的聲音滔滔讀出每個字，不但悅目也很悅耳。幸好那個故事是《小錫兵》，妳知道的，很逗趣，所以我可以大笑——我真的笑了——儘管他說的我一半都聽不懂，但我實在忍不住，他好認真，我好興奮，這整件事都好笑極了。

後來，我們上課狀況有改善了，現在我可以流暢唸出課文。這種學習方式很適合我，我看得出來他會把文法藏在故事和詩歌裡教導，就像用果醬包裹藥丸。我非常喜歡，而他似乎也還沒厭倦——他真的很好心，對吧？聖誕節我想送他一份禮物，因為我不敢開口說要給他錢。告訴我該送什麼才好，媽咪。

知道羅利似乎過得開心又忙碌，而且戒了菸、把頭髮留長，我真的很高興。看吧，貝絲比我會管他。親愛的，我沒有嫉妒的意思，盡力而為吧，只要別把他變成一個聖人就好。如果少了頑皮的人性，我可能再也無法喜歡他。我信裡寫的內容可以讀一些給他聽。我沒時間多寫，所以就這樣吧。感謝老天，貝絲的身體狀況一直不錯。

• • •

一月

親愛的家人，祝大家新年快樂，當然也包括羅倫斯先生和那位名叫泰迪的小伙子。收到你們寄來的聖誕包裹，我說不出有多歡喜，因為很晚才收到，我都已經放棄希望了呢。你們的信件早上就到了，不過信中沒有提到寄了包裹給我，我知道你們想給我驚喜；但是我當下有些失望，因為我一直有種感覺，你們應該不會忘記我。晚餐過後，我心情有些低落，所以獨自坐在房間裡，就在這時候，一個破破爛爛、沾染污泥的包裹送來了，我開心得抱著一直跳。這份禮物好有家的感覺、令我精神一振。我坐在地上，讀你們寫的信，看包裹裡的東西，一邊吃一邊又哭又笑，完全是我平常那種荒唐的模樣。這些東西都是我最想要的，因為是手工做的而不是買來的，所以更加珍貴。貝絲新做的「墨水圍兜」棒透了；漢娜的那盒硬薑餅我會珍惜著吃。媽咪，妳寄來的漂亮法蘭絨睡衣我一定會穿，也會仔細讀爸爸寫了註記的書。謝謝你們大家，我真的好感動喔！

說到書，讓我想到最近在這方面我十分富足，因為新年那天，巴爾先生送給我一本很精緻的莎士比亞書籍。這是他很珍視的藏書，我經常拿下來欣賞，平常這本書放在最高榮譽的位置，和他的德文聖經、柏拉圖、荷馬、米爾頓擺在一起；他拿下那本書，沒有像平常那樣包起來，翻開給我看，上面寫著我的名字，以及「吾友費德利希·巴爾致贈」這句話，你們應該可以想像我的感受。

「妳經常說想要一座圖書館，現在我送妳一座，因為在這兩片蓋子中間（他的意思是封面），許多書的精華都在裡面。認真讀他的作品，會帶給妳很大的幫助，因為他對人物的研究，可以幫助妳解讀這世上的人，並且以自己的筆加以描繪。」

我盡可能表達感謝，現在我常常談起「我的圖書館」，彷彿我有一百本書。以前我不知道原來莎士比亞的書中有這麼多寶藏；因為當時我沒有巴爾為我說明。好了，別取笑他糟糕的名字；很多人都會弄錯他的姓，不是貝爾也不是啤爾，而是介於兩者之間，只有德國人能正確發音。我很高興你們兩個都喜歡我對他的描述，希望有一天你們能認識他。媽媽會欣賞他的溫暖心腸，爸爸會喜歡他的睿智頭腦。兩者我都很崇拜，「吾友費德利希·巴爾」讓我覺得人生很豐富。

我沒有多少錢，也不清楚他喜歡什麼，所以我買了好幾樣小東西，放在他房間各處，讓他在意想不到的地方發現。那些東西有的實用、有的漂亮、有的好笑——桌上的新墨水壺、一個小花瓶讓他放花——他總是有花——他說在玻璃杯裡放點綠意能讓他保持頭腦清新；一個桌墊，這樣他才不會又燒壞艾美稱為「手絹」的東西。我照貝絲發明的方法製作——大大的蝴蝶，有肥肥的身體、黑黃相間的翅膀、絨線觸鬚，及珠珠眼睛。他立刻覺得好可愛，放在壁爐架上當裝飾品，看來我終究失敗了。雖然他很窮，但他不會忘記買禮物給寄宿公寓裡的佣人和小朋友。這裡的每個人，上自諾頓小姐，下自法國洗衣婦，也都沒有忘記他，我真的很高興。

新年這裡舉辦了化妝舞會，非常熱鬧。我本來不打算下去，因為我沒有服裝，但在最後一刻，柯克太太想起她有一些錦緞，諾頓小姐借我蕾絲和羽毛，於是我打扮成喜劇《情敵》中經常口誤的瑪拉普洛普太太，戴上面具施施然進入舞會。沒有人認出我，因為我故意用不同的音調說話，他們做夢也想不到，那個沉默嚴肅的馬區小姐（他們都以為我拘謹又冷漠；所以我會故意對看不起我的人擺出那種態度）竟然會跳舞、打扮，而且會像瑪拉普洛普太太一樣，爆出「開心的痴狂慘笑，有如尼羅河岸上的鵜魚」。我玩得很開心；除下面具時，他們目瞪口呆看著我的樣子，真的很好笑。我聽到一位年輕男士對另一位說，他就知道我一定是演員，他記得在小劇場看過我。梅格如果聽到絕對會笑死。巴爾先生扮成《仲夏夜之夢》裡被裝上驢頭的丑角尼克．巴頓，蒂娜則扮成仙后——他懷中完美的小仙子。看到他們一起跳舞真是「別開生面」，借用泰迪的說法。

總之，我新年過得很愉快；回房之後我回顧這一年，儘管有許多失敗，但依然有些許進步；現在我總是很開心，積極投入工作，比之前更關心他人，這些成績都相當令人滿意。祝福你們所有人，永遠最愛你們的——

喬

11 朋友

身處的社交環境，儘管讓喬十分快樂，每天也忙於工作養活自己，因為付出勞力而讓生活感覺更加甜蜜，但她仍找得到時間進行文學創作。胸懷大志的貧窮女孩自然會夢想目標，讓她充滿鬥志，不過她選擇的方式卻不太理想。她看出金錢能帶來力量，因此決心要賺錢，並非為了自己花用，而是要用在那些她比自己更愛的人身上。她夢想讓家中能更加舒適，也為貝絲實現所有願望：冬天能吃草莓，也可在臥房放風琴。她自己也想出國遊歷，擁有不只是需要的東西，而是能縱容享受一下行善的奢侈，這是多年來喬最珍貴的白日夢。

寫故事得到獎金的經驗，為她打開一條道路，或許能在漫長尋覓、克服萬難之後，終於帶領她前往夢中的城堡。然而，出版小說的那場災難使她一時有些氣餒，因為讀者的批評有如巨人，就連爬魔豆藤的傑克都會害怕，更何況是她。有如故事中的不死主角，如果我沒記錯，他第一次爬上豆藤，只取得了巨人寶藏中最微不足道的一樣，而且還悽慘跌落，之後他決定先休息一下。不過，後來他再次爬上去，喬也向傑克一樣擁有奮鬥的精神，於是她在挫敗中重新掙扎站起，這次她受到更大的打擊，幾乎拋下比金幣袋更重要的東西。

她開始寫聳動故事——因為在那個黑暗的時代，就連最完美的美國人也愛讀垃圾小說。她沒有告訴任何人，撰寫出一個「刺激的故事」，鼓起勇氣拿去《火山週刊》給編輯戴許伍先生過目。她從來沒讀過以雜誌社為背景的小說《訂製與改製》，但身為女性的本能告訴她，比起高尚人格或完美儀態，衣著的影響力更大。於是她穿上最好的衣物，努力說服自己既不興奮也不緊張，鼓起勇氣爬上兩段黑暗骯髒的樓梯，走進一間亂七八糟的辦公室，裡面煙霧瀰漫，三位男士坐在裡面，腳翹得比頭高，而且看到她進來，三個人都沒有摘下帽子。喬在門口遲疑了一下，相當難為情地小聲說——

「不好意思，我在找《火山週刊》的辦公室，我想見戴許伍先生。」

翹最高的那雙腳放下，抽最多菸的那一位男士站了起來，小心翼翼地夾好雪茄，上前一頷首，臉上除了想睡覺的表情，什麼都看不出來。反正這一關遲早得過，於是她拿出手稿，慌慌張張講出為了這次見面而預先準備好的講稿，只是越說臉越紅——

「我的一位朋友希望我代為送來一篇……故事，只是初步嘗試……希望聽聽你的意見——如果貴社認為堪用，她會繼續寫更多。」

她滿臉通紅、結結巴巴的同時，戴許伍先生接過手稿，用相當髒的手指翻閱，以批判的眼神上下瀏覽整潔的頁面。

「我想她應該不是第一次寫小說吧？」他留意到頁面有編碼，只有一邊有封面，而且沒有綁緞帶，只有新手才會綁。

「是，先生，她有過一些經驗，曾於《奇譚雜誌》投稿，得到一筆獎金。」

「是嗎？」戴許伍先生打量一下喬，彷彿一眼看清她身上所有衣物，從軟帽的蝴蝶結到靴子的鈕釦都不放過。「好吧，如果妳想給我們看，就放著吧，我們手上有太多這種稿子，都不知道怎麼處理了，但我會稍微看一下，下星期給妳答覆。」

喬不想把稿子留下來，因為戴許伍先生一點也不合她的心意，不過在目前的情勢下，她只能鞠躬之後離開，特別抬頭挺胸、端莊嚴肅，每當她感到惱怒或窘迫的時候都會這樣。這時的她既惱怒又窘迫，因為那三位男士互使眼色，看得出來他們早就看穿她編的故事，覺得很好笑，編輯關上門時講了聽不清楚的一句話，引起一陣笑聲，使得她更加狼狽。她下定決心再也不要來了，回家之後憤怒地縫製背心圍裙作為發洩。一、兩個小時之後，她冷靜下來，可以笑看剛才發生的事，並且期待下個星期來臨。

她再次前去時，只有戴許伍先生一個人在辦公室，這次比之前好多了。戴許伍先生比上次清醒許多，令人愉快多了，而且戴許伍先生也沒有忙著抽雪茄、不顧禮貌——因此，第二次造訪比第一次自在。

「我們願意刊登（編輯從不用『我』自稱），條件是要修改一些地方。篇幅太長，不過只要刪除我標記的地方就剛好了。」他以討論公事的語氣說。

喬都快不認識自己的手稿了，紙張變得皺巴巴，很多段落被畫線。不過，就像要求父母砍掉寶寶的腿以配合新搖籃的大小，她以無比憐惜的眼光察看做了標記的段落，很驚訝地發現道德反省的情節全被刪掉了——那是為了平衡過度濫情的內容，她特地寫進去的。

「先生，不是所有故事都該有道德意義嗎？所以我特地讓幾個壞人悔悟。」戴許伍先生收起編輯的專業慎重，面露微笑，因為喬忘記這是「她朋友」寫的小說，而以作者的語氣說話。

「妳知道，大家看小說是為了找樂子，不是為了聽說教。這年頭道德意義賣不出去，而且那種說法本來就不正確。」

「你認為這樣改會比較好？」

「是，情節很有新意，筆法也不錯——文字優美，諸如此類。」戴許伍先生和善地回答。

「你們會給多少——那個，稿費怎麼——」喬吞吞吐吐地問，不太確定該怎麼表達。

「噢，是，這個嘛，這一類的稿子我們一篇給二十五到三十元。刊登之後付款。」戴許伍先生補上一句，似乎剛才忘記先說，據說這種瑣事經常從編輯的腦袋溜走。

「好，你們拿去吧。」喬滿意地將稿子交回去，因為之前她拿的稿費是一欄一元，所以就算只有二十五元，感覺也很不錯了。

「如果我朋友還有更好的作品，你們願意收嗎？」喬沒有察覺之前說溜嘴，因為稿子得到採納而生出勇氣。

「嗯，我們願意看看，不保證用。告訴她，篇幅縮短一點、情節刺激一點，把道德意義丟一邊去。刊登時，妳朋友想放什麼名字？」他用蠻不在乎的語氣說。

「如果可以，請不要放作者的名字，她不希望真名被印上去，也沒有筆名。」喬不由自主臉紅了。

「如果她想這樣，當然沒問題。這故事下星期就刊登，妳要自己來領稿費，還是我派人送去？」戴許伍先生問，他自然很想知道這位新作家究竟是何方神聖。

「我來領。再會，先生。」

她離開之後，戴許伍先生把腳翹在桌上，「文雅」地評論一句：「作家都這樣，苦哈哈的，自尊心還比天高。不過，她可以用。」

喬聽從戴許伍先生的指示，以諾斯伯瑞女士為榜樣，一頭栽進聳動文學的洶湧大海中。不過幸好有一位朋友及時投下救生圈，讓她回頭是岸，因此沒有受到太大的損害。

她就像所有年輕作家一樣，選擇將場景和人物放在異國，土匪、伯爵、吉普賽人、修女、公爵夫人都曾登上她的舞台，不夠精準與太過濫情的問題都是預期中的。她的讀者不在乎無聊小事，例如文法、標點符號與真實性，戴許伍先生大發善心，以最低的稿費刊登，讓她在週刊上發表，沒有說出他這麼好心其實另有原因：競爭對手以更高的稿費挖角他們一位作家，以致於週刊即將要開天窗了。

很快地，她就對這份工作產生熱忱——因為她扁扁的荷包變胖了，準備夏天帶貝絲去山上修養的基金在成長，雖然慢但每星期都固定增加。儘管她感到很滿足，但有件事令她不安——她沒有告訴家人。她有種直覺，父母不會贊成，所以她選擇先斬後奏，之後再求他們原諒。要保密並不難，因為她的故事刊登時沒有印上作者姓名。當然，戴許伍先生很快就知道她的真名，但他答應裝傻，最不可思議的是他真的沒有揭穿。

她認為不會有任何壞處，因為她下定決心絕不會寫可恥的內容，當良心不安的時候，她就想像以後拿出那筆錢會有多開心，她努力要保密的事也能一笑置之。

然而，戴許伍先生只要聳動故事，其他類型全都不要。而要夠聳動就必須驚嚇讀者的靈魂，因為她必須挖出歷史與羅曼史，上山下海，扯上科學與藝術，警方記錄與瘋人院更是少不了。喬很快就發現，她單純的經歷，讓她對社會底層的悲慘世界瞭解太少。為了生意著想，她以一貫熱血的精神，打定主意要彌補缺陷。她一心想找到故事素材，想盡辦法要寫出新穎題材，於是搜遍報紙，尋找意外、事故、犯罪，跑去公共圖書館要求找毒物相關的書籍，害管理員又驚又疑；她研究路人的臉——以及身邊所有人的性格，無論好壞還是冷漠，盡可能把握有限的機會一探各種愚行、罪惡與慘劇。她自以為事業蓬勃發展，卻在不知不覺中喪失了女性特質中最溫婉的部分。雖然只是想像的人物，但她整天和不三不四的人混在一起，讓她沾染了不好的氣息，她餵給心靈與想像力的食物既危險又沒營養，加上太早接觸人生中難免碰觸的黑暗面，導致她自然的天性開出的純真花朵迅速凋零。

雖然她還沒看出來，但已經開始有感覺了，因為太常描寫別人的激情與感受，讓她開始研究、臆測自己的感情——這是種病態的娛樂，健康的年輕心靈不會自願沉溺其中。錯誤的行為勢必會帶來懲罰，就在喬最需要的時候，懲罰來臨。

我不知道是因為研究莎士比亞幫助她解讀人性，還是因為女性天賦的本能讓她能看出誠實、勇敢與堅強的德行；總之，當她傾注想像力將筆下的角色寫成人世間最完美的英雄，喬也在現實中發現了一位英雄，儘管他只是凡人，有許多不完美的地方，依然令她想要多多瞭解。一次和巴爾先生聊天時，他建議她有機會多研究單純、真實、討喜的人物，這是很好的寫作訓練，而喬全盤接受他的意見——因為她轉身開始沉著觀察他——倘若他知道了一定會很驚訝，因為可敬的教授對自己的評價非常謙遜。

一開始，喬不懂為什麼大家都喜歡他。他既不富有也不偉大，既不年輕也不英俊，而魅力、莊重、傑出這些形容詞都與他無緣。然而，他有如吸引人的舒適火光，大家都聚集在他身邊，彷彿圍著壁爐取暖般自然。他很窮，卻似乎總是在送人東西，雖然他是外國人，但每個人都是他的朋友；青春已逝，卻像少年一樣有顆快樂的心；貌不驚人又有點怪，但在許多人眼中他的臉龐非常美，那些奇怪的小地方也因為性格而得到眾人諒解。喬經常觀察他，想找出他的魅力何在，最後斷定是慈善之心所造成的奇蹟。即使他有任何傷心事，也像將頭埋在羽翼下的鳥兒般默默承受，他總是對世人展現陽光的一面。他的前額上有皺紋，但光陰似乎念在他對人們的善良，因此對他格外仁慈。他嘴邊的法令紋是為了紀念許許多多友善話語和開心歡笑；他的眼神從不冷漠或嚴厲，那雙大手溫暖有力，傳達心意遠勝過任何言語。

他的衣服似乎也構成他和煦天性的一部分。感覺很輕鬆，讓他很舒服；寬鬆的背心暗示下面藏著一顆寬大的心；褪色的大衣平易近人、口袋鬆弛，因為小朋友經常把手伸進去，進去時空空，出來時卻變得滿滿；就連他的靴子感覺也很善良，他的領子從來不像其他人那樣硬挺刺人。

「原來如此！」喬鑽研許久之後終於發現，原來是對人的真實善意，讓這位微胖的德國教師顯得俊美高貴，儘管他吃飯狼吞虎嚥，自己補襪子，還不幸地背負著巴爾這個姓氏。

喬對善良的評價很高，但她對才智也有著最溫柔的敬重，她發現的一件小事，讓她對教授更加佩服。他很少提起自己的過往，沒有人知道他在原先居住的城市是位德高望重的學者，因為學識與品德而深受景仰，直到一位同鄉來拜訪，他和諾頓小姐聊天時說出這個令人欣喜的事實。喬從她那裡聽說這件事，因此更加感動，因為巴爾先生本人絕口不提。儘管他在美國只是教語言的窮教師，但他在柏林是一位極受推崇的教授，喬非常以他為榮，而這個發現也讓他樸素辛勤的生活添上浪漫色彩而變得美麗。

在一次意想不到的場合，她發現他還有比才智更高尚的品德。諾頓小姐經常受邀出席文學聚會，若非她慷慨邀請，喬絕對無緣見識。這位獨居的女士覺得這位胸懷壯志的女孩很有意思，於是經常讓她和教授有機會參與。有天晚上，她帶他們一同前往一場菁英宴會，許多知名人士都是座上嘉賓。

一直以來，喬只能滿懷年輕的熱忱遠遠崇拜著大師們，現在她準備好要恭敬地拜倒在他們面前。然而，那天晚上，她對天才的崇敬受到很大的挑戰，她發現所謂的大師畢竟也只是人，她過了很久才從震撼中恢復。

想像一下，當她羞怯地偷看仰慕的詩人，他的詩中將自己描寫得彷彿不食人間煙火，只靠「靈感、火焰與露珠」存活；但現實中卻胃口大好、大吃特吃，文學靈性徹底毀於一旦。一位偶像令她失望之後，她轉身又發現更多不堪的場面，讓她的浪漫幻想迅速煙消雲散。偉大的小說家像鐘擺一樣，在兩瓶美酒之間來回擺盪；知名才子公然挑逗一位有「當代斯戴爾夫人」[16]之稱的女性文學家，她則對另一位「當代可琳」用眼神放箭，她假裝友善地挖苦她，為了贏得博學哲人的青睞而使盡手段把她比下去，而那位哲人一派莊重地喝著茶，似乎很想睡覺，但喋喋不休的女士害他睡不著。科學界大師忘記了他們的軟體動物與冰河時期，聊著藝術界的小道消息，同時展現出科學家的活力，大啖生蠔與冰淇淋；那位風靡整座城市的年輕音樂家，號稱是神話中的音樂大師奧菲斯再世，他正專注在聊賽馬；而蒞臨會場的那位英國貴族剛好是全場最不起眼的人。

活動未進行到一半，喬已徹底幻滅，於是她坐在角落，治療受傷的心。沒多久巴爾先生也加入，他的樣子有如離水的魚，幾位哲學家大搖大擺走上台，每個人都有各自熱愛的主題，準備在休息時間進行智性對談。他們說的內容喬一個字也聽

16 Madame Staël，法國貴族女作家、社交名媛。文中提及的「可琳」是她的作品《科林娜或義大利》中主角。

不懂，但她樂在其中，儘管康德與黑格爾只是沒聽過的神祇，客觀性與主觀性只是無法理解的名詞；聽完之後，唯一從她「深層意識演化出」的東西，則是嚴重頭痛。她逐漸領悟到，世界被他們拆解成無數碎片，然後重新組裝回去，講者聲稱新的原則比舊的優秀不知多少倍；宗教即將被理性化為烏有，智識即將成為全新的神。喬對哲學、形上學一無所知，但她感受到一種奇妙的亢奮，既愉悅又痛苦，聽著、聽著，她覺得自己彷彿在時空中漂流，有如隨風飄盪的年輕氣球。

她看看旁邊，想知道教授的看法，卻發現他凝重地看著她，她第一次見到他如此嚴厲的神情。他搖頭，招手要她一同離開，但她正聽得入迷，想知道那幾位哲學家消滅舊信仰之後要以什麼取代。

巴爾先生是個內向的人，不會隨便說出他的想法，並非因為他沒有定見，而是他的想法太誠摯認真，無法輕易說出口。他看看喬，以及現場其他年輕人，他們被耀眼的哲學火花迷住。他皺起眉頭，很想開口說話，擔心易燃的年輕靈魂會被煙火吸引而迷失，一旦精采表演結束之後，他們手中會只剩下燃盡的枯枝，甚至連手都燒傷。

他盡可能壓抑，但當有人請他發表看法時，他義憤填膺的火焰爆發，辯才無礙地以事實捍衛宗教，而那樣的雄辯使得他的破英文變得悅耳，平凡的臉龐變得優美。他的鬥爭很辛苦，因為那幾位智者很善於辯論，但他似乎不知道自己落敗了，毅然決然堅守立場。不知為何，當他說話時，喬的世界回到正軌了；她秉持那麼久的舊信念感覺比新的更好，上帝並非盲目的力量，不朽也絕非美麗的傳說，而是受到祝福的事實。她再次有腳踏實地的感受，當巴爾先生停頓，在詭辯中落敗，但並沒有被說服，喬很想拍手感謝他。

但她沒有拍手、也沒有道謝，而是牢牢記住這個畫面，給教授最真心的敬重，因為她知道要在那樣的場合公開發言對他而言有多困難，但他的良知不允許他沉默。她終於明白，人格是最重要的資產，遠勝金錢、階級、才智、美貌。「真實、敬畏、善良」，一位智者曾經如此定義偉大，那麼，她的朋友費德利希．巴爾不只是一位好人，而是偉人。

這個想法每一天都越來越堅定。她重視他的評價，渴望他的尊重，她希望能配得上他的友誼，正當她最真摯希望能夠做到時，卻差點失去一切。事情的起因，只是一頂摺紙帽。一天傍晚，教授來給喬上課，頭上戴著一頂摺紙士兵帽，那是蒂娜幫他戴的，他忘記拿下來。

「顯然他下樓之前根本沒有照鏡子。」喬微笑想著，他說了句「妳好」，然後嚴肅就座，準備朗讀席勒的《華倫斯坦之死》給她聽，完全沒察覺主題與他的帽子形成多好笑的對比。

一開始她沒有說什麼，因為她喜歡聽他宏亮暢快的笑聲，每當發生好笑的事他總會那樣大笑，所以她想等他自己發現。不久之後，她完全忘記了，因為聽德國人讀席勒是一件引人入勝的事。朗讀之後開始上課，氣氛很活潑，因為那天晚上喬的心情很愉快，紙帽子讓她的眼神舞動笑意。教授不知所措，最後終於停下來，開口時語氣略帶驚訝，讓人不笑也難——

「馬區小姐，妳為什麼在老師的面前嘻笑？難道妳對我沒有半點尊重，所以態度這麼差？」

「老師，你忘記把帽子拿下來，我怎麼有辦法表現出敬重？」喬說。

迷糊的教授舉起手，一臉嚴肅地摸頭，終於摸到小紙帽取下，注視一分鐘之後，他仰頭大笑，渾厚的笑聲有如歡快的低音提琴。

「啊！我終於發現了，調皮的蒂娜害我因為帽子出糗了。唉，沒關係，不過妳最好當心了，如果妳課堂表現不好，就換妳戴。」

不過，接下來幾分鐘課程沒有繼續下去，因為巴爾先生瞥見帽子上的插圖，他攤平那張紙，以極度厭惡的語氣說——

「真希望這種報紙不會出現在家裡，這種東西不適合讓小孩和年輕人看。很不好，我實在受不了寫這種惡質文章的人。」

喬瞥那張報紙一眼，看到很精采的插圖，有瘋子、屍體、壞人、蝮蛇。她並不喜歡，但她之所以忍不住將報紙翻過去，必非出於厭惡，而是出於恐懼，因為一瞬間，她以為那張報紙是《火山週刊》，恐慌過後她才想到，就算是也無所謂，因為即使上面印著她寫的故事，反正沒有姓名，她的身分不會曝光。然而，她卻自己洩露了，她的眼神心虛、滿臉通紅，儘管教授總是迷迷糊糊，其實他觀察到的東西遠超過大家想像。他知道喬在寫作，也不只一次在幾家報社遇見她，但她不曾主動提起，他也沒有多問，儘管他非常想看她的作品。現在他驚覺她在做自己引以為恥的事，他非常擔憂。很多人都會覺得「這不關我的事，我沒資格說什麼」，但他沒有這麼想，他只是提醒自己，她年輕又貧窮，一個小女孩遠離母親的愛與父親的關懷，他本能地急著想救她，就像看到小嬰兒即將跌入池塘時會忍不住想伸手抓。這所有念頭在一分鐘內竄過他的腦海，等到報紙翻過去，喬穿好針線，他已經準備好了，他以自然但非常嚴肅的語氣說——

「很好，蓋住就對了，我認為年輕好女孩不該看那種東西。或許有人會覺得很有趣，但我寧願讓我的外甥玩火藥，也不希望他們接觸這種惡劣垃圾。」

「說不定沒有那麼糟——只是有點蠢，你知道，既然有需求，我不認為供給有什麼壞處。許多可敬的人靠著寫聳動故事為生，過著很正直的生活。」喬用針刮衣摺，因為太大力，刮出一條條小裂縫。

「威士忌的需求也很大，但我不認為妳或我會想賣。倘若那些可敬的人知道他們造成多大的傷害，絕不會認為自己的生活很正直。他們不該販售包裹糖衣的毒藥給小朋友吃。他們應該多想想，寧願去街上掃爛泥為生，也不該做這種事！」

巴爾先生溫和地說，走到壁爐前，將報紙揉成一團扔進火中。喬坐著不動，模樣彷彿她也被火燒到，因為紙帽子尚未化為無害的煙霧飄上煙囪消失，她的臉已經紅得發燙了。

「我真想把這種東西全部燒光。」教授喃喃說，回到座位時彷彿如釋重負。

喬想到她放在樓上的手稿，如果全部拿去燒，火勢會有多猛烈，她辛苦賺來的錢此刻變成良心的重擔。她在心中安慰自己，「我的故事沒有那麼糟；並不邪惡，只是愚蠢而已，所以我不必煩惱。」

她拿起書，一本正經地說：「老師，要繼續上課嗎？我會很乖、很規矩。」

「希望如此。」他只是簡單地回答，但這句話的含意遠超出她的想像。他凝重和善的表情，讓她覺得自己額頭上彷彿印著大大的《火山週刊》字樣。

一回到房間，她拿出手稿，仔細閱讀她寫的每一則故事。巴爾先生有點近視，偶爾會戴眼鏡，喬試戴過一次，鏡片將書上小字變大的感覺很有趣。現在的她，彷彿也戴上教授的內心眼鏡或道德眼鏡，因為那些故事的壞處全都變得一清二楚，讓她充滿沮喪。

「這些故事確實是垃圾，如果我繼續下去，很快就會變得連垃圾都不如，因為每一篇都比上一篇更聳動。我太盲目，為了賺錢而傷害了自己和其他人。我明知如此——因為連我自己都無法正大光明看完而不覺得可恥，萬一家裡的人看到該怎麼辦？萬一巴爾先生拿到該怎麼辦？」

光是想像，喬的臉就開始發燙，她將整包手稿塞進暖爐，火勢太大，差點連煙囪一起燒起來。

「沒錯，這種易燃垃圾就該這樣處理，我寧願把房子燒掉，也不要害別人因為我的火藥而爆炸。」她目送《權力的惡魔》在火光中消失，變成冒火的黑色灰燼。

然而，當她三個月辛苦工作的成果全部消失，只剩下一堆灰和放在她腿上的一包錢，喬神情肅穆坐在地上，思考該如何處置這筆錢。

她沉思很久之後做出決定，「我認為我還沒有造成太多傷害，應該可以留著這筆錢，算是補償我花費的時間。」然後又煩躁地補上一句。「真希望我沒有半點良心，要是我不在乎是非對錯，該有多好，要是我做錯事的時候不會難受，該有多好，我一定會過得很快樂。有時候我忍不住會想，要是爸爸媽媽沒有這麼在乎這種事就好了。」

啊，喬，妳不該這麼想，反而應該因為「爸爸媽媽那麼在乎」而感謝上帝，有這麼好的人守護，讓妳能夠懸崖勒馬，在沒耐性的年輕人眼中，這些原則或許有如監獄高牆，但時間會證明，要成為好女人就需要以這些道理作為基石，建立性格。應該打從心底憐憫沒有這麼幸運的人才對。

喬不再寫聳動故事，覺得不值得為了賺錢而背負這麼重的罪惡感。不過她卻走向另一個極端，她這種個性的人很容易這樣，她開始效法瑪麗．瑪莎．薛伍德、瑪麗亞．埃其沃斯、漢娜．莫爾，她寫出的故事根本像宗教論文或布道文，道德意義太過強烈。她從一開始就有所疑慮，因為她活潑的想像力與少女浪漫情懷無法適應新風格，簡直像是穿了上個世紀生硬累贅的服飾參加化裝舞會。她將這篇說教的文章寄給幾家出版商，但都沒有人要買，她不得不認同戴許伍先生的說法，道德意義賣不了錢。

接著她嘗試寫童書，要不是她太市儈，想要大賺一筆，應該早就賣出去了。只有一位男士願意出足夠的稿費，讓她創作兒童文學的努力不致於白做工，他很虔誠，自認身負重任，要讓全世界的人相信他的教義。儘管喬很喜歡為兒童寫作，但她無法讓筆下每個調皮孩子都遭受厄運，例如被熊吃掉、被發狂的公牛撞飛，只因為他們沒有去某一間安息日學校，她也不願意讓乖乖去那間學校的好孩子全部蒙受各種神奇的福報，例如黃金薑餅、天使隨行，他們離開人世的時候，虛弱的小嘴還唱著頌歌或背誦布道文。這兩種嘗試都不成功，喬蓋上墨水瓶，以非常健全的謙遜態度說——

「我什麼都不懂，等我懂了之後再寫吧。至於現在，如果找不到更好的出路，不如『去掃馬路上的爛泥』，至少是實在的工作。」這個決定證實了第二次從豆藤跌下，讓她學到了教訓。

在她內心掀起革命的同時，外在生活依然像平常一樣忙碌而平淡；就算她的表情偶爾有些嚴肅或難過也沒人察覺，除了巴爾教授。他非常安靜，所以喬從不知道他正在觀察她，想知道她有沒有聽進去他的訓誡，並且從中得到益處。她通過考驗了，他非常滿意。雖然他們從未談過此事，但他知道她放棄寫作了，不只是因為她的右手中指不再沾染墨水，也是因為她晚上都待在樓下，而且也沒有在報社遇見她，而且她以堅毅的耐心苦讀，他終於安心了，她下定決心讓腦袋裝滿有益的東西，即使或許不太愉快。

在許多層面上，他幫助她，證明他是真正的朋友，喬很開心；因為即使她放下了筆，除了德文她還學到很多東西，為她自己人生的精采故事奠定基石。

那個冬季很愉快，而且非常長，因為她在柯克太太那裡一直工作到六月。當她回家的時候來臨，孩子們都難過極了，巴爾先生更是變得怒髮衝冠——因為當他心神不寧的時候，總會把頭髮撥得亂七八糟。

她告訴他的時候，他說：「回家！啊，妳真幸福，有家可回。」最後一天晚上，她舉辦了一場小小的道別晚會，他只是坐在角落默默扯鬍子。

喬一大早就要出發，晚上先向所有人道別，輪到他的時候，她熱情地說——「教授，如果有一天你來到附近，千萬記得要來找我們，好嗎？假使你不來，我永遠不會原諒你，因為我希望讓所有家人認識我的朋友。」

「真的？我真的可以去？」他低頭看她，神情熱切，但她沒有看見。

「真的，下個月就來吧。到時候羅利就畢業了，你可以去參加畢業典禮，會是不錯的新體驗。」

「妳之前提過的好朋友，就是他？」他的語氣變了。

「對，我的男孩泰迪。我非常以他為榮，很希望讓你見見他。」

這時喬抬起頭來，什麼都沒有察覺，只是想著要介紹他們認識，滿心沉浸在喜悅中。巴爾先生的表情突然讓她想起，回去之後羅利可能不只是好朋友而已，因為她太希望能假裝沒這回事，反而不由自主地開始臉紅。她越是想要控制，臉就變得更紅。幸好蒂娜坐在她腿上，否則她一定會不知道該如何是好。那孩子及時轉身抱她，幫她把臉藏起來一下，她希望教授沒有看到。但他看到了，他的表情從剛才一瞬間的焦急變回平常的模樣，他和善地說——

「我恐怕沒時間去參加，不過我希望那位朋友順利成功，你們所有人都幸福快樂。上帝保佑妳！」說完之後，他溫暖地和她握手，將蒂娜扛在肩上離開了。

不過，當兩個外甥熟睡之後，他獨自在火前坐了很久，臉上掛著疲憊神情，心頭壓著「heimweh」，也就是「鄉愁」。他想起了喬，想起她將孩子抱在腿上，流露出前所未見的溫柔模樣，他低下頭用手抱住一下，然後站起來在房間裡走來走去，彷彿尋覓怎樣都找不到的東西。

「那是不屬於我的，我不能繼續癡心妄想。」他對自己說，他的嘆息近乎哀嗚，接著彷彿為了斥責自己竟然無法壓抑渴望，他過去吻一下枕頭上那兩顆髮絲凌亂的頭，取下很少使用的菸斗，翻開他的柏拉圖。

他盡了最大的努力，英勇地承受。然而，即使有兩個活潑的外甥、一根菸斗，甚至是天神般的柏拉圖，我認為依舊無法取代他對妻兒家庭的渴望。

雖然時間很早，但他第二天早上還是去車站送行。幸虧有他，這段孤獨旅程的起點至少有一位熟悉的朋友微笑道別，留下愉快的記憶，還有一束紫羅蘭作伴，最棒的是她心中的快樂念頭——

「冬天結束了，我沒有寫書——沒有存到錢。然而，我交了一位很珍貴的朋友，我會盡可能讓這段友誼延續一輩子。」

12 心痛

無論羅利的動機是什麼，總之，那一年的他充滿了鬥志，不但以優異成績畢業，還在畢業典禮上以拉丁文致詞，高雅不輸當代演說家菲利普斯、口才不輸古希臘演說家狄摩西尼——至少他的朋友都這麼說。他們全體出席——他的祖父，噢，多麼自豪！馬區夫婦，約翰與梅格，喬與貝絲，他們全都以最真摯的心崇拜他。在當下，年輕人總是不當一回事，卻不知未來人生即使有再大的成就，也難以贏得這樣的崇拜。

這一天的歡喜結束後，他送兩姐妹上馬車時說：「今晚有討厭的晚會，我不得不留下來參加，不過我明天一大早就會回家。妳們兩個會像平常一樣來找我吧？」雖然他說「妳們」，但其實只是說給喬一人聽，因為現在只有她依然保持往日的習慣。她的男孩如此耀眼、如此成功，她不忍心拒絕，於是熱烈地說——

「我一定會去，泰迪，風雨無阻，我會在你面前遊行，用口簧琴吹《讚頌英雄凱旋》！」

羅利道謝時的神情，讓她不禁突然一陣慌亂，心中想著：「噢，老天！我知道他一定打算說什麼，到時候我該怎麼辦？」

夜間冥想與早晨的工作讓她稍微放下恐懼，告訴自己她不可以這麼虛榮，她明明已經充分表現出她的決定，他應該不會貿然求婚。於是到了約定的時間，她鼓起勇氣前往，希望泰迪不會出現，不要讓她刺傷他可憐的小心靈。她去梅格家，抱著雙胞胎嗅嗅親親的，振奮一下心情，更加堅定決心面對這場會面，不過，當她看到高大健壯的身影從遠方漸漸接近，依然有股強烈的衝動想轉身逃跑。

一進入說話能聽見的距離，羅利立刻大聲說：「喬，妳不是說要吹口簧琴？」

「我忘記了。」喬安心了，因為這句招呼絕對稱不上甜言蜜語。

通常這樣見面時，她都會挽著他的手臂，現在卻沒有。他沒有抱怨——這不是好現象——只是連珠砲似地說著各種虛無縹緲的話題，直到他們從大路轉上小徑，穿過樹叢準備回家。他們放慢速度，剛才滔滔不絕的話題突然枯竭，不時出現彆扭的停頓。眼看對話不停落入沉默深井，為了不徹底陷進去，喬急忙說——

「現在你可以好好放個長假了！」

「正有此意！」

他毅然決然的語氣感覺有點怪，喬急忙抬起頭，發現他低頭著她，從他的表情看得出來，她害怕的那一刻即將到來，她舉起一隻手大聲說——

「不，泰迪，拜託不要說！」

「我一定要說；妳必須聽。喬，逃避是沒用的，我們必須攤牌，早早說清楚，對我們雙方都只有好處。」他滿臉通紅、語氣激動。

「那你想說什麼就說吧，我會聽。」喬的容忍中有著不知所措。

羅利雖然年輕，但他用情至真，下定決心，就算要他的命，也要「攤牌」。於是，他以獨特的率直衝動正面進攻，儘管他奮勇努力想保持聲音平穩，但依然不時哽咽——

「喬，從認識妳的那一天起，我就一直愛著妳，我情不自禁，妳對我那麼好，我很想讓妳知道，可是妳從不讓我說。現在我要強迫妳聽，然後給我一個答案，因為我不能再這樣下去了。」

「我想讓你免於這種難堪，我以為你明白——」

「我知道妳的用意，可是女生很奇怪，永遠無法確定妳們到底是什麼意思。女生嘴上說不要，其實心裡要，為了好玩而把男生逼得快發瘋。」羅利反駁，以這個無法反駁的事實作為防禦。

「我從來不想讓你對我產生那種感情，我甚至離家，盡可能讓你打消主意。」

「我就知道，這很像妳會做的事，不過沒用。這樣只讓我愛妳更深，我努力討好妳，我不打撞球，所有妳不喜歡的事我都不做，我安靜等待、從不埋怨，因為我希望妳會愛我，儘管我遠遠不夠好——」說到這裡，他不由自主地哽咽，於是他摧殘了幾朵毛茛花，清了清「卡住的喉嚨」。

「你夠好，你好到我配不上你，我非常感激你，我以你為榮，也對你有很深的感情，我實在不懂為什麼我不能愛你，像你想要的那樣。我試過了，但我無法改變我的感情，如果我嘴上說愛你但心裡不愛，那不是說謊嗎？」

「喬，真的嗎？」

他猛然停下腳步，握住她的雙手，他說出這個問題時的表情，讓她久久無法釋懷。

「真的，親愛的！」

現在他們到了樹林裡——柵欄的階梯就在旁邊；當喬勉強說出那句話時，他放開她的手，轉身彷彿想離開，但人生中第一次，他跨不過這道柵欄，於是他只好將頭靠在長青苔的柱子上，一動也不動地站著，喬很害怕。

「噢，泰迪，我很抱歉，我說不出有多抱歉，如果有任何好處，我願意殺死我自己！希望你不要太難過；我沒有辦法，你也知道，人不可能強迫自己愛上不愛的人。」喬大喊，雖然粗魯，但真心遺憾，她輕拍他的肩膀，想起很久以前他也曾這樣安慰她。

「有時候可以。」埋在柱子上的臉悶悶說出這句話。

「我不認為那樣的愛是對的，我寧願不要嘗試。」喬斷然回答。

他們沉默許久，一隻畫眉在河邊的柳樹上無憂無慮地歌唱，高草在風中窸窣搖曳，喬坐在柵欄台階上，非常嚴肅地說——

「羅利，我想告訴你一件事。」

他驚訝的模樣彷彿挨了一槍，他抬頭吶喊，以激動的語氣說——

「不要告訴我那件事，喬，現在我無法承受！」

「什麼事？」她不懂他為什麼如此爆怒。

「妳愛那個老頭。」

「什麼老頭？」喬質問，以為他說的是他祖父。

「那個可惡的教授，妳在信裡說不停的那個人。假使妳說愛他，我一定會做出失去理智的事——」他握緊雙拳、眼冒火光，彷彿真的會去做。

喬很想大笑，但努力克制，這一切害她也激動起來，所以語氣有點凶。「不要亂說話，泰迪！他不老，也不可惡，他很好心、很善良，是我交過最好的朋友——僅次於你。拜託你不要亂發脾氣，我不想傷害你，不過要是你污辱我的教授，我會非常生氣，我沒有半點心思要愛他或任何人。」

「可是妳很快就會，到時候我該怎麼辦？」

「你也會愛上別人，有頭腦的男孩都會那麼做，到時你就會忘記這場麻煩。」

「我不可能愛上別人，我永遠忘不了妳，喬，永遠！永遠！」他跺腳，讓這番激情的言論更添力道。

「我到底該拿他怎麼辦？」喬嘆息，發現感情遠比她想像中難處理。「你還沒聽我想說的話。坐下來好好聽，因為我確實很想做正確的事，讓你幸福。」她希望能以講理的方式帶給他安慰——更加證明她對愛情一無所知。

最後那句話讓他看見一絲曙光，羅利急忙在旁邊的草地坐下，一隻手臂靠在低層的台階上，抬起頭滿懷期待看著她。如此一來，喬更難平靜說話、清理思緒；她的男孩這樣望著她，眼神洋溢愛與渴望，剛才她的狠心拒絕才害他落下一、兩滴男兒淚，睫毛都還沒乾呢！她怎麼有辦法說出無情的話？她輕柔地將他的頭轉開，摸著那頭為了她而留長的波浪鬈髮——他這樣做真的很感人！

「我同意媽媽的看法，我和你不適合，因為我們兩個都脾氣暴躁、頑固倔強，這樣的個性很可能會讓我們非常痛苦，如果我們——」喬停頓，無法說出最後那個詞，但羅利一臉狂喜地幫她說出來——

「結婚。不，不會那樣！喬，只要妳愛我，我會做個完美的聖人，因為妳可以隨心所欲塑造我！」

「不，不可能。我試過了，也失敗了，我不願意用我們的幸福當成賭注，進行這麼重大的實驗。我們看法不同，永遠不會有志一同，所以我們還是做一輩子的好朋友吧，不要做出任何衝動的決定。」

「只要有機會，我們一定可以。」羅利不服氣地嘀咕。

「拜託你講理，用務實的眼光看待這件事。」喬懇求，幾乎沒了主意。

「我不要講理，我不要用妳所謂『務實的眼光』看待這件事，這樣對我沒幫助，也只會讓妳更堅定，我覺得妳根本沒有心。」

「要是真的沒有就好了！」

喬的聲音有點顫抖，羅利認為那是好現象，於是轉過頭，施展全部的說服力，撒嬌討好的態度比之前更加低聲下氣——

「親愛的，別讓我們失望！所有人都期待我們在一起。祖父已認定了，你的家人也會很高興，我不能沒有妳。求妳答應，我們一起幸福下去！拜託、拜託。」

好幾個月之後，喬才會明白，為何這時她有那麼強烈的意志堅守決心，斷定她不愛她的男孩，永遠不會愛。雖然很困難，但她做到了，知道拖延不但沒用，而且反而更殘酷。

「我不能真心答應你，所以就不要勉強。久了以後你就會發現我是對的，你會感謝我——」她鄭重地說。

「才不會，我寧願被絞死！」羅利從草地上跳起來，光是想像就令他燃起義憤填膺的怒火。

「你會！」喬堅持，「過一段時間你就會釋懷，找一個性情好、教養好的女孩，她會崇拜你，成為那棟豪宅的稱職女主人。我辦不到。我太土氣、太彆扭、太古怪，而且年紀又大，你會嫌我丟臉，我們會吵架——你看，就連現在我們也忍不住要吵。我不會喜歡上流社交圈，但是你會；你會討厭我寫作，但是我不能不寫。我們在一起絕不會幸福，我們會後悔——一切都會很慘！」

「說完了嗎？」羅利問，很難耐著性子聽完這番黑暗預言。

「說完了——只剩最後一點，我認為我永遠不會結婚。現在這樣我很幸福，我太愛自由，我還無法為了任何男人而放棄。」

「我才不相信！」羅利搶著說。「雖然妳現在這麼想，但妳遲早會遇到喜歡的對象，妳會為他神魂顛倒，為他生、為他死。我很瞭解妳——妳就是這樣的人，我只能站在一旁眼睜睜看著——」絕望的戀人將帽子扔在地上，若非他的表情如此悽慘，這個動作應該會顯得很好笑。

「沒錯，我的確會為他生、為他死，前提是他必須出現，讓我不由自主愛上他，你必須盡力放下。」喬激動地說，對可憐的泰迪失去耐性。「我盡力了，但你不肯講理，我明明給不了，你卻一直堅持，這樣很自私。我對你的感情不會變，沒錯，我們之間的友誼非常深——但我絕不會嫁給你。你越早接受現實，對我們雙方越好——就這樣。」

這番話有如火上加油。羅利注視她片刻，彷彿不知道該如何自處，然後他猛轉過頭，以孤注一擲的語氣說——

「喬，有一天妳會後悔。」

「噢，你要去哪裡？」她急著問，因為他的表情讓她很害怕。

「下地獄見惡魔！」他氣沖沖地回答。

一瞬間喬嚇得心臟都停了，因為他跨過欄杆下到河岸，往河流走去。不過，必須要有極大的愚蠢、罪孽或悲慘，才能讓年輕人決意尋死，而羅利不是那種軟弱的人，不會因為一次失敗便一蹶不振。他並不打算悲憤投河，但一種盲目的本能讓他脫下帽子和大衣扔在船上，用盡全力划，他一轉眼就划到上游，連以前比賽的時候都沒這麼快。喬深吸一口氣，鬆開緊握的雙手，看著可憐的小伙子拚命划船，想將心頭的煩惱拋在後面。

「這樣對他有好處，他回家的時候一定敏感又懊惱，我不敢見他。」她慢慢走回家，感覺彷彿謀殺了什麼純真的東西，埋在落葉堆中——

「我得去向羅倫斯先生報告，讓他做好準備，要對我的男孩非常溫柔。真希望他能愛上貝絲，或許假以時日會有可能，不過，我開始覺得是我誤會她了。噢，老天！女生怎麼有辦法和男生交往之後又拒絕他們？我覺得好可怕。」

她確信，沒有人能比她解釋得更清楚，於是她直接去找羅倫斯先生，勇敢、完整地交代始末，然後因為自己太狠心而崩潰大哭。善良的老先生雖然極度失望，但也很難再責備她什麼。他無法理解，怎麼會有女生不愛羅利，他希望她能改變想法，但他比喬更清楚，愛情是不能勉強的，於是他憂傷搖頭，決心要幫助孫子走出傷痛，因為那個火爆小子對喬落下的話讓他非常擔心，儘管他不願承認。

羅利回家的時候快累死了，但心情鎮定，祖父來迎接他，佯裝不知情，他演得很成功，但只撐了一、兩個小時。當他們在暮色中對坐，從前他們最喜歡這段時間，老祖父發現他很難像平常一樣高談闊論，年輕孫子也聽不進去對他去年表現的讚美，因為他現在覺得當時為愛情的付出全是白費功夫。他盡可能忍耐著聽下去，然後走向鋼琴開始彈奏。窗戶開著：喬在花園陪貝絲散步，難得一次，她比妹妹更懂音樂，因為他彈奏的曲子是貝多芬的《悲愴奏鳴曲》，他以前也彈過，但從來沒有如此慷慨激昂。

「彈得非常好，不過這曲子太悲傷，聽得都要流淚了。換首歡樂的吧，孩子。」羅倫斯先生善良的老心臟漲滿了憐惜，他很想表現出來，但不知道該怎麼做才好。

羅利立刻奏起一串悅耳的音符，暴風般地彈了幾分鐘，他原本可以堅毅地彈到最後，但在樂曲緩和的時候，窗外傳來馬區太太的聲音，喊著——

「喬，親愛的，快進來，我需要妳。」

這剛好是羅利想說的話，雖然意義完全不同！聽到這句話，他彈不下去了。和弦中斷，音樂停止，彈琴的人默默坐在黑暗中。

「我受不了了。」老先生嘀咕——他站起來，在黑暗中摸索走向鋼琴，和藹地按住孫子的寬肩，用像女性般的溫柔語氣說——

「我知道，孩子，我知道。」

羅利沒有回答，然後突然厲聲問——

「誰告訴你的？」

「喬本人。」

「那就全完了！」他以不耐煩的動作甩開祖父的手。雖然他很感激祖父的憐惜，但身為男人的自尊讓他無法接受另一個男人的同情。

「還沒完。我想說一件事，然後才算真完了。」羅倫斯先生以難得的溫和語氣回應。「這段時間，你應該不想待在家吧？」

「我才不要因為女生而逃跑。喬不能阻止我看她，我要待在這裡，隨心所欲地看她。」羅利執拗地搶著說。

「如果你是紳士就不會那麼做。我很遺憾，但那孩子也很無奈。現在你只能做一件事，就是暫時離開。你想去哪裡？」

「隨便，我不在乎自己會變成怎樣。」羅利站起來，漫不在乎地大笑，聽在祖父耳中有如刀割。

「是男人就要坦然接受，拜託不要做衝動的傻事。你不是打算要出國？那就照計畫去吧，忘記這一切。」

「我辦不到。」

「你不是一直吵著要去？我答應過你大學畢業就可以去。」

「啊，可是我的計畫並非一個人去！」羅利快步走向門口，幸好祖父沒看到他的表情。

「我沒有要你一個人去。有一個人已經做好準備，很樂意陪你去，全世界任何地方都可以。」

「誰？」羅利停下來聽。

「我。」

羅利迅速回去，像走出去時一樣快，他伸出一隻手，嗄聲說——

「我是個自私的混蛋，可是——你知道——爺爺——」

「老天幫忙，是，我知道，因為這些我都經歷過，我也曾經是年輕人，後來還有你爸爸的事。好了，親愛的孩子，快點安靜坐下聽我說。一切都安排好了，可以立刻出發。」羅倫斯先生抓著孫子不放，彷彿擔心他會消失不見，像他父親以前那樣。

「好吧，爺爺，你打算怎麼做？」羅利坐下，但表情和聲音都沒有半點熱忱。

「倫敦的生意有點狀況要處理，我本來想讓你去，但我自己出面會更好，這裡的事情有布魯克幫忙打點，不會有問題。現在公司營運幾乎都交給合夥人，我只是占著位子等你接手，我隨時可以出發。」

「可是你討厭出遠門，爺爺。你年紀這麼大了，我不能勉強你。」羅利爭辯，雖然他很感激爺爺的付出，但如果真的要去，他寧願一個人去。

老先生很清楚他的心思，所以格外想要阻止；因為以孫子此刻的心情，放任他自己作主非常不智。因此，儘管他非常不想離開舒適的家，他也壓抑懊惱，頑強地說——

「謝謝你這麼貼心，不過我還沒老到動不了。我還滿喜歡這個主意的，出去走走對我有好處，而且這年頭旅行幾乎像坐在家裡一樣輕鬆，我的老骨頭也不會受太多折磨。」

羅利做了個煩躁的動作，暗示他坐在家裡並不輕鬆，不然就是他對這個計畫不甚滿意。老先生急忙說——

「我不打算干預你，也不會成為你的負擔。我之所以去，是認為比起把我扔在家裡，這樣你會比較安心。我無意把你綁在身邊，我會讓你自由去想去的地方，我會自己找樂子。我在倫敦和巴黎都有朋友，我想去探望他們。你可以去義大利、德國、瑞士，想去哪裡都可以，隨心所欲享受藝術、音樂、美景、冒險。」

剛才羅利還覺得他的心徹底粉碎，世界變成冷風呼嘯的荒野。然而，聽到老先生巧妙放進最後那句話裡的關鍵詞，粉碎的心出乎意料地興奮跳動，荒野突然冒出一、兩片綠洲。他嘆息，然後有氣無力地說——

「既然你這麼想，那就去吧，爺爺。我不在乎，去哪裡、做什麼都沒差。」

「我在乎——記住這一點，孩子，我給你完整的自由，但我相信你會妥善運用。答應我，羅利。」

「隨你的意吧，爺爺。」

「很好！」老先生心中想著。「現在你不當一回事，不過，遲早有一天這個承諾會讓你免於惹禍上身，我的想法絕不會錯。」

羅倫斯先生是行動派，總是打鐵趁熱，趁著萎靡不振的孫子沒有精神反對，他們速速出發。在進行準備工作所需的那段時間，羅利就像一般失戀的年輕人一樣。他陰晴不定、暴躁易怒、憂傷沉思，這三種狀態輪流出現；他食慾不振，不肯打扮，花很多時間在鋼琴前狂亂彈奏；他刻意躲避喬，但經常站在窗前呆望著她作為慰藉，那張哀傷的臉，她連做夢都會看見。

有些人失戀後會到處尋求安慰，但他不一樣，他從不提起這段沒有結果的戀情，不讓任何人給他安慰、憐憫，就連馬區太太也不行。這樣或許讓他的朋友們感到鬆了一口氣，但他出發前的幾個星期非常不自在，大家都很慶幸「親愛的小可憐要出國去忘卻煩惱，等他回家，就會重新開心起來了」。當然，對於他們的想法，他只是陰沉地微笑，任由他們幻想，因為他懷抱悲傷的優越感，知道自己絕不會變心，他的愛會始終如一。

出發的時刻來臨，他假裝興高采烈，藉此隱藏心中冒出的那一些陰暗情緒。他騙不過任何人，不過為了他著想，他們都沒有戳破他，羅利偽裝得很順利，直到馬區太太吻他一下，在他耳邊低聲說出充滿母愛的掛念，這時他才驚覺自己很快就要走了，急忙擁抱所有人，就連傷心的漢娜也沒漏掉，然後他像逃命一般奔下台階。喬急忙追過去對他揮手，希望他會轉頭看見。他確實轉頭了，他跑回來，抱住她，因為她站在台階上，所以他抬頭看她，臉上的表情讓他簡短的哀求顯得既動人又可悲。

「噢，喬，真的不行嗎？」

「泰迪，親愛的，我多希望可以。」

就這樣，他們沉默片刻，然後羅利挺直背脊說：「沒關係，別在意。」他就此離開，沒有再多說。啊，可是有關係，喬當然會在意。

因為當她說出那句狠心回答之後，鬈髮豐盈的那顆頭靠在她的手臂上，她覺得好像捅了親愛好友一刀。當他頭也不回地離開之後，她知道小時候的那個羅利永遠不會回來了。

13 貝絲的祕密

那年春天，喬回家時，發現貝絲的改變令她心驚。沒有人提起這件事，似乎完全沒有察覺，因為變化的過程很緩慢，每天看到她的人不會察覺異樣；然而，在離開許久的人眼中非常明顯，看到妹妹的臉蛋，喬的心頭彷彿壓了重物。

她的氣色沒有變得更差，只是比秋天時略顯消瘦，卻多了種彷彿透明的奇怪感覺，像是生命正慢慢流失，清瘦肉體綻放出不朽之光，帶給她一種難以言喻的楚楚動人。喬看到也感覺到了，但沒有說出口，不久之後，最初的衝擊慢慢減弱，因為貝絲感覺很快樂——大家都認為她好轉了。喬還有其他事要煩心，所以暫時忘記了恐懼。

然而，羅利離開之後，生活恢復平靜，隱約的焦慮重回心頭糾纏。她坦承錯誤並得到原諒，不過當她拿出存款，說要帶貝絲去山上休養，貝絲誠摯道謝，但說不想離家那麼遠。再去海邊待一小段時間比較適合，因為外婆放不下雙胞胎，於是喬帶貝絲去到寧靜的海邊，她可以經常待在戶外，讓清新海風為她蒼白的臉頰帶來些許紅潤。

這處海灘並不熱門，不過，即使那裡的人很友善，兩姐妹依然很少交朋友，比較想彼此依靠。貝絲太害羞，不喜歡與人交際，喬則是有太多心事，無暇關心別人；因此，她們徹底只有對方，她們來來去去，完全沒有意識到別人對她們的關注——他們憐憫地看著堅強的姐姐與病弱的妹妹，總是形影不離，彷彿本能地察覺到不久之後便將天人永隔。

她們確實察覺到了，但兩個人都沒有說出口，因為最親近的人之間往往最難說出口，這樣的障礙很難超越。喬感覺她的心與貝絲的心之間隔著一層紗，但當她伸出手想掀起，卻覺得沉默中藏著神聖不可侵犯的東西，於是她只能等貝絲自己開口。父母似乎沒有看出她發現的狀況，她納悶，但也慶幸；那幾個星期的平靜生活中，當死亡陰影變得顯而易見，她沒有告訴家人，相信等她們回到家，貝絲卻毫無好轉跡象，他們就會明白了。她更納悶的其實是妹妹真的猜到殘酷真相了嗎？她們躺在溫熱的岩石上，貝絲的頭枕著喬的腿，海風健康地吹過，海浪在腳邊拍打音樂，她很想知道妹妹在想什麼。

有一天，貝絲告訴她了。喬以為她在睡覺，因為她躺著動也不動。她放下書，坐在旁邊惆悵地看著她——想從貝絲臉頰上的一絲紅潤看出希望。但她找到的證據不足以令她滿意——因為妹妹的臉頰非常瘦，雙手虛弱到幾乎拿不動她們撿拾的粉紅色小貝殼。她無比苦澀地體認到，貝絲正慢慢從她身邊飄離，她不由自主抱緊最珍貴的寶物。一時間，她的眼前一片模糊，恢復清晰時，她發現貝絲萬分溫柔地抬起視線望著她，其實她不用開口了——

「喬，親愛的，我很高興妳知道了。我一直想告訴妳，可是說不出口。」

姐姐沒有回答，只是貼著她的臉頰——甚至沒有流淚——因為喬在最悲傷時反而哭不出來。這時她變成弱者，貝絲抱著她，盡力安慰她，在她耳邊輕聲說著安撫的話。

「親愛的，我已經知道好一陣子了，現在我習慣了，想起這件也不會太難過，要承受也不會太辛苦。妳就這樣想吧，不要為我操心，因為這樣最好，真的。」

「秋天的時候妳很憂鬱，就是因為這件事嗎，貝絲？該不會妳那時候就感覺到了，卻獨自承受這麼久？」喬不肯相信這樣最好，她不願意這麼想、也不願意這麼說，不過，她很慶幸貝絲的心事與羅利無關。

「對，那時候我就放棄希望了，但我不想承認。我告訴自己是我想太多，我不想害任何人煩惱。然而，當我看到妳如此健康、強壯，做了那麼多開心的計畫，我很難過，覺得自己永遠不可能像妳一樣——所以我才那麼憂鬱，喬。」

「噢，貝絲，妳竟然沒有告訴我——沒有讓我安慰妳、幫助妳。妳怎麼可以拒我於門外，自己一個人承受？」

喬的語氣帶著滿滿的溫柔譴責，她的心很痛，貝絲獨自默默受苦，慢慢學會向健康、愛、人生道別，欣然扛起她的十字架。

「或許這樣不對，但我想做正確的事。我一開始不太確定，沒有人說我有什麼不對勁，我希望是自己弄錯了。要是平白讓妳們受驚嚇，那我就太自私了。媽媽為了梅格的事非常操心，艾美在那麼遠的地方，而妳和羅利那麼幸福——至少當時我這麼以為。」

「我還以為妳愛上他了，貝絲，我之所以離開，就是因為我無法愛他。」喬激動地說——很高興終於能把實話全部說出來。

對她的想法，貝絲感到非常不可思議，儘管心痛，喬還是不禁莞爾，且溫柔地說：「所以，妳沒有愛上他嗎，妹妹？我很擔心，一直想像妳可憐的心靈被單戀折磨。」

「噢，喬，我怎麼可能愛上他？他那麼喜歡妳。」貝絲的語氣像兒童般天真無邪。「我確實很喜歡他，他對我非常好，怎麼可能不愛他？但對我而言，他永遠只是好哥哥而已，多希望有一天他真的能成為我的家人。」

「不會是因為我。」喬斷然說。「他還有艾美可選，他們會是天造地設的一對——可是現在我沒有心思想這些。貝絲，除了妳，我誰都不在乎。妳一定要好起來！」

「我也想——噢，真的好想！我努力過了，但每天我都輸掉一點，而且我覺得永遠贏不回來。喬，就像海水退潮一樣——雖然緩慢，但無法阻擋。」

「無論如何都要擋住，妳現在還不到退潮的時候——十九歲還太年輕，貝絲。我不能讓妳走。我會努力工作、虔誠祈禱，用盡全力對抗，就算犧牲一切我也要保住妳，一定有辦法的，不可能已經太遲了。上帝不會這麼殘忍，竟然要從我身邊把妳帶走。」可憐的喬不服氣地痛哭，她的心靈不像貝絲那麼順從信服。

純樸真誠的人很少宣揚自己多虔誠，他們不會說，只以行動表示，這樣遠比說教或聲明更有影響力。貝絲無法論證或說明，但她的信仰給她勇氣與耐心，讓她能夠放棄生命，安然等候死亡來臨。有如充滿信心的孩子，她沒有疑問，只是將一切交給萬物的父母——上帝與自然，相信只有祂們能教導心與靈魂，並給予力量，面對今生與來生。她沒有以道貌岸然的性靈話語反駁喬，反而因為她強烈的感情而更加愛她，更加緊抱住屬於人的愛，天父從不希望我們在這方面有所欠缺，而是透過人的愛讓我們更加接近祂。她無法說「我很高興能離開人世」，因為生命對她而言非常甜美，她只能啜泣著說：「我會盡可能平靜接受。」她緊抱住喬，巨大悲傷帶來的第一波苦澀浪潮拍打著她們。

等到冷靜下來之後，她欲言又止地說——

「回家之後，妳會告訴他們吧？」

「我認為不用說他們也看得出來。」喬嘆息，因為在她眼中，貝絲每天都變得更虛弱。

「或許不會，我聽說愛得最深的人也最盲目。假使他們沒有看出來，請妳幫我告訴他們。我不希望家人之間有祕密，讓他們能先有所準備比較好。梅格有約翰和寶寶可以安慰她，但妳一定要照顧好爸爸和媽媽，答應我，喬。」

「我會盡力，可是貝絲，我還不想放棄。我寧願相信只是妳想太多，我不要讓妳認定會成真。」喬盡可能裝出輕快的語氣。

貝絲躺著思考一下，然後以她獨特的平靜方式說——

「我不知道該怎麼表達，我也不會對除了妳之外的人多說什麼，因為除了對我的喬，我無法說出自己的想法。我只是想說，我有種感覺，我注定不會活太久。我和妳們不一樣，我從來不會想長大之後要做什麼，從來沒有像妳們那樣幻想要結婚。我好像沒辦法想像自己其他的樣子，只能永遠做傻傻的小貝絲，在家裡東忙西忙，除了家裡，在其他地方一點用處也沒有。我從來不想離開家，現在對我而言最難的部分就是離開妳們。我不害怕，但我總覺得就算到了天堂，我還是會想家、想妳們。」

喬說不出話來，因此有好幾分鐘的時間一片寂靜，只有風的嘆息與海浪拍打。一隻白色翅膀的海鷗飛過，陽光照在牠的銀色胸膛上，貝絲看著直到牠消失，她的眼神充滿悲傷。一隻灰色羽毛的濱鳥在沙灘上跳來跳去，輕聲「啾啾」叫，彷彿在享受陽光與大海；小鳥跳到貝絲身邊，友善的眼睛注視她，坐在一塊溫暖岩石上整理打濕的羽毛，相當自在。貝絲微笑，感覺很舒服，因為那個小生物彷彿想和她作朋友，讓她想起這個世界還有許多喜樂可以享受。

「親愛的小鳥！喬，妳看，牠好乖。我喜歡小鳥勝過海鷗，雖然小鳥沒有那麼野性帥氣，但這些小傢伙感覺很幸福，充滿信任。去年夏天，我說牠們是我的鳥，媽媽說牠們很像我——色彩樸素的忙碌小動物，總是離海岸不遠，唱著滿足的小小歌曲。喬，妳是海鷗，強壯又野性，熱愛暴雨和強風，飛到遙遠的海上，就算只有一個人也很快樂。梅格是斑鳩，艾美就像她信裡寫的雲雀，想要飛上雲端，卻總是跌回鳥巢。親愛的小妹妹！她的野心太大，但她善良又溫柔，無論她飛得多高，絕不會忘記家。真希望能再見到她，但她感覺好遙遠。」

「春天她就回來了，到時候妳一定好起來了，就能見她，也和她一起玩樂。我會讓妳恢復健康、紅潤。」喬感覺到，在貝絲所有的變化之中，說話方式改變最大，因為現在她似乎不怕開口了，她可以說出心中的想法，不像從前羞怯的貝絲。

「親愛的喬，不要再懷抱希望了，我確定沒有任何好處。我們不要難過，在等待的這段時間，讓我們享受在一起的時光吧。我們要開開心心，我並不痛苦，我認為只要有妳的幫助，退潮應該可以很輕鬆。」

喬彎腰吻一下那張恬靜的臉。這個安靜的吻，代表她將身心都獻給貝絲。

她說得沒錯——她們回家時不用說什麼，父母清清楚楚看見了他們祈求不會看見的跡象。短暫的旅程讓貝絲累壞了，她直接上床休息，她說著回到家真高興，喬下樓的時候，看出她不必幫貝絲說出她的祕密了。父親站在壁爐邊，頭靠在上面，她進去的時候他也沒有轉身，但媽媽伸出雙手彷彿在求救，喬過去安慰她，不發一語。

14 新印象

下午三點，尼斯所有的潮流人士都會出現在盎格魯街上——這是最受歡迎的散步地點，因為步道寬敞，兩旁種植棕櫚樹、鮮花、熱帶灌木，一側靠海，一側緊鄰飯店與豪宅林立的大道，更遠處則是柳橙果園與丘陵。許多不同國籍的人聚集在此，說著不同的語言、穿著不同的服裝。

天氣晴朗時，這條街宛如嘉年華會般熱鬧炫麗，有高傲的英國人、活潑的法國人、嚴肅的德國人、帥氣的西班牙人、醜陋的俄國人、親切的猶太人，及自由自在的美國人——全都在這裡駕車、閒坐、散步、聊新聞，評論最近剛來到尼斯的名流——里斯托利或狄更斯，維克多．愛曼紐或三明治島女王。馬車裝備爭奇鬥豔、種類繁多，吸引了大量關注，尤其是女士自行駕駛的低車身四輪馬車，由一對帥氣的小馬拉車，兩旁裝設紗網以防蓬裙落到小馬車外，後面的踏板上站著小馬夫。

聖誕節當天，一位高大的青年慢慢走在這條路上，雙手揹在身後，表情有些心不在焉。他的長相像義大利人，衣著像英國人，卻有著美國人的獨立氣質——這樣的組合讓許多女性欣賞的目光黏在他身上；公子哥們穿著黑絲絨西裝，打著玫瑰色領帶，戴著土黃色手套，扣眼插著成花，看到他，他們只是聳聳肩，但暗中羨慕他的身高。這裡有很多可以欣賞的漂亮臉孔，但那位青年卻不怎麼留意，只有當出現金髮姑娘或穿藍衣的小姐時，他才會多看兩眼。

此刻他漫步離開盎格魯街，在十字路口站了一下，彷彿不知道該往哪裡走，是該去共和公園聽樂團演奏呢？還是該沿著沙灘走向城堡丘呢？小馬的急促蹄聲讓他抬起頭，一輛小馬車載著一位淑女，從街道另一頭迅速駛來。那位淑女很年輕，一頭金髮，穿著藍色衣裳。他注視片刻，然後整張臉亮起來，像少年一樣拚命揮帽子，加快腳步走向她。

「噢，羅利！真的是你？我以為你永遠不會來呢！」艾美激動地說，放下韁繩，伸出雙手，旁邊的一位法國媽媽覺得簡直傷風敗俗，急忙叫女兒加快腳步，以免看到這些「瘋狂英國人」的無恥行為而學壞。

「我在路上耽擱了，不過，我答應會來陪妳過聖誕節，所以我就來了。」

「你爺爺好嗎？什麼時候到的？住在哪裡？」

「非常好——昨晚——夏弗蘭。我去飯店找過妳，但你們全都出去了。」

「Mon Dieu!（我的天！）我有好多話要和你說，不知該從何說起。快上車，我們可以慢慢講，我要去兜風，正希望有伴呢，佛羅要為今晚的活動養精蓄銳。」

「什麼活動？舞會？」

「我們飯店舉辦的聖誕派對。那裡有很多美國人，他們為了慶祝而特別舉辦的。你會和我們一起去吧？姑姑一定會很開心。」

「謝謝！現在要去哪裡？」羅利問，往後一靠，雙手抱胸，這樣剛好順了艾美的意，因為她比較喜歡駕車，她的陽傘馬鞭和藍色韁繩襯著白色馬背非常好看，讓她感到十分滿意。

「我要先去銀行一趟，去拿信。然後去城堡丘，那裡風景非常美，我也想去餵孔雀。你去過嗎？」

「幾年前經常去，不過我不介意去看看。」

「快告訴我你的近況。我最後一次聽到你的消息，是你爺爺在信上提到他在等你從柏林去找他。」

「是，我在那裡住了幾個月，然後去巴黎和他會合，他在那裡過冬。他在巴黎有朋友，有很多娛樂，所以我來來去去，這樣雙方都很愉快。」

「這種安排很便利。」艾美說，她覺得羅利不一樣了，但又無法確切指出。

「是啊，妳也知道，他討厭旅行，我討厭停留。這樣一來，我們各自得到滿足，沒有任何麻煩。我經常去陪他，他喜歡聽我講旅途上的事，而我喜歡流浪之後有人在等我的感覺。這一帶真是又舊又髒，對吧？」他批評，流露一絲輕蔑，馬車沿著大道前往舊城區的拿破崙廣場。

「泥土路很美，所以我不介意。河流和丘陵都美不勝收，而且還能偶爾瞥見縱橫交錯的小街道，我很喜歡。好了，現在我們得停車等遊行隊伍過去，他們要去聖約翰教堂。」

羅利無精打采地望著走在天棚下的神父，蒙著白紗的修女拿著點燃的白蠟燭，修士會的人身穿藍袍，邊走邊吟頌讚美詩。艾美看著他，心中冒出一種從前沒有的害羞，因為他變了。她離家時他還是個嘻嘻哈哈的男孩，現在坐在她身邊的卻是個神情憂鬱的青年。他比之前更英俊，儀態更高雅，她想著，剛才因為久別重逢太興奮所以沒察覺，但現在她發現他感覺疲憊頹廢——不是生病，也不算是憂愁，只是比較老、比較陰鬱，他這一、兩年應該過得很精采，照理說不該這樣。她無法理解，也不敢多問；遊行隊伍過了帕格里翁尼橋走進教堂，於是她搖搖頭，輕輕鞭打一下馬匹。

「Que pensez vou?（你在想什麼？）」她秀一下法語，自從出國之後，雖然還是說得不太好，但詞彙增加許多。

「我在想，這位小姐很會善用時間，成果非常迷人。」羅利一鞠躬，一手按著心臟，露出仰慕的神情。

她開心羞紅了臉，但不知為何，這句巧言奉承帶來的滿足感，遠比不上在故鄉時他直率的讚美，以前逢年過節他都會帶她出去兜風，帶著真誠的笑容，摸摸她的頭說「真討人喜歡」。她不喜歡新的語調，雖然不算敷衍，但就是不對勁，他一臉仰慕的表情，語氣卻很淡漠。

「如果他長大之後變成這樣，我寧願他永遠是個少年。」她想著，心中有種微妙的失望與彆扭，但表面上她盡力裝出輕鬆愉快的模樣。

她領取珍貴的家書，然後將轠繩交給羅利，以便盡情讀信，馬車沿著樹籬夾道的陰涼道路蜿蜒上坡，茶香月季盛放，彷彿六月一般。

「媽媽說貝絲身體很不好。我經常覺得應該快點回家，但家人都要我留下，所以我沒有回去，因為我不會再有這樣的機會了。」艾美嚴肅地看著一頁信紙。

「我覺得這樣做很對，妳回去也不能做什麼。知道妳在這裡很平安、很快樂，享受這麼多喜悅，他們一定會感到非常安慰，親愛的。」

他稍微靠近一些，說出那句話時感覺比較像從前的模樣，壓在艾美心頭的重擔稍微減輕了——因為那樣的表情、那樣的動作，那句哥哥語氣的「親愛的」，似乎讓她安心了，萬一發生任何狀況，她不必在陌生的國度獨自面對。這時她大笑起來，給他看一張喬的素描，她穿著寫作裝，蝴蝶結張狂豎立在頭頂，嘴巴旁邊寫著「靈感爆發！」

羅利微笑，拿過去放進背心口袋「以免被風吹走」，津津有味聽著艾美朗讀信中生動逗趣的內容。

「今年聖誕節真的太快樂了，早上有禮物，下午見到你，又收到家書，晚上還有派對。」艾美說，他們下馬車，走進古老堡壘的遺跡中，一群鮮豔的孔雀跑來圍著他們，乖乖等候餵食。艾美站在高起處，大笑著將麵包屑拋給華麗的鳥兒，羅利觀察她，就像她之前觀察他那樣，很自然地感到好奇，想知道時間與遠遊究竟讓她改變多少。他沒有發現任何令人迷惑或失望的改變，只看到許多值得尊敬、讚賞的進步；因為除了談吐、舉止上的一些小毛病，她像以前一樣活潑、優美，她的打扮與儀態還多了一種難以言喻、一般人稱之為氣質的東西。她從小就比較老成，現在更多了一種泰然自若的風韻，無論駕車還是談話都顯得沉著自在，讓她年紀雖小卻顯得世故老練，但她過往任性易怒的脾氣偶爾還是會出現，固執的個性也依然故我，儘管出國見過世面，但她天生的率直沒有敗壞。

羅利看著她餵孔雀時雖然沒有發現這許多特質，但他看到的部分已經足以讓他感到滿意又好奇，並且在心頭印上一幅美好的畫面，一個臉蛋亮麗的年輕女孩站著，陽光帶出她衣裳柔美的色調，讓她成為這美好景色中的主角。

他們爬上山丘頂端的石造平台，艾美揮揮手，彷彿歡迎他來到最喜歡的地點，東指西指地說——

「你記得嗎？那裡就是大教堂和科索街，那邊可以看到漁夫在海灣拖網，去濱海自由城和舒伯特塔的路就在下面，最棒的是，遠方海上那個小點，聽說是科西嘉島吧？」

「我記得，和以前差不多。」他意興闌珊地回答。

「要是能看到那個有名的小點，喬一定會願意付出一切代價！」艾美心情很好，急著想讓他的心情也好起來。

「是啊。」他只是淡淡地說了一句，但是他轉身極力眺望，想看清那個島，讓他燃起興趣的人，是個比拿破崙更偉大的篡奪者。

「幫她看個清楚吧，然後過來告訴我這段時間你到底做了什麼。」艾美坐下，準備好好敘舊。

但結果不如預期，他雖然過來坐下，並且有問必答，但她只知道他在歐洲漫遊，去過希臘。於是，閒逛一個小時之後，他們駕車回家，羅利向卡羅爾太太致意之後離開，答應晚上會來找他們。

值得特別一書的是，那晚艾美特意盛裝打扮。時間與分離讓兩個年輕人產生了變化，艾美以全新的眼光看待老朋友——他不再是「我們的男孩」，而是俊美殷勤的青年，她清楚感受到一股自然的渴望，想要吸引他的目光。艾美深明自己的優點，以貧窮美女必備的品味與技巧發揚光大。

在尼斯，素面薄棉布和薄紗很便宜，於是每當出席盛大活動時，她都會大量使用，她遵從英國理性的時尚潮流，年輕女孩只能穿簡單的禮服，以鮮花作為裝飾，加上一些小首飾和各種精巧的小玩意，價錢不貴、效果出色。不得不承認，有時她藝術家的那一面會顯露，讓她沉溺於古代髮型、雕像般的儀態，以及經典的垂墜設計。不過不能苛責，我們所有人都有弱點，年輕人的這種毛病更是值得原諒，因為他們以美好的外貌滿足我們的眼睛，率真的虛榮更是帶給我們的心靈歡樂。

「我希望他覺得我很漂亮，然後告訴家裡的人。」艾美對自己這麼說，穿上佛羅的舊絲質禮服，罩上雲霧般的薄紗讓禮服顯得煥然一新，她的雪白香肩與金色秀髮更是襯托出藝術美感。她很明智，沒有在頭髮上做過多的裝飾，只是簡單盤起豐盈的波浪鬈髮，有如神話中的青春女神。

每當有人建議她把頭髮刷毛、弄蓬或編髮，做成時下流行的樣子。她總會說：「我的髮型雖然不時髦，但是很順眼，我不想把自己弄得太嚇人。」

因為沒有適合這種場合的精緻飾品，於是艾美在輕軟的裙子上裝飾一圈粉紅杜鵑花，以細緻的綠色藤蔓圍起雪白肩膀。她想起以前的著色靴子，以少女滿意的眼神欣賞她的白色緞面舞鞋，在房間裡獨自滑步，欣賞自己很有貴族派頭的腳。

她兩手各拿著一支蠟燭，以評論的眼光觀察自己。「我的新扇子剛好和花很配，手套很合，姑姑的手絹上有真正的蕾絲，為我的整體裝扮增添氣質。如果能有經典的鼻子和嘴巴，我就心滿意足了。」

儘管有這樣的苦惱，當她飄然走出房間時，依舊顯得格外歡喜優美。她很少奔跑——這不適合她的形象，她想——因為她個子高，比起活潑調皮，女神般的端莊更加體面。她在長形的會客室走來走去，等待羅利，她一度考慮要站在水晶燈下，因為能讓她的頭髮顯得更閃耀，但慎重思考過之後，她走向另一頭——彷彿

戴在妳身上所以才美。」

「拜託不要說這種話！」

「我以為妳喜歡這種奉承。」

「我不喜歡聽你說，感覺很不自然。我比較喜歡你以前率直魯莽的讚美。」

「真高興聽妳這麼說！」他回答，表情如釋重負，接著幫她扣好手套，問她領帶有沒有打正，就像以前在家鄉一起參加派對時那樣。

那天晚上，聚集在長形宴會廳的人五花八門，只有在歐洲大陸才可能出現。好客的美國人邀請在尼斯認識的所有人，他們對頭銜沒有偏見，但是為了讓聖誕舞會更光彩，還是特地邀請了幾位貴族。

一位俄羅斯王子降尊紆貴在角落坐了一個鐘頭，和一位身材碩大的女士聊天，她的打扮像哈姆雷特的媽媽，黑絲絨禮服，下巴底戴著一串珍珠短項鍊，她一直說他是「迷人的小親親」；德國某某王族只是特地來吃飯的，他心不在焉地到處走來走去，看有什麼好吃的。羅斯柴爾男爵的私人秘書，一個鼻子巨大的猶太人，穿著很緊的靴子，對全世界溫和微笑，彷彿主人的名號為他添上金黃光環；一個矮胖的法國人，據說是皇帝的熟人，特地來此滿足他的舞蹈狂熱，英國貴婦德瓊斯夫人帶著八名子女出席。當然，現場還有許多腳步輕快、聲音高亢的美國女孩，英俊但感覺死氣沉沉的英國貴公子，幾個外表平凡但活潑風趣的法國小姐。當然也少不了正在旅行的青年紳士，他們盡情玩樂，各國的媽媽們坐在牆邊，溫柔微笑看著女兒和他們跳舞。

那天晚上，艾美依偎著羅利的臂膀燦爛「登場」，任何女孩都能想像她那一刻的心情。她知道自己很美，她熱愛跳舞，站在舞池裡，她的腳就像回到家一樣，她喜歡那種年輕女孩才懂的喜悅心情，她們才剛剛發現一個嶄新美麗的國度，而她們生來就是那裡的女王，以美貌、青春、女性魅力統治。她確實很同情戴維斯四姐妹，她們舉止笨拙、長相平凡，身邊沒有男伴——只有嚴肅的爸爸和三個更嚴肅的未婚姑姑，她經過時以最友善的態度對她們行禮；她真好心，因為這樣能讓她們欣賞一下她的打扮，順便好奇她身邊那位相貌出眾的朋友是誰。

音樂聲一響起，艾美興奮起來，臉頰發紅、眼睛發光，雙腳開始焦急點地；因為她很會跳舞，希望讓羅利知道。因此，當她聽到他以無比平靜的語氣問：「妳想跳舞？」她的驚愕只能想像、無法描述。

「來舞會就是要跳舞啊！」

她驚愕的表情與急促的回答讓羅利急忙彌補錯誤。

「我是說第一隻舞。我有這個榮幸嗎？」

「或許可以，不過我要先推掉伯爵的邀請。他舞技超群，他應該會願意讓位，因為你是我的老朋友。」艾美希望搬出伯爵能製造出好效果，讓羅利知道不能小看她。

然而，她的願望並沒有得到滿足，因為羅利只是簡單地說：「那一位波蘭小傢伙還不賴，可是他有點太矮了，只怕支撐不住『天神的女兒，非凡高佻，更是非凡美麗[17]。』」

他們剛好站在一群英國人中間，艾美被迫端莊地走完一隻方塊舞，心中好想歡快地跳支義大利快步舞。羅利將她禮讓給「波蘭小傢伙」，盡責地去邀請佛羅跳

17　出自十九世紀英國詩人丁尼生的詩作〈A Dream of Fair Women〉。

舞，完全沒想到應該要預約艾美接下來的舞碼，如此粗心大意、欠缺遠見的行為很快就得到懲罰，因為一眨眼，她的邀約已滿到晚餐前，不過只要他表現出一絲悔悟，她就會讓步。

下一支舞是精采的波卡舞曲，他不但沒有急忙奔來，還動作慢吞吞，於是當他邀舞時，艾美暗自得意地給他看滿滿的舞簿，他客套的懊惱並沒有打動她，當她和伯爵小跳步離開時，看到羅利坐在姑姑身邊，竟然好像鬆了一口氣。

不可原諒。接下來很長一段時間，艾美都裝作他不存在，只有舞碼之間休息的時候，她去找姑姑要別針或休息一下，才會和他說一、兩句話。然而，她的憤怒收到良好的效果，因為她以微笑掩飾，比平常更加快活耀眼。羅利的視線愉快地追隨她，因為她沒有打情罵俏也沒有賣弄風情，只是單純地跳舞，活潑而優美，舞蹈本來就該是歡樂的消遣。他非常自然地以全新的眼光觀察她，晚會進行還不到一半，他已經斷定「小艾美」將會成為非常有魅力的女人。

氣氛非常熱烈，因為社交季的精神很快就感染了所有人，聖誕節的歡樂讓每張臉都發亮，心情暢快、舞步輕快。樂隊拉琴、吹笛打鼓，似乎也樂在其中。能跳舞的人都去跳了，不能跳的人以難得的溫情欣賞別人跳舞。戴維斯一家的氣氛很鬱悶，德瓊斯夫人的八個孩子像一群小長頸鹿一樣蹦蹦跳跳。帶著金色光環的秘書先生像流星一樣在會場竄來竄去，他的舞伴是一位豔麗的法國女士，她的粉紅絲緞長裙襬幾乎蓋住整片地板。德國王族找到了餐桌，開開心心大快朵頤每一道菜，杯盤狼藉的令一旁的侍者很頭痛。皇帝的朋友最引人注目，因為每一支舞他都去跳，不管會不會，當他搞不清楚舞步的時候，就會即興狂轉圈。一個矮胖男子像小孩一樣恣意歡樂，大家都覺得可愛極了，因為儘管他「很有分量」，但跳起舞來像個印度橡膠球。他跑、他跳、他飛，他的臉龐發光，禿頂發亮，外套下襬瘋狂揮舞，舞鞋真的在天空中閃耀，毫不誇張，音樂結束時，他抹去額頭上的汗水，對大家燦爛微笑，有如沒戴眼鏡的法國版畢克威克[18]。

艾美和她的波蘭伯爵也相當出色，他們的熱忱不輸他，但更加優美靈巧。羅利發現自己不由自主地期待那雙白舞鞋經過，不知疲憊地隨著音樂起落，彷彿長了

18 狄更斯小說《畢克威克外傳》主角，為英國正直的老鄉紳，常被描繪為圓臉、肥胖、禿頭、戴著眼鏡的模樣。

翅膀。佛拉米迪小傢伙終於放開她，說著「必須早早離開真是遺憾」，這時她已經很想休息了，也想觀察一下她不解風情的騎士在受罰後是否學乖了。

懲罰的效果很成功。因為二十三歲年輕人受挫的情感，能在友善的群體中得到治療，年輕的神經會振奮、年輕的血液會舞動，在美女、燈光、音樂與舞蹈的刺激下，健康的年輕精神重新飛揚。羅利站起來讓位給她時，表情彷彿大夢初醒，他急急忙忙去幫她張羅晚餐，她對自己露出滿意的笑容，在心中說——

「啊，我就知道小小懲罰對他只有好處。」

「妳的樣子好像巴爾札克筆下『化妝的女人』。」他說，一手幫她搖扇子，一手端著她的咖啡杯。

「我的胭脂擦不掉。」艾美抹抹豔麗的臉頰，給他看依然潔白的手套，嚴肅又單純的模樣令他忍俊不禁。

「這玩意叫什麼？」他問，摸摸飄到他膝蓋上的薄紗。

「幻霧紗。」

「好名字。非常漂亮——是最近的新流行嗎？」

「這種裝飾像山一樣古老。你看過無數女孩這麼穿，只是之前從來不覺得漂亮——Stupide!（真蠢！）」

「我從來沒有看妳穿過，所以才會犯這種錯。」

「少來了，不准說這種話。現在我比較想喝咖啡，不想受人奉承。不，不要往後倒，這樣會害我緊張。」

羅利急忙挺直背脊，恭順地接過她的空盤子，這樣被「小艾美」使喚，讓他感到一種莫名的喜悅；現在她已經拋開羞怯了，心中有種難以抗拒的衝動想要踐踏他，因為一旦男人有一絲臣服的跡象，女孩就會以可愛的方式這麼做。

「這些事情妳從哪裡學來？」他問，表情迷惑。

「『這種事情』太籠統，麻煩你進一步解釋。」艾美回答，其實心裡很清楚他想問什麼，卻使壞要他描述難以描述的事。

「呃——整體氣質、風格、泰然自若，那個——那個幻霧紗——妳知道啦。」羅利大笑認輸，自救脫離那個新詞彙造成的窘境。

「在國外生活，就算不想精進也很難，我在玩樂的同時也努力學習；至於這個——」她比比身上的衣裳，「——唉，薄紗很便宜，鮮花更是不用錢，我盡可能讓寒酸小東西發揮最大的功效。」

艾美很後悔說出最後那句話，覺得有失品味，但羅利因此更欣賞她，不由自主敬佩她堅忍的毅力，一旦機會上門便徹底運用，以及她開朗的精神，以鮮花掩飾貧窮。艾美不知道為什麼他會那麼和善地看著她，也不知道他為什麼在舞簿上寫滿自己的名字，晚上剩下的時間只守著她一個人，展現出最討人喜歡的態度。不過，他這樣的衝動其來有自，是他們互相給予並接收的許多新印象默默發酵，而其中一項更是產生了如此令人愉快的改變。

15 束之高閣

在法國，未婚少女的生活很無趣，不過一旦結婚之後，「自由萬歲」就成為她們的口號。在美國，大家都知道，少女早早就簽署獨立宣言，以共和國的熱情享受自由；然而，年輕妻子卻往往在生下第一個王位繼承人之後就被打入冷宮，過著幾乎像法國修女院一樣與世隔絕的生活，只是安靜的程度差很多。

無論她們是否願意，新婚的興奮一過，她們幾乎立刻被束之高閣，前幾天才有一位美女感嘆地說：「我像以前一樣漂亮，但只因為我結婚了，就再也沒有人注意我。」相信許多少婦都有同樣的遺憾。

梅格並非名媛，甚至不是時尚貴婦，到了雙胞胎一歲大的時候，她才感受到這種苦惱——因為在她的小世界裡，原始習俗依然盛行，而且她從來沒有像現在這樣受到這麼多的讚賞與寵愛。

她是個溫柔婉約的小女人，母性本能非常強烈，整顆心都放在孩子身上，眼中完全看不到其他任何事、任何人。不分晝夜，她為孩子奉獻、為孩子操心，完全不知疲憊，她將約翰交給廚娘發落——現在廚房由一位愛爾蘭太太統治。約翰是居家男人，非常懷念以前妻子對他的關注，不過他很愛寶寶，所以剛開始那一陣子他樂於放棄舒適生活，以為平靜的日子很快就會回來，男人就是這麼無知。

然而，三個月過去了，生活沒有恢復舊觀，梅格總是疲憊又緊張——孩子占據了她全部的時間，她無暇打理家務——廚娘凱蒂很愛偷懶，幫約翰準備的食物總是不太夠吃。早上他出門時，無法分身的媽媽總會交代他一堆奇奇怪怪的雜事，回家的時候，他等不及想擁抱孩子，卻遭到無情喝叱，「噓！他們鬧了一整天，好不容易才睡著。」

假使，他提議在家找點樂子，她則會說：「不行，會吵醒寶寶。」若他膽敢暗示一起出門聽演講或音樂會，梅格則會以斥責的眼神看他，斷然地說：「我絕不會拋下寶寶出去玩！」他半夜經常被嬰兒哭鬧聲吵醒，不然就是穿白睡衣的妻子半夜起床照顧孩子，像鬼影一般無聲走來走去，害他嚇得半死。他連飯都不能好好吃，因為家中的女主人總是緊張兮兮，只要樓上小窩傳來半點隱約的哭聲，她就會急著跑去看孩子，顧不得還沒幫他盛好菜。傍晚他看報的時候，戴米的哭鬧會和船運清單混在一起，黛西摔跤也會影響股票價格——因為布魯克太太只關心家裡的事。

可憐的約翰非常不舒服，因為子女搶走了他的妻子，家只剩下育兒的功能，每當他進入寶寶王國的聖地，總是動不動就被噓聲對待，讓他覺得自己像粗魯闖入的外人。他非常有耐性地忍受了六個月，眼看沒有改善的跡象，他像所有遭到排擠的父親一樣，選擇去別的地方尋找舒適。史考特結婚了，買的房子距離不遠，每當家中的客廳空無一人、妻子唱著沒完沒了的搖籃曲，約翰便經常跑去史考特家待上一、兩個小時，史考特太太活潑漂亮又年輕，除了殷勤待客之外沒有其他事要做，她的任務非常成功。他們家的客廳總是明亮宜人，桌上擺著棋盤，鋼琴音調完美，有許多愉快的小道消息可聊，美味的晚餐以令人食指大動的方式擺盤。

要不是因為太寂寞，約翰寧可坐在自己家的壁爐邊。但狀況如此，他只好滿懷感激接受次好的選擇，享受鄰居的盛情。

梅格一開始很贊成這樣的新安排，她覺得十分安心，約翰在外面很開心，不必在客廳打瞌睡，也不會在家中笨手笨腳地吵醒孩子。隨著時間過去，長牙期的煩惱結束，兩個小偶像晚上會乖乖睡覺，媽媽終於有時間休息，她開始想念約翰，針線活變得非常無聊，因為少了他坐在對面，穿著舊睡袍和便鞋，舒舒服服把腳放在壁爐護欄上烤火。

她不願意開口要他留在家中，但覺得心裡很受傷，因為他不知道她想要他，竟然得要她說出來——她完全忘記了，多少個夜晚他苦等她的陪伴卻總是落空。她因為照顧與擔憂而精疲力盡，內心漸漸變得不講理，有時候就連最能幹的媽媽也會如此，因為家務壓力太大，缺乏運動讓她們失去活力，加上太熱愛美國女性的偶像——茶壺——以致於彷彿全身的肌肉消失，只剩下過度敏感的神經。

「沒錯。」她看著鏡中的自己說，「我變得又老又醜，約翰已經對我沒興趣了，所以才會拋下黃臉婆跑去找漂亮的鄰居太太，她沒有任何負擔。唉，至少孩子愛我，他們不在乎我變得枯瘦蒼白，沒有時間整理頭髮。他們是我的安慰，有朝一日，約翰一定會發現我為他們犧牲多少——對吧，我的小寶貝？」

聽到她可悲的問題，黛西會發出咕咕回應，戴米會呵呵笑，母性的歡喜讓梅格放下感傷，寂寞的心靈暫時得到慰藉。然而，她的痛苦變得更加強烈，因為約翰越來越熱愛政治，經常跑去史考特家和他討論有趣的觀點，完全沒察覺梅格很想念他。然而她一句話也沒說，直到有一天媽媽發現她哭哭啼啼，堅持要知道發生了什麼事——因為梅格低落的心情沒有逃過她的法眼。

「媽媽，除了妳，我絕不會告訴任何人，但我真的很需要妳幫我想想辦法，因為假使約翰繼續這樣下去，我還不如當寡婦算了。」布魯克太太以受傷的語氣回答，用黛西的圍兜兜擦乾眼淚。

「繼續怎樣下去，親愛的？」她母親焦急詢問。

「他整天不在家，晚上我想和他在一起，他卻老是跑去史考特家。我總要扛下最辛苦的工作，卻沒任何娛樂，這不公平。男人很自私，就連好男人也一樣。」

「女人也是。不要責怪約翰，妳應該先看清自己做錯了什麼。」

「可是他這樣冷落我，絕對是他的錯。」

「妳沒有冷落他嗎？」

「什麼？媽媽，我以為妳會站在我這邊！」

「我確實很同情妳，不過我認為是妳有錯在先，梅格。」

「我看不出來我錯在哪裡。」

「我來讓妳看清吧。以前約翰晚上好不容易可以休息的時候，妳都會特地陪伴他，那個時候，約翰有沒有像妳說的那樣冷落妳？」

「沒有，但我現在沒辦法陪他，我要照顧孩子。」

「親愛的，我認為妳一定有辦法，也一定要想出辦法。我可以說出我的想法嗎？妳要記住，媽媽是愛之深責之切。」

「我會的！就當我是以前的小梅格，儘管說吧。我經常覺得比小時候更需要教誨，因為這兩個孩子凡事都以我為榜樣。」

梅格將矮椅子拉到母親身邊，兩個人各自抱著一個小搗蛋，母女倆搖著寶寶親密談心，同樣身為母親的身分讓她們比之前更親近。

「很多年輕妻子都犯了和妳一樣錯——因為太愛孩子，忘記了對丈夫的責任。梅格，這樣的錯誤很自然，也值得原諒，但是最好在兩個人漸行漸遠之前盡快彌補。因為孩子應該讓你們更加親密才對，而不是造成隔閡——變得好像他們是妳一個人的孩子，和約翰沒有任何關係，他只是負責賺錢而已。這個現象我已經察覺好幾個星期了，但我沒有說出來，以為時間到了自然會解決。」

「恐怕不可能。如果我開口要他留在家裡，他會認為我亂吃醋，竟然以為他會不忠，簡直是污辱他。他看不出來我想要他，我說不出口，又想不出其他方式能讓他明白。」

「把家弄得很舒適，讓他再也不想離開。親愛的，他渴望他的小家庭。但少了妳，這裡就不是家，而妳總是在嬰兒房。」

「我不該在那裡嗎？」

「不能整天都在那裡。一直關在家裡，讓妳變得神經兮兮，看什麼都不順眼。更何況，除了照顧寶寶，妳也應該照顧約翰，不要為了孩子而忽略丈夫——不要把他關在嬰兒房外面，而是要教他如何幫忙。在那裡，他也該有一席之地，而且孩子也需要他，讓他感覺他是不可或缺的角色，這樣他就會心甘情願幫忙，這樣對大家都好。」

「媽媽，妳真的這麼想？」

「我知道一定會，梅格，因為我親身經歷過。我不會隨便給建議，除非我自己試過有效。妳和喬小的時候，我就像現在的妳一樣，覺得必須把自己完全奉獻給妳們，否則我就沒有盡到責任。爸爸想要幫忙，但我一直拒絕，最後他只好躲進書堆裡，讓我獨自試驗。雖然很辛苦，但我勉強撐過去，可是喬實在太難帶了，我差點因為太放縱而慣壞她。妳身體不好，我擔心到自己都快生病了。幸好爸爸及時伸出援手，靜靜地處理每件事，他真的幫了很大的忙，我這才明白自己做錯了，後來我再也少不了他。這就是我們家庭幸福的祕密，他不會因為工作就忘記要在很多小地方關懷、盡責，帶給整個家庭溫暖，而我也盡可能不讓家務煩惱占據所有心思，經常關心他的喜好。我們在許多事情上都有各自的角色，不過在家裡我們是一體，永遠如此。」

「真的是這樣，媽媽。我最大的心願就是像妳一樣，在丈夫與子女心中都有最為重要的地位。告訴我該怎麼做，我一定會照妳說的做。」

「妳永遠是我最聽話的女兒。唉，親愛的，如果我是妳，我會讓約翰多參與教導戴米——因為男孩子需要管教，現在開始不嫌早。另外，我不只一次提議過，讓漢娜來幫忙，她非常會帶孩子，妳可以把珍貴的寶寶安心託付給她，自己多做一些家務。妳需要運動，漢娜會樂意幫忙其他的事，約翰也能找回妻子。要多出門，雖然忙碌也要保持開朗——因為妳是這個家的陽光，如果妳憂鬱沮喪，家裡也會烏雲密布。還有，多關心約翰的喜好，和他聊聊，讓他朗讀給妳聽，交換想法，以這種方式互相幫助。不要因為妳是女人就自我設限，妳必須瞭解時事，教育自己，加入世界的運行，因為這樣對妳和子女都有好處。」

「約翰非常有見識，我擔心如果問他政治之類的事情，他會嫌我笨。」

「我不認為他會那樣。愛可以包容很多不足之處，更何況，除了他，妳還對誰盡情發問？試試看吧，他一定會覺得有妳陪伴很幸福，史考特太太的晚餐也會相形失色。」

「我會試試。可憐的約翰！看來真的是我嚴重冷落他了，但我以為這樣做才對，他也沒有抱怨。」

「他為了家犧牲小我，但我猜想他應該一直很寂寞。梅格，年輕夫妻很容易慢慢疏離，其實這是最應該如膠似漆的時候，因為要是不小心維護，新婚的柔情很容易就會消磨殆盡。孩子還小、需要教導的那幾年，對父母而言特別幸福、珍貴。不要讓約翰變成雙胞胎眼中的陌生人，因為有他們的牽絆，在這個充滿考驗與誘惑的世界上，他會更平安、更幸福，你們也會透過孩子而更加瞭解、深愛對方。好了，親愛的，我該走了。仔細想想媽媽說的話，如果覺得有道理就採取行動吧，上帝保佑你們全家。」

梅格確實好好思考了一番，發現非常有道理，於是立刻採用，雖然第一次的嘗試並非在計畫中。當然，雙胞胎發現只要亂踢、哭鬧，就立刻能得到想要的東西，於是他們就像霸王一樣奴役她、統治整個家。媽媽有如卑微的奴隸，只能聽從他們的任性使喚，但爸爸可沒有那麼容易征服，偶爾他會伸出援手拯救溫柔的妻子，拿出父親的威嚴管教難以馴服的兒子。因為戴米繼承了一點父親大人的堅毅性格——姑且不稱之為頑固——他的小腦袋想要什麼、想做什麼的時候，就算國王的千軍萬馬全體出動，也無法撼動那頑強的小腦袋。媽媽認為寶貝兒子還太小，不必強迫他改變性格，但爸爸相信學習服從必須從小開始。於是，戴米王子很早就發現，每當他惹「把拔」「森七七」的時候，倒楣的人永遠是他；不過就像英國人一樣，這位嬰兒尊敬征服他的人，所以很愛爸爸，他只要嚴肅地說句「不行」，效果遠勝於媽媽的無數寵愛哄勸。

和媽媽談心之後過了幾天，梅格打定主意要花一個晚上的時間陪伴約翰，於是吩咐廚娘準備美味晚餐，將客廳整理好，自己打扮得漂漂亮亮，早早送孩子上床睡覺，以免她的實驗受到干擾。然而，很可惜，戴米偏偏執拗性子發作，說什麼都不肯上床，他決定那天晚上要來大鬧一場。於是，可憐的梅格使盡渾身解數，唱兒歌、抱著搖、講故事，所有能助眠的招數全用上了，但一概無效——那雙大眼睛就是不肯閉上；黛西早就乖乖睡著了，胖胖的小身體裝滿了好性情，但頑皮的戴米依然躺在床上望著燈光，毫無睡意的清醒模樣令人沮喪。

梅格聽到大門輕輕關上的聲音，熟悉的腳步聲悄悄走進餐廳，於是說：「戴米，拜託你乖乖躺好，媽媽下樓一會兒，幫爸爸倒茶，好不好？」

「偶喝茶！」戴米準備加入饗宴。

「不行。不過，只要你像黛西一樣乖乖睡覺覺，我會留一點糕糕給你當早餐。小可愛，你說好不好？」

「豪！」戴米緊緊閉上眼睛，彷彿想趕緊睡著，讓天快點亮。

梅格把握這個絕佳時機，安靜溜出去，跑下樓滿臉笑容迎接丈夫，還特地戴上他最喜歡的藍色小蝴蝶結。他一眼就看到了，又驚又喜地說——

「哇，小媽媽，今天好漂亮喔，有客人要來嗎？」

「只有你，親愛的。」

「今天是什麼慶祝的日子嗎？生日？紀念日？」

「不是，我只是不想繼續邋遢下去，所以打扮一下換換心情。你不管多累都會打扮整齊來用餐，既然現在我有時間了，當然也應該這麼做。」

「親愛的，我打扮整齊是出於對妳的尊重。」老派的約翰說。

「我也是、我也是，布魯克先生。」梅格大笑，端著茶壺對他點頭，找回了青春美麗的模樣。

「真是太美好了，就像以前一樣。這茶真好喝，敬妳一杯，祝妳健康，親愛的！」約翰放鬆而狂喜，可惜只持續了很短的一段時間，因為他才剛放下茶杯，門把就開始神祕晃動，一個小小的聲音吵著說——

「開開門門，偶要進具！」

「那頑皮的小子，我叫他自己乖乖睡覺，他又跑到樓下來了。他光著腳到處亂跑，都不怕凍死。」梅格去開門。

「早上了。」戴米歡天喜地宣布，走進餐廳，圍著餐桌蹦蹦跳跳，長睡衣「優美」地垂掛在手臂上，每根鬈髮歡快躍動，深情地看了「糕糕」好幾次。

「不行，現在還沒到早上。你一定要去睡覺，不要給媽媽惹麻煩，這樣你就可以吃灑糖的小蛋糕。」

「我愛把拔。」這個機靈的小傢伙準備爬上爸爸的膝蓋，享受被禁止的美食。但約翰搖頭，對梅格說——

「既然妳叫他乖乖待在樓上自己睡覺，就該強迫他做到，否則他永遠學不會要聽妳的話。」

「是，當然。快來，戴米！」梅格把兒子帶走，很想打他的屁屁，教訓這個壞人好事的小鬼，戴米一路開心蹦跳，以為回到嬰兒房就能拿到賄賂。

不過，他也沒有太失望，因為短視的媽媽真的給了他一塊糖，幫他蓋好被子，告訴他天亮之前不准再亂跑。

「豪！」說話不算話的戴米回答，開心吸著糖，認為第一次的嘗試效果卓越。

梅格回到餐廳，晚餐進行得很愉快，沒想到小惡鬼再次作祟，還揭穿了媽媽縱容的行為，因為他大聲要求——

「還要糖糖，馬麻。」

「這樣不行。」約翰說，鐵了心要管教這個小壞蛋。「除非這孩子學會乖乖睡覺，否則我們永無寧日。妳當他的奴隸太久了；給他一次教訓，以後他就不敢了。梅格，把他送上床，然後不要理他。」

「他不會乖乖待在床上，他從來不會，除非我坐在旁邊。」

「我來對付他。戴米，回樓上，聽媽媽的話去睡覺。」

「鼻要！」小搗蛋鬼回答，自己動手拿起垂涎已久的「糕糕」大吃起來，完全不覺得做錯事。

「不准這樣跟爸爸說話。如果你不肯自己去，我就抱你上去。」

「走該啦，偶不愛把拔。」戴米躲在媽媽的裙子後面。

不過，就算躲在那裡也沒用，因為他被交給敵人，媽媽只說了一句，「不要對他太凶，約翰。」小壞蛋這才驚覺要倒大楣了，因為當媽媽拋棄他，審判日就要到來。他的蛋糕被拿走，也沒得玩了，還被一隻強壯的大手拎到討厭的床上，委屈的戴米無法壓抑憤怒，公然忤逆爸爸，上樓的途中不停亂踢、大哭。他一被放上床，立刻翻身從另一邊下床，衝向門口，小睡袍的下襬卻立刻被抓住，很不光彩地重新被送回床上，這樣的熱鬧戲碼反覆上演，直到小傢伙終於沒力氣了，只好扯開嗓子大吼大叫。這招獅吼功通常會讓梅格投降；但約翰像柱子一樣坐著不動，而柱子這種東西呢，一般咸信是沒有聽覺的。沒有哄勸、沒有糖糖、沒有搖籃曲、沒有故事——連燈都熄了，「大黑黑」中只有壁爐的紅色火光晃動，戴米一點也不害怕，反而覺得好奇。這樣的新秩序令他厭惡，他沮喪哭嚎著要「馬麻」，洶湧的憤怒慢慢減退，他想起那個溫柔的女奴，要她回到專制獨裁的囚牢中。哀傷的哭喊奏效了，慘烈嚎啕直直鑽進梅格的心，她跑上樓哀求——

「好了，約翰，讓我陪他，他會很乖。」

「不行，親愛的，我已經告訴他一定聽妳的話睡覺；就算我整晚都得守在這裡，也一定要讓他聽話。」

「可是他會哭到生病。」梅格哀求，自責不該拋棄寶貝兒子。

「不會，他很累了，等一下就會睡著，以後就沒問題了，因為他會學到一定要聽話。不要插手；我會管教他。」

「他是我兒子，我無法忍受他被嚴厲管教打擊心靈。」

「他是我兒子，我不會縱容他恃寵而驕。親愛的，下樓去，孩子交給我。」

每當約翰拿出一家之主的威嚴，梅格總是會服從，而這樣的柔順從不曾讓她後悔。

「約翰，拜託讓我吻他一下就好。」

「沒問題，戴米，跟媽媽說『晚安』，讓她去休息，因為她照顧你們一整天，已經很累了。」

梅格總是堅持說是那個吻為他們贏得勝利，因為吻過之後，戴米的哭聲變小了，一動也不動安靜躺在床尾，剛才他哭鬧的時候滾到了那裡。

「可憐的小傢伙！他應該很累了，哭到睡著了吧？我幫他蓋好被子，然後下樓去讓梅格安心。」約翰這麼想。悄悄走到床邊，希望看到不聽話的兒子睡著了。

可惜他還沒睡，爸爸偷看他時候，發現戴米的眼睛張開，小下巴開始發抖，舉起雙手，抽噎著說：「現在偶乖乖了。」

梅格坐在外面樓梯上，納悶為什麼剛才還在大哭，現在卻如此安靜，她想像了各種誇張情境，心中太害怕，終於忍不住進去察看。戴米躺在床上睡得很熟，不是平常那種大字形的睡姿，而是乖巧順從地窩在爸爸臂彎中，握著爸爸的手指，彷彿感覺到爸爸雖然嚴厲但也慈祥，儘管他很傷心，但也學到教訓。約翰靜靜等候小手鬆開，耐心不輸女人。他等著等著睡著了，和兒子搏鬥遠比上班整天還累。

梅格站在一旁，看著枕頭上的兩張小臉，對自己微笑，然後悄悄離開，心滿意足地說——

「我根本不用擔心約翰會對寶寶很凶，他確實知道該怎麼管教孩子，他可以幫很大的忙，因為我已經管不動戴米了。」

約翰終於下樓來，以為妻子會鬱悶憂愁或憤怒斥責，沒想到卻驚喜發現梅格安靜地坐著裝飾小帽，看到他下來，她說，如果他不會太累，想請他朗讀一些關於選舉的報導。

約翰立刻察覺到，家裡已發生了某種革命，不過他很明智地沒有發問。他明白，梅格是坦率的人，就算要她的命也藏不住祕密，想必線索很快就會出現。他非常樂意地拿起報紙，朗讀一段很長的選舉辯論報導，然後以最淺顯易懂的方式解說，梅格努力表現出很想瞭解的模樣，提出一些有見解的問題，努力不讓思緒從國家狀態飄向帽子狀態。然而，她的內心已經斷定，政治像數學一樣可怕，政治家的工作似乎只是互相辱罵，但她將這些女人家的想法保留給自己。當約翰停下來時，她搖搖頭，以一種自認很圓滑的模稜兩可語氣說——

「唉，真不知道這個國家要走到哪裡去。」

約翰大笑觀察她，她一手拿著薄紗和花朵，非常投入地研究搭配方式，剛才他的精闢議論完全無法引起她這麼大的興趣。

「她為了我努力瞭解政治，我也該為她努力瞭解女人的帽子——這樣才公平。」約翰這麼想著，然後說——

「那頂帽子很漂亮，這種款式叫做繫帶軟帽嗎？」

「老天，這是小圓帽，是我最好的一頂，只有去音樂會或劇院才會戴！」

「真是抱歉，它實在太小了，我還以為是妳有時候會戴的那種飄飄的帽子，我會弄錯也很正常。這要怎麼戴？」

「兩條蕾絲綁在下巴底，加上這個玫瑰花苞，像這樣——」梅格戴上示範，平靜滿足的神情令人難以抗拒。

「帽子很漂亮，但我更愛帽子下的臉蛋，因為妳又恢復青春幸福的模樣了。」約翰親吻她微笑的臉，不小心壓壞了下巴底的玫瑰花苞。

「你喜歡就好，因為我希望你找一天晚上帶我去音樂會，最近有很多新節目，我需要音樂調節心情。可以嗎，拜託？」

「當然好，非常樂意，妳還有其他地方想去嗎？妳關在家裡太久了，出去走走對妳有好處，更別說我也會很開心。小媽媽，妳怎麼會有這種想法？」

「唉，那天我和媽咪聊過，告訴她我最近變得緊張易怒，經常覺得很不對勁，她說我需要改變，停止過度煩惱。以後漢娜會過來幫忙帶孩子，我會更有時間打理家務，偶爾也能出去玩樂一下，免得我才年紀輕輕就變成愛瞎操心的神經質老太婆。現在只是實驗階段，約翰，我願意嘗試，不只是為了自己，也是為了你，因為我最近太冷落你了，真的很不應該，我會盡力讓家恢復以前的樣子，你應該不會反對吧？」

約翰說了什麼不重要，而小圓帽差點被徹底弄壞也不關我們的事，我們只需要知道，這個家和家裡的人後來慢慢發生變化，由此可見約翰並不反對。儘管算不上是什麼人間天堂，但重新規劃的分工制度對所有人都帶來很多好處。雙胞胎在爸爸的管教下成長茁壯，因為說一不二、意志堅定的約翰為寶寶王國帶來秩序與服從；許多健康的運動加上一點娛樂，以及經常和見識過人的丈夫談心，讓梅格的精神恢復鎮定、神經恢復冷靜。

家重新有了家的感覺，約翰再也不想跑出去，除非有梅格陪在身邊。現在變成史考特夫婦來布魯克家拜訪，每個人都覺得這棟小房子溫馨愉悅，充滿幸福、滿足與親情，就連富有的莎麗·莫法特也很喜歡。「梅格，妳家總是這麼祥和舒適，讓我覺得很愜意。」她以惆悵的眼光觀察這個家，彷彿想要找出祕訣所在，讓她可以應用在自己的豪宅裡，她的家雖然奢華，卻無比寂寞，因為沒有吵鬧又開心的寶寶，奈德生活在自己的世界裡，沒有她的容身之處。

這樣的家庭和樂並非一朝一夕達成的，但是約翰與梅格找到了幸福的關鍵，婚姻生活的每一年都讓他們學會如何使用這把鑰匙，打開寶庫，找到對家庭真正的愛，彼此互相扶持，這樣的珍寶連最窮的人也能擁有，最富的人卻花錢也買不到。這樣的高閣會讓年輕妻子與母親樂意待著，遠離世上的紛擾狂熱，在小小子女的依賴中找到最真摯的愛，無懼悲傷、貧窮或衰老，無論豔陽天或暴風雨都和最忠貞的伙伴並肩走過，體現古人所說的「攜子之手、與子偕老」，也像梅格一樣學會最重要的道理，女人最幸福的王國就是家，最高的成就便是精通管理家庭的藝術——並非像女王一般威權統治，而是以妻子與母親的智慧掌理。

16 懶鬼羅倫斯

造訪尼斯時，羅利本來打算停留一週，結果卻待了一個月。他厭倦了獨自漫遊，因為多了艾美的陪伴，原先陌生的異國風景忽然有了家的感覺，因為她也是構成的一部分。他相當懷念以前受到的重視，很高興能再次嚐到那種滋味——因為無論陌生人如何奉承討好，也比不上故鄉那四個女孩將他當親手足般的仰慕。

艾美從來不會像三個姐姐那樣寵愛他，但見面時她總是很開心，而且相當依賴他——她覺得他代表了親愛的家人，她對他們的思念遠超過她願意承認的程度。很自然地，他們在彼此陪伴中得到安慰——騎馬、散步、跳舞、閒逛——因為在這個美麗的季節，住在尼斯的人很難勤奮辛勞。不過，儘管外表上他們好像只是無憂無慮地玩樂，但其實有意無意間持續發掘對方的新面貌，並形成新的看法。

在好友眼中，艾美每天都在加分，然而，在她眼中他卻不停扣分，雙方都感受到這個事實，儘管沒有人說出口。艾美努力討好，而且非常成功——因為她很感激他帶來的許多享受，作為回報，她為他做各種小事，溫柔婉約的女性很善於讓這些小事顯得魅力無窮。羅利整天無所事事，只是盡可能舒服地飄飄蕩蕩，努力遺忘，只因為一個女人對他無情，他就覺得全天下的女人都對他有所虧欠。對他而言，慷慨大方不算什麼，如果艾美願意收下，他可以買下尼斯所有亮晶晶的小首飾送她——然而，同時他也感覺到，他無法逆轉她心中逐漸形成的看法，每當那雙明亮藍眸以半是悲傷、半是唾棄的神情看他，他心裡都會有點害怕。

一個晴朗的中午，艾美去找羅利，他像平常一樣懶洋洋地癱坐在椅子上。「今天其他人都去摩納哥了；我比較想留在家裡寫信。信寫完了，我要去玫瑰谷畫素描，你想去嗎？」

「噢？好啊。不過今天很熱，不適合走這麼遠吧？」他慢吞吞地回答——因為相較於外面的烈日，涼爽的會客室感覺很舒適。

「我要坐小馬車出去，巴布提斯負責駕車，你只要撐著陽傘，讓手套看起來很稱頭就行了。」艾美回答，譏刺地看一眼那雙豪無瑕疵的小羊皮手套，那是羅利最難抗拒的虛榮。

「那麼，我很樂意作陪。」他伸出手要幫忙拿素描簿。不過她往手臂下一塞，帶刺地說——

「不用麻煩了，對我而言這不算什麼，但你大概拿不動。」

羅利揚起眉毛，她跑下樓，他好整以暇地跟在後面慢慢走，不過到了馬車上，他親自拿起轠繩，小巴布提斯沒事做，只好雙手抱胸坐在踏板上睡覺。

他們兩個從來沒有吵過架，艾美教養太好，而此刻羅利太懶。於是，他試探地看一下她帽沿下的臉，她微笑以對，他們以最和諧的氣氛一起出發。

路程很舒適，蜿蜒道路上景色優美，喜歡風景的人都會覺得賞心悅目。這裡有一座古老的修道院，僧侶莊嚴的誦唱飄向他們。有一位光著腿穿木鞋的牧羊人，戴著尖頂帽，一邊肩頭披著粗布外套，坐在岩石上吹笛子，山羊群有些在旁邊的岩石間跳來跳去，有些趴在他腳邊。鼠灰色的溫順驢子駝著好幾藍剛割下的草，駝籃間坐著一個戴寬沿帽的漂亮少女，一位老婦人邊走邊搖紡紗錘。眼神溫和的棕色皮膚兒童從靜謐的石頭小屋跑出來，賣花束或連著樹枝的柳橙。山丘上遍布長滿樹瘤、灰綠葉片的橄欖樹，果園裡金黃果實掛在樹梢，路邊開滿鮮紅碩大的秋牡丹，而綠色山坡與嶙峋高地的後方，可以看到濱海阿爾卑斯山脈高聳矗立，義大利藍天襯著雪白山頭。

玫瑰谷絕非浪得虛名——因為這裡永遠是夏天，到處開滿玫瑰，垂在拱門上，擠在柵門欄杆間，彷彿給訪客最甜美的歡迎。大道兩旁也開滿玫瑰，纏繞在檸檬樹與棕櫚樹間，一路延伸到山丘上的別墅。每個讓人忍不住想坐下的陰涼角落都開滿大量玫瑰，每個涼爽石窟中的水泉女神大理石雕像都蒙著玫瑰面紗；每個噴水池都映著豔紅、雪白、淺粉的玫瑰，花朵斜向水面，彷彿顧影自憐。玫瑰覆蓋別墅的牆壁，從屋簷垂落、爬上柱子，觀景台的大階梯扶手也滿是蔓生的玫瑰，站在這個觀景台上可以俯瞰陽光明媚的地中海，與海岸上滿是白色建築的城市。

「這裡根本是蜜月天堂，不是嗎？你有看過這麼多的玫瑰嗎？」艾美在觀景台駐足欣賞美景，一陣陣花香隨風飄來。

「沒有，也沒被刺得這麼慘過。」羅利含著拇指，他剛才想採一朵獨自盛放的豔紅玫瑰，但那朵花剛好在他難以觸及之處。

「試試下面那邊的，摘那些沒刺的花。」艾美一轉眼已經採了三朵米白色的小花，開在她身後的牆上。她把花插在他的扣眼裡示好，他站住不動片刻，低頭看著花，表情很奇怪，因為他性格中屬於義大利的部分有一點迷信，而他剛好處在那種苦甜交加的狀態，會讓想像力豐富的年輕人在微不足道的小事中看出深遠含意，到處都會發現滋養浪漫情懷的因素。剛才伸手摘紅玫瑰時他想到喬，因為她喜歡鮮豔的花朵，她經常從家中的溫室摘那樣的花做裝飾。艾美給他的淺色玫瑰是義大利人放在死者手中的花，新娘捧花從來不用。一瞬間他不禁懷疑，這是不是一種惡兆，喬或他其中一個會出事。不過下一瞬間，他的美國理性戰勝了感傷，他放聲大笑，自從他來到這裡，艾美第一次聽到他如此真誠的笑聲。

「這是個好忠告——你最好要聽，不然手指又要受傷了。」艾美以為他在笑她說的話。

「多謝，遵旨！」他揶揄地說——不過幾個月後，他真的那麼做了。

「羅利，你什麼時候要去看你爺爺？」她在鄉村風格的椅子上坐下。

「很快。」

「過去三週你已經說過十多次了。」

「應該沒錯喔。答案越短、麻煩越少。」

「他在等你，你真的應該快點去。」

「妳竟然趕客人！我自己也知道。」

「那你為什麼不快去？」

「大概是因為我生性放蕩。」

「我看是生性懶散吧。真的很糟糕。」艾美的表情很嚴厲。

「沒有那麼糟啦，因為就算去了，我也只會惹他煩心，所以我不如待在這裡，繼續惹妳煩心——老實說，妳比爺爺更能忍受，我認為這個角色非常適合妳！」羅利調整姿勢，準備懶洋洋倚在樓梯的寬扶手上。

艾美搖頭打開素描簿，好像不想理他了，但她下定決心要好好訓誡「那個男孩」，沒多久她就開始了。

「你在這裡做什麼？」

「看蜥蜴。」

「不是、不是啦！我是問你有什麼打算，想要做什麼？」

「抽菸，如果妳不介意。」

「你真的很會惹人生氣！我討厭雪茄。我可以允許，不過有一個條件，你要讓我畫，我需要人物。」

「樂意至極。妳想怎麼畫？全身？四分之三？只有頭？只有腳？請容我建議側臥的姿勢，然後把妳自己也畫進去，作品可以命名為『甜蜜的悠閒時光。』」

「這個姿勢就好，想睡覺就睡吧。我想要努力工作。」艾美用最精力充沛的語氣說。

「多麼討喜的積極態度！」他靠在一個大甕上，一副心滿意足的模樣。

「要是喬看到你現在的樣子，她會說什麼？」艾美焦躁地問，希望提起比她更有活力的姐姐能給他一點刺激。

「像平常一樣吧：『走開，泰迪，我很忙！』」他大笑著說，但笑聲很不自然，臉上籠罩陰影，因為光是聽到那個熟悉的名字，就觸痛他尚未癒合的傷口。他的語氣和臉色都令艾美覺得不對勁，因為她之前也發現過，這次她及時抬頭看到羅利的臉，那樣的表情她從來沒有看過——傷心苦澀，充滿痛苦、不平與悔恨。她還來不及仔細研究，那個表情已經消失了，他恢復無精打采的模樣。她觀察他片刻，感受到藝術的愉悅，他真的好像義大利人，倚在那裡曬太陽，沒有戴帽子，眼眸洋溢南方的夢幻；因為他似乎忘記了她的存在，自己做起白日夢。

「你這樣很像年輕武士墳墓上的雕像。」她說，仔細描繪黑色石材襯托出的深邃輪廓。

「多希望我真的是！」

「這個願望很傻，除非你已經徹底放棄人生了。你真的變了好多，有時候我會想——」艾美停住，露出半是羞怯、半是惆悵的神情，遠比她沒說完的話更意義深遠。

她不知道是否該表達的柔情焦慮，他看出來了、也明白了，於是直視她的雙眼，說出以前常對她母親講的話——

「沒事，女士。」

這樣她就滿足了，她最近冒出的疑慮與煩惱終於平息了。她很感動，也不吝表達出來，她以和善的語氣說——

「真是太好了！我想你應該壞不到哪裡去，不過，我想像你可能在罪惡的城市巴登巴登胡亂揮霍，愛上有丈夫的法國女人，諸如此類，你們年輕男士似乎認為出國非得惹上一堆麻煩才有意思。不要在那裡曬太陽，過來躺在這邊的草地上，『我們來談心吧』，以前我們常擠在沙發角落，喬總會這麼說。」

羅利順從地往草地上一倒，艾美的帽子放在旁邊，於是他摘下雛菊一朵朵插到緞帶裡，藉此打發時間。

「快說妳的祕密吧，我洗耳恭聽。」他抬頭，眼神顯然興致濃厚。

「我沒有祕密，你說吧。」

「我自己也沒有這種榮幸。我以為妳會有家鄉的消息。」

「我最近收到的消息都跟你講過了。你應該也很常收到吧？喬一定寫了一大堆信給你。」

「她非常忙，而我到處跑，所以很難定期通信。拉斐爾大師，妳什麼時候要展開妳的藝術大業？」他略微停頓之後突然改變話題，那一瞬間，他懷疑艾美是否已經知道他的祕密了，所以想要藉機談一下。

「永遠不會！」她的語氣雖沮喪但斬釘截鐵。「羅馬徹底掃除了我的虛榮，因為看過那裡神奇的作品之後，我覺得自己渺小得沒有資格存活，於是我在絕望中徹底放棄了愚昧的希望。」

「為什麼？妳明明很有熱情和才華。」

「這就是原因。因為才華不等於天賦，投入再多熱情也不可能變成天才。要是無法成為偉大的藝術家，那我不如乾脆放棄。我不要當個平庸的畫匠，所以我決定不再嘗試。」

「那麼，請教妳以後打算怎麼辦？」

「精進我的其他才華，只要有機會，我絕對能成為社交界之花。」

這番話很符合她的個性，感覺很有勇氣。年輕人總是勇往直前，而且艾美的雄心壯志絕非憑空妄想。羅利微笑，他喜歡她邁向新目標的精神，她長年的夢想破滅了，但她沒有浪費時間哀怨。

「很好！看來這就是佛列德．馮恩登場的時候了。」

艾美謹慎地保持沉默，但垂下的臉龐有種嬌羞的神情。羅利不禁坐起來，鄭重地說——

「現在，我要以哥哥的身分發問，可以嗎？」

「我不保證會回答。」

「就算妳不開口，從表情也看得出來。親愛的，妳還不夠世故，不會隱藏心情。去年我聽說了妳和佛列德的傳聞，我個人猜測，若非他被緊急召回家久久無法回來，你們應該會有所發展——對吧？」

「我不方便說。」艾美拘謹地回答，但她的嘴唇流露微笑，眼眸的光彩也洩漏了祕密，她知道自己擁有怎樣的力量，並且樂在其中。

「你們該不會已經訂婚了吧？」羅利突然非常有兄長的派頭，而且十分正經。

「沒有。」

「但只要他回來，照規矩下跪求婚，妳就會答應，是嗎？」

「很可能。」

「也就是說，妳喜歡我的老朋友佛列德？」

「只要努力，我一定能做到。」

「不過在時機成熟之前，妳不打算先努力？我的老天，真是精打細算！他是個好人，不過我覺得妳恐怕不會喜歡。」

「他很有錢，而且是紳士，言行舉止溫和宜人——」艾美一一細數，盡可能保持冷靜莊重的模樣，但心中依然有一點羞恥，儘管她的用意並無不妥。

「我明白——要成為社交女王不能沒有錢，所以妳的第一步就是嫁給有錢人？在世人眼中沒什麼不好、沒什麼不對，不過，從妳媽媽的女兒口中說出這種話，感覺很奇怪。」

「儘管如此，依然是實話。」

她的回答雖然短，但語氣充滿決心，與年輕的臉龐形成強烈對比。羅利深刻感受到，他再次躺下，心中有種說不出的失望。他的表情與沉默讓她決定立刻開始說教，不再拖延。

「拜託你幫幫忙，稍微振作一點。」她不客氣地說。

「不如妳幫我吧，這樣才乖！」

「如果可以我早就做了。」她的表情彷彿想以最心狠手辣的方式進行。

「試試看吧，我給妳許可。」羅利回答，他很高興又有可以逗弄的對象，這是他以前最喜歡的消遣，已經很久沒玩過了。

「過五分鐘你就會生氣了。」

「我絕不會對妳生氣。要有兩塊火絨才會起火，妳像雪一樣冰冷溫柔。」

「你不知道我能做出什麼事——雪雖然美麗耀眼，但也會讓人凍傷。你冷漠麻木的樣子多半是裝模作樣，只要用力刺激一下就能拆穿。」

「妳盡力吧，反正我不痛不癢的，妳也能娛樂一下，就像壯碩丈夫被嬌小妻子打的時候都會這麼說。如果妳喜歡這種運動，就把我當成丈夫或地毯，用力打到妳累為止。」

她真的惱怒了，而且很想看到他甩掉那種冷淡的態度，他因為這樣變了好多。於是艾美削尖鉛筆的同時，也削尖了唇舌。

「我和佛羅幫你取了個新綽號『懶鬼羅倫斯』，你覺得如何？」

她以為他會動怒，沒想到他只是用手臂枕著頭，不以為意地說……「還不賴！謝謝兩位小姐。」

「你想不想知道我對你真正的看法？」

「還請賜教。」

「我瞧不起你。」

倘若她以任性或輕挑的語氣說「我討厭你」，那麼，他應該會哈哈大笑，樂在其中，但她近乎悲傷的嚴肅語氣令他睜開眼睛，急忙問——

「敢問為什麼？」

「因為你明明有很多機會可以做個有出息的好人，過著幸福的生活，但你卻變成懶散的敗類，把自己弄得這麼悽慘。」

「小姐，這話說得太狠了。」

「如果你願意聽，我就繼續說下去。」

「請吧，相當有意思。」

「我就知道你會這麼覺得，自私的人最喜歡聊自己的事。」

「我自私？」這個問題不由自主脫口而出，語氣非常驚訝，因為他最引為榮的優點就是慷慨大方。

「對，非常自私。」艾美接著說，語氣沉著冷漠，在這一刻，比起憤怒，這種態度更加倍有效。「我來告訴你為什麼。當我們玩樂的同時，我一直在觀察你，我對你不甚滿意。你出國將近半年了，只會浪費時間、金錢，讓朋友失望。」

「我在大學受了四年的折磨，難道不能開心一下嗎？」

「你感覺起來並不開心，至少在我看來，你並未因此而有所提升。我們第一次見面的時候，我說過你成長很多，現在我收回那句話，因為比起我離開故鄉的時候，現在的你連一半都不如。你變成討厭的懶惰鬼，你喜歡說長道短，把時間浪費在沒有意義的事情上；你喜歡受到愚蠢的人寵愛、仰慕，而不是受到明智的人關愛、尊重。你擁有財富、才華、地位、健康、容貌——啊，你喜歡對吧，虛榮的傢伙！不過這都是真的，我不得不說——你明明擁有這麼多令人羨慕的特質，卻沒有好好享受、好好運用，反而整天無所事事，你可以成為很傑出的人，也必須做到，但你卻只是——」她停住，表情混合了心痛與憐憫。

「烤架上的聖羅倫斯。」羅利冷冷地接著說。不過，這番說教開始產生效果了，因為現在他的眼眸冒出被打醒的火光，原本淡漠的神情變成憤怒受傷參半。

「我就知道你會有這種感覺。你們男人總是說我們是天使，可以將你們塑造成任何樣子，但我們一旦認真想導正你們時，你們就會嘲笑我們，不肯聽我們的意見，由此可證男人的甜言蜜語有多虛假。」艾美苦澀地說，轉身不理躺在她腳邊氣急敗壞的烈士。

沒多久，一隻手按住她的素描簿，讓她無法作畫，羅利滑稽模仿小孩子的語氣說——

「我會乖！噢，我會很乖！」

但艾美沒有笑，她非常認真。她用鉛筆敲敲那隻張開的手，嚴肅地說——

「你不覺得這樣的手很可恥嗎？像女人一樣細嫩白晰，感覺起來什麼都沒做過，只會戴著舒凡手套店裡最高級的手套，幫女士摘花。感謝老天，你不是追求時髦的花花公子！至少我在這隻手上沒有看到鑽石戒指或紋章大戒指，只有喬很久以前送你的這個奇怪小戒指。老天爺！真希望她在這裡幫我。」

「我也是。」

那隻手來得莫名，去得也突然，這句回答蘊藏的力量，就連艾美也感到滿意。她低頭看他，心中冒出一個新想法——但他躺在地上，用帽子蓋住半張臉，彷彿要遮陽，唇髭藏起他的嘴。她只能看到他的胸口起伏，他長呼一口氣，可能是嘆息，那隻戴著戒指的手躲在青草間，彷彿想藏起什麼太珍貴或太嬌弱而不能說出口的東西。

一瞬間，所有暗示與瑣碎線索在艾美腦中成形，讓她領悟出二姐沒有告訴她的事情。她想起羅利一直未主動提起喬，又想起剛才他臉上的陰影，他個性驟變的狀況，他依然戴著那個陳舊的小戒指，完全不適合那隻好看的手。女生很快就能看出蛛絲馬跡，察覺其中的意涵，艾美猜想過他會變這麼多，說不定根本的原因是失戀，她現在確定了。她熱切的眼眸盈滿淚水，當她願意的時候，語氣可以無比溫柔和善，現在她就用上了這種聲音。

「羅利，我知道我沒有資格過問這些。如果你不是全天下脾氣最好的人，一定會生氣。不過，我們全都很喜歡你、非常以你為榮，我不忍心看到其他家人也像我一樣對你失望——不過，你改變那麼多的原因，他們是不是比我更清楚呢？」

「應該吧。」帽子底下傳來回答，語氣冷淡，但感人程度不輸哽咽的泣訴。

「他們應該告訴我才對，我應該要對你更和善包容，卻魯莽責備你。我從來不喜歡那個蘭道小姐，現在我更討厭她了！」艾美迂迴地說——希望這次能一舉弄清楚實情。

「見鬼的蘭道小姐！」羅利揮掉臉上的帽子，他的表情清楚表達出他對那位小姐的看法。

「很抱歉，我以為——」她停頓製造效果。

「妳根本沒有那麼想，妳很清楚，我喜歡的人從來只有喬一個。」羅利用從前那種率直魯莽的語氣說，把臉轉開。

「我確實那麼想過，不過家人什麼都沒說，而且你又出國了，所以我以為是我誤會了。喬不肯接受你的心意？怎麼會這樣？我以為她也很愛你。」

「她對我很好，但不是我要的那種愛。假如我真如妳所說，真是個廢物，那麼，她不愛我也算她走運。不過這都是她的錯，妳不妨告訴她。」

他說那句話的時候，冰冷苦澀的表情又回來了，艾美很心急，因為她不知道該如何安慰。

「我做錯了，之前我不知道這件事。很抱歉，我不該對你發脾氣，但我實在太想看到你振作起來，親愛的泰迪。」

「不要那樣叫我！那是她的叫法。」羅利舉起一隻手阻止，不想聽到她用喬那種半是溫柔、半是譴責的語氣說話。「等妳自己體驗過之後再說吧。」他低聲補上一句，將草一把把拔起。

「如果是我，一定會很有男子氣概地接受事實，就算得不到愛，至少也要得到敬重。」艾美高聲說，只有不曾體會過的人才能說得如此斬釘截鐵。

羅利開始吹捧自己，他確實相當坦然接受——沒有哭哭啼啼，也沒有哀求憐憫，獨自離開消化傷心。艾美的訓斥，讓他以全新的眼光看待這件事，這只是他在感情路上的第一次失敗，而他竟然因此而封閉自我，耍憂鬱、裝冷淡，現在想來確實軟弱又自私。他感覺彷彿從夢境中被搖醒，發現再也睡不著。他坐起來，慢吞吞地問——

「妳認為，喬也會像妳一樣瞧不起我嗎？」

「如果她看到你現在的樣子，一定會，她討厭懶惰的人。為什麼你不力求表現，讓她愛上你？」

「我盡了最大的努力，可是沒用。」

「你是說高分畢業嗎？那只是你該為爺爺做的事而已。花了那麼多時間、金錢，要是失敗未免太丟臉，而且大家都知道你一定做得到。」

「我確實失敗了，因為喬不愛我。」羅利一手撐著頭，態度沮喪。

「不，你沒有失敗，到了最後你一定會這麼說——因為這件事對你有好處，證明了你只要肯努力一定能成功。只要你訂定新目標，一定可以忘卻傷心，找回以前健全快樂的自己。」

「不可能！」

「試過才知道。你不必聳肩想說，『她自以為很懂。』我不想假裝睿智，但我的觀察力確實很強，我看到的事情遠比你想像中多。我很喜歡瞭解別人的經歷與掙扎；雖然我無法解釋，但我會記住，並且用來為自己取得利益。如果你選擇繼續愛喬，那就儘管愛吧——不過，別讓這件事毀了你——因為你有很多美好的天賦，倘若只因為無法得到想要的人就全部拋棄，未免太不應該。好了——我不會再說教了，因為我知道你會清醒過來，儘管被狠心的女孩傷了心，你依然會很有男子氣概地奮勇向前。」

接下來的幾分鐘，兩人都沒有說話。羅利坐在地上轉動手指上的小戒指，艾美剛才說話時一直在草草作畫，現在進行最後的修飾。她將畫放在他膝上，只問了一句——

「你喜歡嗎？」

他看一眼就笑了——他實在忍不住，因為畫得太好了。草地上躺著一個慵懶的長長身軀，表情倦怠，眼睛半閉，一手拿著雪茄，飄出來的煙在頭旁邊飄，他在做白日夢。

「妳畫得真好！」他真心為她的畫功感到驚喜，他嗤笑著補上一句——「是我沒錯。」

「這是現在的你——這是以前的你。」艾美將另一張素描放在第一張旁邊。

這張畫的技巧沒有那麼成熟，但傳達出的生命力與活力彌補了許多缺點，過往的回憶被鮮活喚醒，羅利看著畫，表情突然變了。

那只是一張粗略的素描，主角是羅利，他在馴馬，帽子和外套都脫掉了，活潑的五官線條、充滿決心的表情，威風凜凜的姿態，全都充滿力量與目標。那匹俊美的野馬，剛剛開始服從，拱起脖子拉緊轡繩，一腳不耐煩地挖著地，耳朵直立，彷彿在聽新主人的聲音。散亂的鬃毛，騎士飛揚的頭髮與筆直姿勢，在在顯示這是動態中捕捉的一幕，傳達出力量、勇氣，這般青春活力，與懶散的「甜蜜的悠閒時光」形成強烈對比。

羅利沒有說話；不過，當他的視線在兩幅畫間來回移動，艾美看到他滿臉通紅，抿著嘴唇，彷彿看懂了她想給他的小小訓誡，並且接受了。她感到很滿意，等他開口，她先以活力十足的語氣說——

「還記得那天嗎？你在馴服巴克，我們在旁邊看。梅格和貝絲很害怕，可是喬開心得拍手蹦跳，我坐在籬笆上畫你。前幾天我在畫冊裡發現這幅畫，稍微修改了一點，帶在身邊想給你看。」

「真是感謝！妳這幾年來進步了很多，恭喜妳。雖然我們身在『蜜月天堂』，但我必須斗膽提醒妳，妳的飯店晚餐五點開始。」

羅利說著站起來，微笑鞠躬歸還兩幅畫，看看錶，彷彿想提醒她，就算是道德訓誡也不該沒完沒了。他想恢復之前漫不在乎的輕鬆態度，但現在真的是假裝了——雖然他不肯承認，但那番說教其實很有效果。艾美感覺他的態度有些冷淡，在心中對自己說——

「這下我得罪他了。唉，如果對他有幫助，我很樂意——如果他因為這樣而討厭我，我很遺憾，不過我說的都是實話，我一個字也不會收回。」

回家的路上，他們有說有笑。站在車後的小巴布提斯，想著先生和小姐心情真好。但其實他們兩個都很不自在，朋友間的坦率不復存在，陽光被陰影籠罩，儘管他們表現出和樂融融的模樣，心中卻各自懷著不滿。

「Mon frère（我的哥哥），今天晚上會再見到你嗎？」

「很可惜，我另有約定。Au revoir, Mademoiselle.（再會，小姐。）」羅利彎腰彷彿想吻她的手，以外國禮儀道別，他比其他男人更喜歡這種方式。他的表情有種奇怪的感覺，使得艾美急忙激動地說——

「不，羅利，和我在一起的時候，拜託你做自己，像以前那樣道別就好。我比較喜歡英國式真心的握手，不喜歡矯情的法國禮儀。」

「再見，親愛的。」羅利用她喜歡的語氣說出這句話，和她握手時因為太熱烈，幾乎弄痛她，之後他就離開了。

第二天早上，他沒有像平常那樣來拜訪，而是送了一封短箋給艾美，內容開頭讓她微笑，結尾卻令她嘆息——

親愛的心靈導師：

請代我向令姑母道別，妳應該會很高興，因為「懶鬼羅倫斯」決定要當個好孩子，出發去見爺爺了。希望妳冬季過得愉快，希望眾神賜妳在玫瑰谷幸福度蜜月。我相信佛列德也需要一點訓誡，對他會有好處。請和他說是我講的，順便恭喜他。

物與信件，彷彿從那個沒有冬天的度假勝地送來溫暖芬芳的氣息。

貝絲有如家中的聖人安坐在神龕中，像平常一樣靜靜忙碌，因為什麼也無法改變她甜美無私的性格，即使已經準備離開人世了，她依然想做些事情，讓留下的家人感到快樂。她虛弱的手指從不曾停歇，她最大的樂趣就是做些小東西，送給每天上下學都會經過的小學生。她從窗戶拋下連指手套，給凍到發紫的小手保暖；收藏針線用的書形小布匣，送給有許多娃娃的小媽媽；拭筆墊送給在筆畫叢林中尋找路徑的小小書法家，剪貼簿送給喜歡漂亮圖片的孩子；她送出各式各樣可愛的小東西，那些被迫攀爬知識階梯的小朋友發現他們的學習之路上灑滿鮮花，他們將送禮的溫柔姐姐當成神仙教母，她坐在樓上，灑下各種禮物，而且剛好都是他們需要又喜歡的東西。倘若貝絲期望任何報酬，那麼她已經得到了，因為那些小朋經過她窗前時都會往上看，開心的小臉點頭微笑，她也收到很多滑稽的信件，雖然墨漬弄得髒兮兮，但充滿感謝之情。

最初的幾月很開心，她經常環顧房間說：「真是美好。」大家聚集在她房裡，寶寶在地上踢腿嘻笑，媽媽和姐姐在旁邊做事，爸爸用悅耳的聲音朗讀充滿智慧的舊書，裡面的文字優美又撫慰人心，雖然是幾百年前寫下的，但到了現在依然令人受用無窮，宛如一座小禮拜堂，身為牧師的父親教導家人許多課題，雖然困難但必須學習，他想讓她們明白，懷抱希望能夠讓愛她的人得到安慰，信仰能帶來平靜接受。他的布道簡單樸素，卻能直接進入聆聽者的靈魂，因為牧師的信仰中有著人父的心，雖然他會不時哽咽，卻為他所講、所讀的內容增添更豐富的意義。

幸好有這段平靜的時刻作為準備，因為傷心的階段即將來臨。隨著時間過去，貝絲開始覺得針「太重了」，只能永遠放下，她說話變得很耗費體力，她會認不清誰是誰，疼痛占據她，疾病不只折磨她虛弱的肉體，也侵擾她平靜的心靈，令人不忍卒睹。啊，老天！如此沉重的白天，如此漫長的黑夜，如此疼痛的心，如此虔誠的祈禱，那些最愛她的人只能看著那雙枯瘦的手伸向他們求助，聽著她痛苦哭喊「救我、救我！」，感覺再也沒有希望。那恬靜的靈魂漸漸蒙上悲傷陰影，年輕生命與死神奮勇搏鬥。幸好，這樣的階段很短暫，不久之後，自然的求生意志乾涸，她重新恢復平靜，比之前更加美麗。貝絲孱弱的身體漸漸棄守，靈魂卻更加壯大。儘管她很少說話，但身邊的人感覺得出來她已經準備好了，他們知道最早被召調適自己準備迎向來生。

看到這樣的貝絲，帶給喬很大的幫助，遠超過最睿智的布道、最神聖的詩歌、任何人所能說出最狂熱的祈禱；大量淚水洗淨了她的雙眼，溫柔哀傷軟化了她的心靈，她終於能體會妹妹人生的美——平靜度日、胸無大志，卻充滿真正的美德，「甜美芬芳，綻放於塵埃中」[19]；即便是世間最不起眼的人，也能因為無私忘我的精神，而最快在天國被上帝想起，這是所有人都可能達成的真正成就。

一天夜裡，貝絲看著放在床頭櫃上的書本，精神的疲憊幾乎與肉體疼痛一般難以忍受，她想找本書幫助自己遺忘，於是拿起小時候最愛的《天路歷程》，卻發現裡面夾著一張紙，上面寫了字，是喬的筆跡。標題引起她的注意，暈開的文字讓她確信淚水曾經灑在這張紙上。

19 引自十五世紀英國劇作家詹姆斯・雪莉的詩作〈Death the Leveller〉。

我的貝絲

靜靜安坐陰影中等候福佑之光來臨，
靜謐高尚的身影讓我們傷心的家變得神聖。
塵世的歡喜，希望與悲傷，
如湧上河岸的波浪瞬間破滅。
那深邃莊嚴的河流，如今她的雙腳欣然駐足岸邊。

噢，我的妹妹，即將與我離別，
擺脫世俗的煩惱與衝突，
留給我一份禮物吧，那許多美德，
曾經使妳的生命美好。
妹妹呀，將妳無盡的耐心遺贈予我，
憑藉這樣的力量，

妳不知埋怨的開朗靈魂安然忍受痛楚的囚禁。

賜予我吧，因為我極度需要，
那睿智體貼的勇氣，
讓妳欣然踏上正道時，
腳下一片翠綠。
給我妳無私的天性，
那神聖的慈善，
能夠因為愛而寬恕所有錯誤——
柔和的心啊，原諒我犯下的錯！

如此我們方能日漸減少些許別離的刺骨之痛，
學習這個艱難的課題時，
最大的失落成為我的收穫。

因為經歷悲傷將使我狂野的天性轉為寧靜，
給予人生嶄新的領悟，
對於無形力量的全新信任。

今後，我將永遠看見那深深受寵的愛家靈魂，
安然站在彼岸，
等候迎接我。
我的憂傷生出希望與信仰，
將成為守護天使，
而我那早逝的妹妹啊，
將與天使攜手帶我回家。

儘管字跡模糊不清，行文軟弱無力，卻為貝絲帶來難以言喻的慰藉，因為她最大的遺憾就是虛度人生，而這首詩似乎讓她確信她的人生並非毫無意義——而

她的死亡也不會帶來她擔憂的絕望。她坐在床上，摺起的詩握在合十的雙手間，一塊燃盡的柴火跌落化為碎片。喬驚醒，急忙添柴撥火，悄悄走到床邊，希望貝絲睡著了。

「親愛的，我沒睡，但是很開心。妳看，我找到這個，我看過了，我知道妳不會介意的。喬，我對妳而言，真的有這麼重要嗎？」她問，語氣流露充滿渴望的謙卑真誠。

「噢，貝絲，很重要、很重要！」喬在妹妹身邊躺下。

「那我就不會覺得虛度人生了。我沒有妳寫的那麼好，但我確實盡力要做對的事。現在就算我想努力做到更好也來不及了，不過，知道有人這麼愛我，認為我幫助了他們，這真的讓我很安慰。」

「貝絲，妳對我的幫助超過世上任何人。我曾經無法放手讓妳走，但我正在學習改變想法，我並沒有失去妳，妳在我心中只會更加重要，儘管死亡看似讓我們分離，但其實我們永遠在一起。」

「我知道死亡無法讓我們分離，我再也不怕，因為我相信我依然會是妳的貝絲，比從前更能愛妳、幫助妳。喬，妳一定要填補我的空缺，我離開之後，妳要成為爸媽的依靠。他們會向妳尋求安慰——不要讓他們失望；如果一個人太辛苦，記住，我沒有忘記妳，這樣妳照顧爸媽時就會開心許多，甚至比寫出精采的書、遊歷世界更加幸福。因為離開人世時，唯一能帶走的就是愛，有了愛，走向盡頭一點也不可怕。」

「我會盡力，貝絲。」此時此刻，喬放棄曾有的雄心壯志，給予自己更美好的新志願，承認以前的慾望有多貧乏，因為相信愛永不消滅，而感受到福佑慰藉。

春季來了又走，天空日漸變得晴朗，大地翠綠，花朵早早綻放美麗，鳥兒及時回來向貝絲道別，她像個疲憊卻充滿信任的孩子，依賴著一生引領她的手，讓父母溫柔引導她走過死蔭幽谷，將她託付給上帝。

只有在書中，將死之人才會說出雋永話語，看到幻象，或出現極致喜悅的神情，曾經為許多靈魂送行的人都知道，大部分的死亡都是自然發生，就像睡著了一樣。正如貝絲所希望，「退潮時走得很輕鬆」；在破曉之前的黑暗時刻，依偎在母親胸前，她在那裡吸進人生的第一口氣，也靜靜吁出最後一口，沒有道別，只有充滿愛的眼神，以及輕微嘆息。

母親和兩位姐姐流著淚祈禱，以溫柔的雙手為她做好準備，讓她走向長眠，永遠不再受疼痛折磨——以感激的心情看著那美麗的平靜神情，取代了讓她們心痛如此之久的悲哀忍耐，她們感到欣慰，因為對於親愛的貝絲而言，死亡是和善的天使——不是恐怖的鬼魂。

天亮時，幾個月來第一次，壁爐的火熄滅了，喬不在座位上，整個房間無比寂靜。不過附近剛萌發新葉的樹枝上，一隻鳥兒歡喜歌唱，窗邊的雪花蓮初放，春陽灑在枕頭上，照亮那張安詳的臉龐，有如上帝賜福——那張臉上只有寧靜、沒有痛苦，最愛她的人含淚微笑，感謝上帝，貝絲終於不痛了。

18 學習遺忘

艾美的訓誡讓羅利獲益良多，不過，當然他直到很久之後才承認，而男人很少會承認——因為當忠告勸誡來自女性時，男人必須先說服自己其實他們早就想這麼做了，然後才會採取行動。倘若因此得到成就，他們會將一半的功勞歸於女性；萬一失敗，他們則會慷慨地將所有責任推給女性。

羅利回到爺爺身邊，接下來幾個星期他非常孝順，老人家驚喜地說尼斯的氣候帶給他很大的好處，他應該再去一趟。這位年輕人非常想去，然而那場訓斥害他自尊受傷，就算整群大象來拖他，他也絕不會去——每當渴望變得太強烈，他就在心中重複傷他最深的那些話——

「我瞧不起你」、「為什麼你不力求表現，讓她愛上你？」

羅利經常在心中反覆思考這件事，最後不得不承認這段時間他確實自私又懶惰。不過，當男人承受極大的悲傷，當然應該要沉溺於各種放縱享受，直到痛苦減輕。他覺得委靡的心情已經消失得差不多了，雖然他永遠不會停止悼念這段感情，但已經不必讓所有人知道他有多傷心。喬不會愛他，但他可以做一些有意義的事，贏得她的尊敬與崇拜，讓她知道被女生拒絕並沒有毀了他的人生。他原本就一直想要有一番成就，艾美的勸誡實在多餘。他只是在等委靡的心情徹底埋葬，等這部分完成之後，他覺得已經做好準備，可以「藏起受傷的心，勇往直前」。

文豪歌德每當感受到歡喜或悲傷，就要寫成一首歌，羅利決心效法，用音樂治療失戀憂傷，他要寫一首安魂曲，折磨喬的靈魂，融化所有聽眾的心。於是乎，當爺爺發現他蠢蠢欲動、心緒不寧而命令他離開時，他選擇前往維也納，在那裡結交了許多音樂家朋友，他開始作曲，下定決心要出人頭地。然而，悲傷可能過於巨大，無法以音樂體現，也可能是音樂太虛無縹緲而無法昇華凡人的哀悽，總之，他發現安魂曲超出了他目前的能力。顯然他的心靈還沒有做好開始工作的準備，他需要進一步釐清想法。因為當他寫作憂傷的旋律時，卻經常發現自己哼唱著舞曲，回味尼斯的那場聖誕舞會——尤其是皇帝的那位矮胖法國友人——於是他只好暫時停止譜寫悲傷的音樂。

接著，他嘗試寫歌劇（對新手而言，沒有什麼是做不到的），不過，無法預期的困難再次令他苦惱。他打算以喬為女主角，努力挖掘記憶，回想心愛女孩的溫柔記憶與浪漫印象。然而記憶背叛了他，彷彿被喬執拗的個性占據，他只想得到喬的古怪、缺陷、任性，而顯現出她最不感性的形象——用大手帕包著頭髮拍打踏腳墊，用抱枕阻擋他接近，不然就是像古米治太太那樣潑冷水澆熄他的熱情。他忍不住大笑，破壞了想要描繪的沉思場面。喬說什麼都不肯乖乖當歌劇女主角，於是他只好說句「上帝保佑她，她真會折磨人！」然後就此放棄，還像瘋狂音樂家常做的那樣，胡亂扯自己的頭髮。

他思考著，身邊是否有較為乖巧的姑娘能當他的主角，讓音樂賦予她永恆，回憶立刻無比順從地湧現。這個身影有許多面貌，但總是有一頭金髮，身上圍著縹緲的雲霧，在他心靈中飄然浮現，伴隨著一堆令人愉快的雜亂影像，例如玫瑰、孔雀、白馬、藍緞帶。他沒有給這個溫婉的幻影命名，但他用她作為女主角，對她的感情越來越深，在所難免——因為他賦予她世間所有的天分與優美，伴隨她經歷重重難關，凡俗女子早就會被擊垮，但她全部安然度過。

因為有這個靈感，所以他順利地創作了一陣子，但這份工作逐漸失去魅力，他忘記作曲，只是坐在桌前拿著筆發呆，不然就是在美麗的城市裡四處遊蕩，尋找新點子、讓頭腦清醒。那年冬天，他的心思似乎總是動蕩不安，他做的很少，想的卻很多，意識到一種不由自主的改變。「或許是天才靈感在騷動——就讓它慢慢醞釀吧，看看會有什麼成果。」他雖然這麼說，但心中偷偷懷疑，或許騷動的並非天才靈感，而是一種比較常見的東西。無論是什麼，總之這種騷動自有目的，因為散漫的生活越來越難給他滿足感，他開始渴望能做些腳踏實地的工作，想要勞動身體與靈魂，終於他做出明智的結論：並非每個喜愛音樂的人都能成為作曲家。他去皇家劇院看了一齣完美詮釋的莫札特歌劇，回家之後檢視自己寫的東西，彈奏了幾個最好的段落，坐在桌前看著孟德爾頌、貝多芬、巴哈的半胸像，他們也慈祥地看著他。他突然拿起樂譜一張張撕碎，當最後一張紙片從手中飛走，他冷靜地告訴自己——

「她說得沒錯！才華並非天賦，不能勉強。就像羅馬消滅了她的虛榮一樣，今天的音樂也消滅了我的虛榮，我無法繼續欺騙自己。現在我該做什麼？」

這個問題似乎很難回答，羅利開始希望自己必須工作謀生。就像他曾經說過的氣話，現在真的是「去見惡魔」的大好時機，因為他有很多錢卻沒事可做——撒旦最擅長幫無所事事的人找事做。可憐的小伙子無論內在還是外在都承受了極大的誘惑，但他毅然決然挺住，儘管他熱愛自由，但更重視信用與信任——他曾經對祖父許下的承諾，加上他希望能坦然直視那些愛他的女性，誠實地說出「沒事」，這些精神支柱讓他得以平安無事，沒有走上歪路。

有些憤世嫉俗的人可能會說，「我才不相信呢，男孩就是男孩，年輕男人就是會到處風流，女人最好不要期待奇蹟。」說這種話的人一定不相信奇蹟，因為羅利真的沒有亂來。女人可以製造許多奇蹟，我相信她們甚至能提升整體男性的水準，只要她們拒絕附和這種說法。讓男孩當男孩——越久越好——如果年輕男人非得風流，那就讓他們去吧——但母親、姐妹、友人可以幫忙讓他們不至於太過分，也可以不讓太多墮落行為毀了他們，她們必須堅決相信，在賢良女性眼中，忠於美德的男人最有男子氣概，並且表現出來讓他們看到。倘若這只是女性的妄想，那麼，在現實來襲之前就讓我們好好享受吧——因為沒有了這種信念，人生中一半的美好與浪漫都將不復存在，負面的預期只會讓我們失去希望，但其實世上依然有許多內心溫柔的男孩，愛母親勝過自己，並且不恥於承認。

羅利以為要花上好幾年時間、耗盡所有力氣，才能遺忘對喬的愛。然而，他驚訝地發現，每天都變得更容易了。一開始他不肯相信，這讓他對自己感到氣憤，無法理解怎麼會這樣。不過，人心本來就是怪異矛盾的東西，時間與自然任性妄為，完全不顧我們的想法。羅利的心不肯疼痛；傷口持續癒合，而且速度令他心驚，他不但不需要努力遺忘，反而得努力才能想起。他沒有想到竟會發生如此的轉折，因此完全沒有心理準備。

他厭惡自己，很驚訝自己竟然可以輕易變心，他的心情很詭異，失望的同時也鬆了一口氣，遭受如此重大的打擊，他竟然能夠這麼快就復原。他小心翻動失戀的餘燼，但愛情烈火沒有復燃；只剩一點溫馨的暖意，讓他覺得很舒服，卻無法造成狂熱。他被迫承認，少年的熱情慢慢退讓，換上比較平和的傷感——非常溫柔，依然有點悲傷與怨懟——但肯定會隨著時光慢慢消逝，只留下手足之情，直到生命盡頭都不會斷絕。

當他思考這些事情時，「手足」這個詞掠過他腦海，他微笑，抬頭看著眼前莫札特的肖像——

「唉，他是個偉人但他娶不到姐姐，所以就娶了妹妹，而且過得很幸福。」羅利沒有說出口，但他確實這麼想；下一瞬間，他吻一下手上陳舊的小戒指，告訴自己——

「不，我不會那樣！我還沒有忘記，我永遠不會忘記。我要再試一次，假使還是不行，那麼——」

他沒有說完這句話，拿起紙筆寫信給喬，告訴她，只要還有一絲她會改變心意的希望，他就無法接受其他結果，她難道不能、不願——讓他回家享有幸福？等待回信的期間，他什麼都沒做——但他精力充沛，因為處在焦急狂熱中。回信終於來了，一舉讓他打消念頭，因為喬斷然地說她不能，也不願。她所有的心思都放在貝絲身上，再也不想聽到「愛」這個字。接著，她懇求他找其他女孩來展開幸福人生，但請他在心中永遠留一個小角落給最愛他的妹妹喬。她在附註中叮嚀，不要將貝絲病況惡化的事告訴艾美，她春天就要回家了，不必讓她剩下的旅程感到哀傷。祈求上帝，希望艾美能及時返家，不過羅利一定要常常寫信給她，不要讓她感到孤單、思鄉或焦慮。

「沒問題，我馬上寫。可憐的小妹妹，她回到家一定會非常傷心。」羅利打開抽屜，彷彿寫信給艾美是最恰當的結論，接續幾週前他沒說完的那句話。

但那天他沒有動筆，因為他翻找最好的信紙時，發現了一件事，因而改變了他的目標。喬的來信胡亂分散在書桌的一個抽屜裡，和一堆帳單、旅遊證件與生意文件混雜在一起，而另外一個抽屜裡則放著艾美的三張短箋，小心翼翼用她的藍色緞帶綁住，充滿柔情暗示的乾枯小玫瑰收藏在裡面。羅利的表情半是悔悟、半是好笑，將喬的來信收集起來，撫平之後重新摺好，整齊放進一個小抽屜裡，他站起來，深思著並轉動手上的小戒指，然後取下和信件放在一起，鎖上抽屜，然後出門去聖史蒂芬教堂聽莊嚴的彌撒，彷彿參加了一場葬禮。儘管他並沒有感到強烈的痛苦，但感覺以這種方式過完這一天更為適切，而不是寫信給可愛的年輕小姐。

不過，他還是很快就寫好信寄出去，而且很快就收到回信，因為艾美真的很想家，並且以最可人的方式坦承。他們之間的通訊迅速增加，信件如雪片飛來飛去，總是固定時間、從不延遲。早春時，羅利賣掉了音樂家半胸像，把歌劇譜燒光，回到巴黎，希望某個人很快就會出現在那裡。他迫不及待想前往尼斯，但除非艾美開口邀請，否則他無法去。但是，艾美絕不會開口，因為在那當下，她正在進行一場小小試驗，不希望「我們的男孩」在一旁用眼神質疑。

佛列德·馮恩回來了，他求婚，她曾經下定決心要說「謝謝，我願意」，但現在她卻說「謝謝，我拒絕」，態度溫柔卻堅定。求婚大戲真正上演時，她反而失去了勇氣，一種全新的渴望讓她心中充滿溫柔的盼望與恐懼，能夠給她滿足的絕非金錢與地位，而是另一種東西。

她不停想起羅利說過的話，「佛列德是個好人，不過我覺得妳恐怕不會喜歡。」以及當時他的表情，而她自己說過的話也頑固地在腦中不斷響起，儘管她當時沒有真的說出口，但神情清楚表明了「我願意為了錢結婚」，現在想起來，她感到很懊惱，她多希望能收回這句話，實在太不端莊。

她不希望羅利以為她是沒有心肝的現實女人，現在的她已經不想當社交女王了，只想當個值得愛的女人。她說了許多過分的話，她很慶幸他沒有因此討厭她，反而大器地接受，並且對她比之前更溫柔。他的信件帶來很大的安慰——因為家書時有時無，收到時的滿足感也遠比不上他的來信。回信給他不只是一種喜悅，也是她的責任，因為那個可憐人很憂傷，需要寵愛，而喬卻不改鐵石心腸。她應該努力試著去愛他——這應該不太難——這麼貼心的男生，能得到他的關愛，許多女生都會感到自豪又歡喜，偏偏喬硬是和一般女生不一樣，她無能為力，只能盡可能對他好，把他當哥哥一樣照顧。

倘若所有當哥哥的人，都能得到羅利這段時間享有的對待，他們一定會成為最幸福的一群人。現在艾美不說教了，所有事情都會詢問他的想法；而他所做的每一件事情她都想瞭解，送他可愛的小禮物，一週寫兩封信給他，內容充滿有趣的傳聞、妹妹的心事，並且將生活中看到的美景畫成迷人的素描一起附上。很少有哥哥能享有這等程度的重視，妹妹將他的信放在口袋中隨身帶著走，不厭其煩地讀了又讀，信太短她會傷心哭泣，信很長她會開心親吻，每一封都小心珍藏，我們並沒有暗示艾美做了這些可愛的傻事。不過，那年春天她確實變得有些蒼白、愛沉思，不再那麼熱切於社交活動，經常獨自外出作畫。她回家時沒有什麼作品可以展示，我敢說她只是去觀察自然，因為她經常雙手交疊坐在玫瑰谷的觀景台上，或心不在焉地隨手畫下心中的幻想——墳墓上高大的騎士雕像，年輕男子用帽子蓋住眼睛在草地上睡覺，打扮亮麗的鬈髮漂亮女孩挽著高大紳士走進舞會。由於當時的藝術風氣使然，兩張臉都畫得很模糊，雖然安全，但非常欠缺滿足感。

她的姑姑以為，她或許是後悔拒絕了佛列德，艾美否認也沒用，而且無法解釋清楚，只好任由她猜想，但她特意讓羅利知道佛列德去了埃及。她只淡淡寫了這一句，但他明白其中的含意，他放下心中的大石，一本正經地告訴自己——「我就知道，她會想清楚的。可憐的老朋友，我親身經歷過，能夠體會他的感受。」

他重重嘆息，然後彷彿就此完成了過往的責任，他將雙腳架在沙發上，盡情享受艾美的來信。

在國外的人經歷這些變化時，家中發生了不幸，艾美沒有收到告知貝絲病篤的那封信。下一封寄到時，三姐的墳頭已經長出青草。收到噩耗時，她在瑞士的沃韋，因為五月的尼斯熱得受不了，於是他們慢慢往瑞士移動，途經熱那亞與義大利湖區。她堅強面對，聽從家人的勸告，不必急著趕回去，因為反正已經來不及向貝絲道別了，她不如留下，讓距離減輕傷痛。但她的心非常沉重——她很想回家，每天都悵然望著湖對岸，等待羅利來安慰她。

他很快就來了，因為通知兩人的信件是同一批送來的，但當時他在德國，所以遲了幾天才收到。他一看完信，立刻收拾簡單的行李，和同行的旅伴道別，出發去實踐承諾，心中同時充滿歡喜與悲傷、希望與緊張。

他很熟悉沃韋。船在小碼頭一靠岸，他立刻沿著湖岸前往拉圖爾，卡羅爾一家住在那裡的一間食宿全包飯店。侍者不知所措，因為他們全家去湖邊散步了——不，金髮的小姐沒去，可能在城堡花園裡。假使先生不介意坐下稍等，他立刻去請她過來，一下子就到。不過先生連「一下子」也不願意等，侍者話還沒說完，他已經親自去找小姐了。

飯店後面有座漂亮的古老花園，就在風景優美的湖邊，栗子樹窸窣作響，長春藤四處攀爬，塔樓的影子落在水光瀲灩的湖面上，寬寬矮牆的一個角落設置了座位，艾美經常來這裡閱讀或工作，讓四周的美景給予她安慰。那天她也坐在那裡，單手支頤，心中很想家，眼神沉重，思念著貝絲，納悶為何羅利還沒來。她沒有聽見他從中庭走來，沒有看見他站在花園地道入口的拱門前。他站在那裡片刻，以全新的眼光看她，發現了別人從來沒看出的東西——艾美性格中柔情的一面。她全身上下默默傳達出愛與悲傷；腿上滿是淚痕的信紙，繫在頭髮上的黑緞帶，溫婉神情述說痛苦與忍耐，就連她的象牙十字架短項鍊在羅利眼中也顯得楚楚可憐，因為那是他送的，她全身只有這件首飾。倘若他擔心她會以何種態度迎接他，疑慮也很快就煙消雲散了，因為她一抬頭看見他，立刻拋下所有東西奔向他，以清楚流露愛與渴望的語氣吶喊——

「噢，羅利，羅利！我就知道你會來！」

我相信，在那一刻，一切都已道盡，定局已然成形，因為他們站在一起，沉默許久，羅利低下頭彷彿在保護艾美，她感覺世上沒有比羅利更好的安慰，他則斷定除了艾美，世上沒有人能取代喬的地位，帶給他幸福。他沒有說出來，但她也沒有因此而失望，因為他們雙方都感受到這個事實，並心滿意足地讓其餘的一切歸於沉默。

不久之後，艾美回到座位，她擦乾眼淚時，羅利撿起散落的紙張，那些經常閱讀的許多信件，那些充滿暗示的素描，讓他看到未來的好預兆。他在她身邊坐下，艾美又開始害羞，想起剛才的衝動行為，羞得滿臉通紅。

「我實在忍不住，我覺得好寂寞、好傷心，看到你，我太高興了。我還在擔心你不會來了，沒想到一抬頭就看到你，真是最好的驚喜。」她努力想裝出自然的語調，可惜非常失敗。

「我一接到消息立刻就趕來了。真希望我能說些安慰的話，減輕妳失去小貝絲的痛，但我只能感覺——」他說不下去了，因為他也突然害羞起來，不知道該說什麼，他很想讓艾美把頭靠在他肩上，告訴她可以放心哭泣，但他不敢，於是只好牽著她的手，輕輕捏一下表示同情，這個動作比千言萬語更有幫助。

「你不必說什麼，這樣就很安慰了。」她柔聲說。「貝絲終於不再疼痛，也得到了幸福，我不能祈求讓她回來——但是，雖然我很想家人，但想到要回家又很心痛。現在不要談這件事吧，因為我會哭，我想趁你在的時候好好享受你的陪伴。你不用急著回去吧？」

「妳想要我留下我就留下，親愛的。」

「我想，非常想！姑姑和佛羅都很照顧我，但你感覺更像家人，如果你能停留一陣子，會給我很大的安慰。」

艾美的語氣與表情都像個想家的孩子，心中漲滿鄉愁，羅利瞬間忘卻害羞，給予她最想要的東西——她從小習慣的摸頭，還有她最需要的鼓舞談話。

「可憐的小艾美！妳傷心得好像快生病了。我會照顧妳，別哭了，陪我散散步——風很涼，妳坐著不動會感冒。」他的語氣哄勸中帶著霸道，艾美最喜歡這樣，他幫她綁好帽帶，挽起她的手臂，他們在陽光普照的步道上來回走動，經過剛萌發新葉的栗子樹下。他覺得走動比較自在，而艾美則很高興有雙強壯的臂膀可以依靠，有張熟悉臉孔對她微笑，有個和善的聲音只對她一個人說著愉快的事。

靜謐的古老花園庇護過許多情侶，此刻更是有如特別為他們而存在，如此晴朗而隱密，除了塔樓誰也看不見他們，寬闊湖面在下方蕩漾，帶走他們交談的回音。一整個小時，這對新情侶散步、聊天，累了就靠在牆上休息，甜蜜的心情讓時空多了一種魅力。當煞風景的晚餐鐘聲響起，提醒他們應該離開了，艾美感覺彷彿將寂寞悲傷的重擔留在這座城堡花園裡。

卡羅爾太太一看到艾美的臉，發現她的表情徹底改變，立刻恍然大悟，驚訝地對自己說：「現在，我全都明白了，那孩子一直思慕著羅利那個年輕人。我的老天呀！我完全沒想到！」

好姑姑的保密功夫值得讚賞，她沒有說什麼，也沒有表現出已經知情的模樣，只是和善地敦促羅利留下，告訴艾美儘管和他作伴，因為這樣比獨自傷心好多了。艾美是順從的模範，因為姑姑忙著照顧佛羅，她可以全心招待朋友，而且比平常更討人喜歡。

在尼斯的時候，羅利整天懶洋洋，艾美一直罵他。在沃韋，羅利從來沒有閒著的時候，總是在散步、騎馬、划船、讀書，隨時精神奕奕。艾美欣賞他做的每件事，盡力以他為榜樣。他聲稱是氣候造成改變，她沒有反駁，因為她也用同樣的藉口解釋為何她突然身體恢復健康、精神重新旺盛。

洋溢活力的空氣對他們兩人都有好處，經常運動讓身心都變得健全。在這片永恆綿延的丘陵之間，他們似乎對人生與責任有了更清楚的看法。清新微風吹走沮喪疑慮、虛假幻想與捉摸不定的迷霧；溫暖春陽帶來各種啟發性的想法，溫柔的希望與快樂的念頭；湖水彷彿沖走往日的憂傷，古老大山慈祥地看著下面的他們，彷彿在說「兩個孩子，相互愛慕著。」

儘管貝絲過世帶來新的憂傷，但這段時光整體而言非常愉快——如此歡樂，羅利不忍心說出那句話，生怕會破壞一切。第一次心碎時，他沒想到竟然這麼快就能走出來，當時他滿心以為那是他最初、最後，也是唯一的愛。這樣似乎不太專情，但他安慰自己，那是因為喬的妹妹幾乎等於她本人，而且他深信若非對方是艾美，他絕不會這麼快又墜入愛河。

他的第一次求愛有如狂風暴雨，現在回頭看，彷彿已經是陳年舊事了，只剩下憐惜與懊悔。第二次求愛，他決心要以最平和的方式進行，不必鬧得風風雨雨——甚至沒必要對艾美示愛，不用說她就知道了，而她也早已做出正面回應。一切發生得那麼自然，沒有人能抱怨，他知道大家都會感到欣喜——甚至包括喬。

然而，當初戀悽慘破滅時，再次嘗試就會變得謹慎緩慢；於是羅利就這樣任由日子一天天過去，享受每個時刻，等候時機讓那句話自然脫口而出，結束這段新戀情最甜蜜的第一階段。

他原本想像告白的地點會是城堡花園，在花前月下，以最優美高雅的方式進行，沒想到卻恰恰相反——因為定情的時刻發生在正午的湖面上，告白也只用了簡單直率的幾個字。他們一整個早上都在湖上漫遊，從陰鬱的聖金戈爾夫漂向晴朗的蒙特魯，一側矗立著法屬阿爾卑斯山，另一側則是聖伯納峰與密迪齒峰，美麗的沃韋藏在山谷中，洛桑在遠處的山丘上，頭頂的藍天萬里無雲，船下的湖水比天空更湛藍，點綴著如畫的小船，看上去彷彿白翼海鷗。

小船飄過西庸古堡時，他們聊起作家博尼瓦德（Bonnivard），抬頭看見克萊倫斯村時，則聊起曾經在這裡寫作《新愛洛伊思》的盧梭。他們兩個都不曾讀過那本書，但知道是個愛情故事，兩人心中都在想，那個故事是否有他們的戀情一半美好。小船停歇，艾美一手放在水中，她抬起頭，看到羅利倚著槳，眼中的神情令她急忙開口，只是單純為了找話說——

「你一定很累了吧？稍微休息一下，我來划船，反正我需要運動一下。自從你來了之後，我一直無所事事只會享樂。」

「我不累，不過妳想划就拿一隻槳去吧。空間很充足，只是我得移動到接近中央的位置，這樣船才平穩。」羅利回應，彷彿覺得這樣的安排也不錯。

艾美察覺這樣並沒有比較好，坐在他讓出的三分之一個座位上，搖頭讓髮絲遮住臉，接過一支槳。她無論做什麼事情都很出色，划船也一樣。雖然她用兩隻手，羅利只用一隻，但兩隻槳配合得天衣無縫，小船在水面上平順前進。

一直沉默的艾美這時才說，「我們配合得真好，對吧？」

「非常好，我多麼希望能永遠和妳同划一艘船。艾美，妳說呢？」他極度溫柔地說。

「我願意，羅利！」她小聲回答。

他們同時停止划槳，不知不覺為湖面上的模糊倒影增添一幅美麗的畫面，描繪出人類的愛與幸福。

19 形單影隻

若能全然投入照顧另一個人，並有一個可人的典範幫忙淨化心與靈魂，要做出奉獻自我的承諾當然很容易。然而，當那個叮嚀的聲音沉默，每日的課程結束，心愛的人兒離世，只剩下孤獨與悲傷，喬發現很難兌現她的承諾。她的心因為不停思念妹妹而痛楚不已時，怎麼可能「安慰爸爸媽媽」，貝絲揮別了舊家前往新天地，帶走了家裡的光明、溫暖與美好，喬怎麼可能「讓家裡氣氛歡欣」。

貝絲總是懷抱著愛為家人服務，將工作本身視為回報，喬要上哪裡去找「有貢獻的喜樂工作」作為取代？她試著盲目無望地完成責任，同時心中卻偷偷感到不滿，她如此辛勤，為數不多的樂趣越來越少，負擔越來越重，人生越來越苦，實在很沒道理。有些人似乎總是在享福，有些人卻只能吃苦。真的太不公平，她比艾美更努力要當一個乖孩子，卻從來沒有得到任何回報——她永遠只有失望、麻煩與勞苦。

可憐的喬！這些日子對她而言很黑暗，她感到越來越絕望，因為必須在那棟安靜的房子裡度過餘生，只能將心力投注在枯燥的照顧工作上，得到的歡樂寒酸又稀少，責任永遠不會減輕分毫。「我辦不到，我生來不是過這種日子的人，如果沒有人來幫幫我，我絕對會為了掙脫而做出孤注一擲的事。」她對自己這麼說。當意志強烈的心靈不得不屈服於現實，便會落入憂鬱悲慘的狀態，喬正是如此。

幸好，援手就在不遠處，只是喬沒有立刻發現原來他們就是她的善良天使，因為他們的外型太過熟悉，使用的也只是最適合人性的簡單魔法。她夜裡經常驚醒，以為聽到貝絲呼喚她，轉頭卻只看到空蕩蕩的小床，心中難以壓抑的悲傷讓她痛苦哭喊，「噢，貝絲！快回來！快回來！」她渴望地伸出雙臂，但並沒有落空，因為就像她總能聽到妹妹最小聲的呢喃，母親也聽到了她的啜泣，她立刻趕來給喬安慰。不只是言語，更有無盡的溫柔愛撫讓她平靜下來，無聲落下的淚水讓喬想到媽媽比她更加哀傷，斷斷續續的耳語比祈禱更有力量，因為自然的悲傷往往伴隨著懷抱希望的樂天知命。如此神聖的時刻！在夜晚的寂靜中進行心靈溝通，將苦惱化為祝福，消除悲傷並強化愛。感受到這樣的變化，喬感覺重擔比較容易扛起，責任變得愉快，在母親懷抱的避風港中，人生似乎變得比較可以忍受。

當疼痛的心得到一點安慰，煩亂的頭腦也找到幫助。有一天她走進書房，書桌前的父親，抬起白髮蒼蒼的頭微笑歡迎，她走過去站在他面前，非常謙遜地說：「爸爸，請像以前和貝絲說話那樣，和我談談吧。我比她更需要，因為我感覺所有事情都不對勁。」

「親愛的，沒有什麼能為我帶來更大的慰藉。」他的聲音有些哽咽，環抱著她，彷彿他也需要幫助，而且不怕主動要求。

喬坐在貝絲的小椅子上，緊靠在他身邊，說出她的煩惱，因為失去貝絲而感到怨恨悲傷，因為努力沒有收穫而感到頹喪，缺乏信仰讓生命顯得黯淡無光，以及種種我們稱之為絕望的困惑。她給他完全的信任，他給她所需要的幫助。在這樣的過程中，雙方都得到安慰，因為喬長大了，他們可以不必只以父女的身分對話，而是以兩個成人的身分討論。他們能夠服務對方，也樂於這麼做，能夠體諒彼此的心情，同時互相親愛。她將書房稱為「一人教堂」，在那裡度過愉快的省思時光，心情恢復開朗，個性變得比較順從——因為父親曾經教導貝絲無懼死亡，現在則教導喬接受人生，不要感到消沉或懷疑，心懷感恩與力量，把握每個美好機會。

喬也得到許多其他幫助，謙遜健全的責任與娛樂也拉了她一把，她慢慢學會看出其中的意義並且珍惜。以前她很討厭掃把和抹布，但現在不一樣了，因為貝絲曾經負責管轄這些東西，她的愛家精神似乎殘留在小拖把和舊刷子上，這些東西他們始終不忍丟棄。喬使用這些東西時，經常不知不覺像貝絲一樣哼著歌，她模仿貝絲井井有條的方式，在每個地方花心思讓所有東西變得清新舒適，這是製造家庭幸福的第一步，雖然她並不知道，直到漢娜讚賞地捏捏她的手說——

「多麼貼心的孩子，親愛的小羊走了，妳想盡力讓我們感覺不到她的空缺。我們雖然沒有多說什麼，但我們看到了，天主會因此保佑妳，一定會的。」

和姐姐一起做針線活的時候，喬發現梅格成長了很多。她變得能言善道，非常瞭解女性善良溫柔的心思、想法與感受，丈夫和子女讓她非常幸福，他們夫妻為彼此無私付出。

有一天，喬在亂七八糟的育兒室幫戴米做風箏，她對梅格說：「看來婚姻是個好東西。如果我非常努力，不知道能不能做得有妳的一半好，不過我得要先嫁得出去才行。」

「喬，婚姻能引出妳天性中溫柔婉約的另一面。妳就像栗子，外表有許多刺，但內在無比柔軟，如果有人能進入妳的心，就能嚐到甜蜜滋味。遲早有一天愛情會讓妳展現真心，到時候那些硬刺就會消失了。」

「這位太太，霜雪會打開栗子有刺的外殼，而且得用力搖才會落下。男生最愛搖樹採堅果，但我不想落入他們的袋子。」喬回嘴，將做好的風箏交出去，無論吹起多大的風，這個風箏也飛不起來，因為黛西把自己當裝飾品綁上去了。

梅格大笑，很高興看到喬稍微恢復以前的活潑，不過，她自認有責任要運用所有論點強調她的看法。這次姐妹談心並非全然無用，因為梅格最有力的論點就是兩個孩子，喬非常溫柔地寵愛他們。對一些人而言，悲傷最有助於開啟心靈，喬的心幾乎已經準備好要落入袋子中，只要再多曬點太陽讓果實成熟，時機到時就會被採走，但並非因為男孩焦躁的搖晃而落下，而是成熟男子伸手溫柔地由刺殼中取出，找到完整甜美的果仁。倘若她預料到會這樣，肯定更加緊閉心靈，變得比以前更多刺。幸好，她沒有心思為自己考慮，於是當時機到來時，她只能乖乖落下。

倘若她是深富道德寓意的小說女主角，在人生的這個時期一定會變得很聖潔，放棄世俗，戴上端莊的帽子四處行善，口袋裡塞滿傳教文宣。不過各位要知道，喬並非小說女主角，她只是個力爭上游的凡人女孩，就像其他千千萬萬女孩一樣，她只是按照天性行事，傷心、生氣、倦怠、勤奮，隨著心情變化。雖然做好事是美德，但不能操之過及，而且需要長遠的動力、強烈的動力，很多人甚至還沒找對方向就感受到了動力。

喬已經進步很多了，她正在學習善盡責任，如果沒有做好就會全身不舒服；不只如此，還要心甘情願——啊，這是另一回事了！她經常說想要有一番精采成就，無論過程多辛苦也無所謂；現在她的願望實現了——她全心奉獻照顧父母，努力把家經營得像以前一樣幸福。還有什麼成就能比現在更美好？如果說必須要有考驗才能更加感受到成就的光輝，那麼，一個胸懷大志的活潑女孩放棄自己的希望、計畫與夢想，開開心心為了別人而活，這不是最艱難的考驗嗎？

上天把她的話當真了，現在任務降臨——出乎她的意料，但這樣反而更好，因為其中沒有自我的成分。她能成功嗎？她決定放手一搏，在她初次嘗試時，再次得到先前提過的幫助。援手再次來臨，她緊緊握住——並非獎賞，而是慰藉，如同基督攀登那座名為「困難」的山丘時，在棚架下乘涼休息。

有一次，喬又開始感到沮喪，母親說：「妳怎麼不寫作呢？以前寫作總能讓妳很快樂。」

「我沒有心思寫，就算寫了，也沒人想看。」

「我們想看，為我們寫一點東西吧，不要理會世上其他人。親愛的，盡力寫寫看，我相信一定對妳有好處，我們也會很開心。」

「我恐怕做不到。」不過喬還是搬出書桌，全面檢修尚未完成的手稿。

一個小時後，媽媽探頭偷看，她正忙著塗塗寫寫，穿著那件黑色背心圍裙，表情非常專注。馬區太太不禁莞爾，她悄悄溜走，很欣慰自己的建議起了效果。喬自己都不知道是怎麼辦到的，不過那個故事的某些元素打動了讀者的心，她的家人看得又哭又笑，爸爸不理會她的反對，將稿子寄給一家很熱門的雜誌，沒想到他們不但買下這個故事，甚至還向她邀稿。這篇小故事刊登之後，許多人寫信來表達真摯的讚美，幾家報社轉載，親朋好友和素未謀面的人都覺得非常喜歡。以這麼短的文章而言，可以說非常成功；比起之前毀譽參半的那次，這次更令喬驚訝。

「我不懂，那只是一篇沒什麼的短篇故事，怎麼會引起這麼多人大肆讚美？」她十分困惑。

「喬，因為裡面有真理——這就是祕訣；幽默與感傷讓故事顯得鮮活，妳終於找到屬於妳的風格了。妳寫的時候沒有考慮到要出名或賺錢，而是把心靈放進去，乖女兒。妳經歷過痛苦，現在甜美的時刻到來了，盡力而為，像我們一樣為妳的成就感到開心。」

爸爸的話令她感動無比，遠勝過世人的所有讚美。「如果我寫的東西真有任何真實美好的東西，也不是我的功勞，完全要感謝你和媽媽，還有貝絲。」

於是乎，在愛與悲傷的教育下，喬持續寫短篇故事，寄出去讓文章自己去找朋友，這個世界對這些卑微的流浪孩子非常慈善，因為她的故事廣受歡迎，就像交了好運的乖巧孩子一樣，將能改善生活的禮物寄回家給媽媽。

艾美和羅利寫信告知訂婚的消息，馬區太太擔心喬會無法開心給予祝福，但她的擔憂很快就平息了。剛知道時，喬雖然感覺有些鬱悶，但很快就過去了，還來不及把信重讀一遍，已經迫不及待為「那兩個孩子」懷抱希望、進行規劃。他們的信件內容彷彿在比賽，以充滿愛意的言語互相褒獎，讓閱讀的人非常愉快，這件事也讓大家都很滿意，因為誰都沒有任何理由反對。

她們放下寫得密密麻麻的信紙，對看一眼，喬問：「媽媽，妳高興嗎？」

「嗯，自從艾美寫信告訴我們她拒絕了佛列德，我就希望結果會是這樣。當時我就確信，更崇高的感情戰勝了妳所謂的『精明性格』，她寫來的信中到處可以看到線索，我不由得猜想愛情與羅利最後一定會勝出。」

「媽咪，妳真敏銳，也真是守口如瓶，妳完全沒有跟我說。」

「家裡有女兒的媽媽，一定要有敏銳的眼睛和保密的嘴巴。我有點擔心，如果太早告訴妳這種可能，妳會在塵埃落定之前就先寫信恭喜他們。」

「我不像以前那麼少根筋了，妳可以信任我，現在的我認真又懂事，可以保守任何人的祕密。」

「確實如此，親愛的，我應該把祕密告訴妳才對，我只是擔心知道妳的泰迪愛上別人，妳會非常痛苦。」

「真是的，媽媽，妳真以為我有那麼傻、那麼自私？我拒絕了他，那時候他的愛雖然不算最好，但至少最真。」

「喬，我知道那時候妳是認真的，不過，最近我偶爾會想，如果他回來，再次求婚，說不定妳會給不同的答案。原諒我，親愛的，但我控制不了，我看出妳有多寂寞，有時候妳眼眸中渴望的神情會刺進我的心，所以我認為假使妳的男孩願意再次嘗試，或許能填補那個空缺。」

「不，媽媽，現在這樣最好，我很高興艾美學會了如何愛他。不過妳說對了，我的確很寂寞，倘若泰迪再次求婚，我或許會答應，不是因為我愛他，而是因為比起他出國的時候，現在的我更想被愛。」

「喬，聽到妳這樣說我很欣慰，因為這代表妳已經放下了。有很多人愛妳，所以先滿足於爸爸、媽媽、姐妹、姻親和寶寶們的愛吧，靜待最好的愛人出現，獎賞妳的等候。」

「媽媽的愛是世上最好的愛，不過我不介意偷偷告訴媽咪，我想嘗試所有種類的愛。真的很奇怪，我越是想要滿足於親情，就越感覺到有所欠缺。我不知道人的心原來能容納這麼多——我的心像是有彈性，似乎永遠裝不滿，以前只要有家人我就相當滿足了。我真的不懂。」

「我懂。」馬區太太露出睿智的笑容，喬再次地拿起艾美的信件，閱讀她描述羅利的段落。

能夠得到像羅利給我的那種愛，真的非常美好；他不會過度濫情，也不會整天把愛掛在嘴上，但我從他說的每句話、做的每件事都能感受到，這樣的愛讓我好幸福、好謙卑，我好像已經不是以前不懂事的那個我了。現在，我才明白他是多麼善良、慷慨、溫柔，因為他敞開心讓我看，我發現他的心中充滿高貴的想法與希望、目標，我很自豪那顆心屬於我。他說現在有我作為他的大副，還有滿滿的愛作為壓艙石，他可以揚帆遨遊人生。我希望他一帆風順，也會盡可能達成他對我的所有期望，因為我以全部的心、靈魂、與力量，深愛我的英勇船長。只要上帝允許我們在一起，我就永遠不會拋下他。噢，媽媽，我從來不知道原來當兩個人彼此相愛、為對方而活，人間也可以是天堂！

「我們冷淡、自持、世故的艾美竟然會寫出這種內容！真愛確實會帶來奇蹟。他們一定非常、非常幸福！」喬小心將窸窣作響的信紙收拾好，彷彿一篇精采的愛情故事，讓讀者在閱讀過程中全神貫注，闔上封面之後才發現自己回到現實世界，依然形單影隻。

喬慢慢遊蕩往樓上走去，因為外面在下雨，她無法出門散步。她覺得煩躁不安，以前那種感覺又來了，沒有那麼苦澀，只是一種憂傷的心情，納悶為什麼同樣是姐妹，一個總能心想事成，另一個卻總是一無所有。事實並非如此，她自己也知道，很努力想趕走這種想法，但對於感情的自然渴望非常強烈，艾美的幸福喚醒了殷切的盼望，想要有人全心全意愛她，只要上帝允許他們在一起，就永遠不分離。

喬焦躁的漫遊最後來到閣樓，她在那裡看到四個並排的小箱子，蓋子上各自標示著主人的名字，每個都裝滿童年與少女時期的紀念品，現在她們全都揮別了那段時光。喬一個個打開看，輪到自己的那個時，她心不在焉地看著裡面亂七八糟的各種物品，直到幾本綁在一起的筆記本吸引了她的目光。她拿出來翻開，回味在親切柯克太太家度過的那個冬天。她先是微笑，接著若有所思，然後傷悲，當她看到巴爾教授親筆寫的一小段話，她的嘴唇開始顫抖，筆記本從腿上滑落，她坐在那裡看著那些友善的話語，彷彿讀出了全新的意義，觸動她內心溫柔的部分。

「等我，我的朋友，或許會遲一些，但我絕對會去找妳。」

「噢，如果他真的會來就好了！親愛的巴爾教授總是對我那麼親切、善良、寬容。他在身邊的時候，我不懂珍惜，現在我多想見到他，因為好像所有人都要離開我了，我很寂寞。」

她緊握住那張小紙條，彷彿死命抓住一個尚未實現的承諾，喬低頭靠在舒服的碎布包上哭泣，彷彿呼應打在屋頂上的雨滴。

她的感受究竟是自憐、寂寞還是低潮？還是說那是一種新的感情，長久以來一直耐心等待，就像予以觸發的那個人一樣，而現在終於甦醒了？誰知道呢。

20 驚喜連連

日暮時分，喬獨自躺在舊沙發上望著火光思考。她最喜歡這樣度過黃昏，沒有人打擾她，她喜歡躺在貝絲的紅色小枕頭上，構思故事、做白日夢，溫柔思念那個感覺不曾遠離的妹妹。她的表情疲憊、沉重，相當憂傷，因為明天是她的生日，她想著歲月竟然飛快如斯，她已經這麼老了，卻沒有值得一提的成就。都已經快滿二十五歲了，依然一事無成。

但喬錯了，她有很多成就，慢慢地她就會看出來，並且心懷感激。

「我要變成老處女了。以文學為業的老小姐，筆就是我的配偶，兒童故事就是我的子女，二十年過後或許會有小有名聲，就像可憐的詹森一樣，但到時候我已經老到無法享受——孤獨無依而無人分享，獨立自主而不需名聲。唉，我不需要成為刻薄的聖人，也不需要成為自私的罪人。我敢說，只要習慣了老小姐的生活，應該也會很愜意，不過——」說到底，喬嘆息了，彷彿這樣的未來並不吸引人。

未婚女子一開始都會這麼覺得，二十五歲時，三十歲看似絕望盡頭，但其實沒有那麼慘，只要有所依靠，就算是老小姐也能活得相當幸福。二十五歲還未婚的姑娘就會開始說自己要當老小姐了，但心中卻暗暗發誓絕不能成真；到了三十歲，她們再也不提這件事，只是默默接受現實，明智理性的那些會安慰自己還有二十年的人生可以造福社會、得到快樂，在過程中，她們也許會學到如何優雅老去。

親愛的少女啊，千萬不要嘲笑老小姐，在她們嚴肅的衣著下有顆靜靜跳動的心，裡面藏著悲傷的愛情故事，許多老小姐默默奉獻青春、健康、理想、愛情，這樣的犧牲讓她們衰老的臉在上帝眼中顯得無比美麗。就連那些憂傷刻薄的姐妹也該得到和善的對待，就算不為其他原因，至少要同情她們錯過了人生最甜美的部分。正值青春年華的姑娘該憐憫她們，而不是蔑視她們，別忘記，妳們也可能錯過盛放的花期——紅潤的臉頰不會持續到永遠，漂亮的棕髮有一天也會兩鬢飛霜，隨著時間過去，慈善與敬重也會變得甜蜜，就像現在的愛情與傾慕一般。

男士們，其實該說男孩們才對，要彬彬有禮對待老小姐，無論她們多貧窮、無趣、拘謹，因為真正值得擁有的紳士精神，必須隨時挺身捍衛老人、保護弱小、服務女性，不分階級、年齡、人種。想想那些好心的姑姑阿姨，她們雖然喜歡說教、緊張兮兮，但也照顧你們、寵愛你們，而且經常沒有得到感謝——她們幫助你們解決麻煩，從小小的積蓄中拿出零用錢給你們，衰老的手指幫你們縫補衣物，衰老的雙腳為你們不辭奔波，而你們只要給這些親愛的老小姐一點關注，她們便會喜不自勝，因為所有女性只要活著就喜歡受人關注。

有眼光的女孩很快就會發現這樣的善良，因此對你們青睞有加。倘若死亡搶走了你們的母親——這是唯一能讓母子分離的力量——不用擔心，因為還有普莉希拉阿姨會給你們柔和、溫馨、母性的愛憐，她會將寂寞心靈中最溫暖的角落留給「天下最棒的外甥」。

喬一定是睡著了（我敢說剛才那一段說教，應該也讓各位讀者睡著了吧？）因為突然間，她眼前出現羅利的幻影。那個幻影感覺很實在、很像真人，站在沙發前彎腰看她，臉上掛著他以前常有的表情，心裡很激動卻又不想表現出來的樣子。不過，就像那首歌謠中的珍妮一樣——

「她不敢奢望真是他。」

她躺在那裡往上看著他，震驚到說不出話，直到他蹲低吻她一下。她終於確定真的是他，她急忙跳起來，開心地說——

「噢，我的泰迪！噢，我的泰迪！」

「親愛的喬，看來妳很高興見到我？」

「高興！我的好男孩，言語無法表達我有多高興，艾美呢？」

「和妳媽媽在一起，她們在梅格家。我們先去那裡，一看到她們，我的妻子就不肯出來了。」

「你的什麼？」喬驚呼——羅利說出那個詞的時候，無意識流露出自豪與滿意，洩露了他心情。

「噢，不管了！我做了那件事。」他表情如此內疚，喬急忙逼問。

「你們跑去結婚了？」

「沒錯，請原諒我，我以後再也不敢了。」他雙膝跪下、兩手交握，做出求饒的模樣，表情洋溢淘氣、歡樂與得意。

「真的結婚了？」

「真的、真的結婚了，多謝。」

「老天爺呀，你接下來還會做出多可怕的事？」喬倒抽一口氣，跌回座位上。

「很像妳會說的話，但這種祝賀也太刺耳了吧？」羅利回嘴，他依然裝出求饒的樣子，可是臉上帶著滿足的笑容。

「你像賊一樣偷跑進來，突然就說出這麼驚人的消息，嚇得我差點斷氣，難道還期待我說好聽的話？快起來，愛搞怪的小子，告訴我所有發生的事。」

「除非妳答應，讓我坐在以前的位子上，而且不准用抱枕擋起來，不然我就不說。」

喬大笑，她已經好久沒有笑得如此開懷了，她拍拍沙發作為邀請，以和善的語氣說——

「那個抱枕拿去閣樓了，而且現在我們不需要了。所以，快過來一吐為快吧，泰迪。」

「聽到妳叫我『泰迪』感覺真舒服。除了妳，不會有人這麼叫我了。」羅利心滿意足地坐下。

「艾美叫你什麼？」

「老爺。」

「很像她會做的事——不過，你確實很有老爺的派頭。」喬的眼睛中，明顯流露出她覺得她的男孩比以前更帥了。

雖然抱枕不見了，但依然有層無形的隔閡，因為時間、距離以及心境變化而自然產生。他們都感覺到了，時間彷彿是一道無形藩籬的影子落在他們身上，不過轉眼就消失了，因為羅利端起架子，想裝嚴肅卻不太成功——

「我很像有家室的男人吧？一家之主呢。」

「一點也不像，你永遠也不會像。你長得更高也變瘦了，但還是以前那個混小子。」

「真是的，喬，妳應該對我尊敬一點。」能這樣和她抬槓，羅利說不出來有多高興。

「辦不到。你結婚定下來這件事，光是想就好笑得要命，我認真不起來。」喬回答，滿臉笑容，如此有感染力，他們再次大笑，然後安靜坐著大聊特聊，就像以前一樣開心。

「外面很冷，妳不必特地去接艾美，因為她們很快就會過來。我只是等不及想給妳這個大驚喜才一個人跑來，就像我們以前搶奶油那樣，『先到先贏』。」

「可想而知，但你竟然先說結局，毀了整個故事。快點從頭說起，告訴我完整的經過，我等不及想知道。」

「唉，我是為了配合艾美才結婚的。」羅利的眼神閃爍淘氣，喬立刻大喊——

「抓到了，你說的第一個謊，明明是艾美配合你吧？繼續吧，麻煩盡量說實話，先生。」

「現在她開始擺出女霸王的架勢了，真高興聽到她這樣說話。」羅利對著火說，火焰明亮搖曳，彷彿相當贊同。「其實都一樣，妳知道，我和她是一體的。一個多月前，我們原本打算和卡羅爾一家一起回來，但他們突然改變心意，決定在巴黎多待一個冬季。可是爺爺想回家了，我不能讓他一個人走，我也無法拋下艾美。

另外，加上卡羅爾太太滿腦子英國人的觀念，堅持要有伴護之類的鬼東西，不肯讓艾美和我們離開。為了解決這個困境，我乾脆說：『我們結婚吧，這樣就可以隨心所欲了。』」

「一點也不奇怪，你總是要凡事隨你的意。」

「哪有『總是』。」羅利語氣似乎意有所指，喬急忙說——

「你們是怎麼讓姑姑同意的呢？」

「非常辛苦。不過我們兩個合力說服她，因為我們這邊有一大堆好理由，我們沒時間寫信回家請求許可，但你們都很樂見我們在一起，而且一直以來都同意——所以就像我妻子說的，只要『看準時機』就沒問題了。」

「結婚了很得意是吧？非得動不動就把妻子掛在嘴上嗎？」這一次，換喬對著壁爐說話，發現爐火發出活潑燦爛的光輝，彷彿在對她眨眼睛，完全不像之前那樣悲慘陰鬱。

「或許有一點吧，她是個迷人的小女人，我很難不以她為榮。總之，後來姑姑和姑丈慎重思考怎樣才得體，我們太相愛，分開之後只會變成兩個廢人，而且這個絕妙的安排可以讓所有事情都變得簡單，於是我們就那麼做了。」

「時間、地點、過程？」喬展現出女性的熱切與好奇，因為她完全難以想像。

「六週前，在巴黎的美國大使館——當然，我們沒有大張旗鼓，因為儘管我們很幸福，但沒有忘記親愛的小貝絲。」

他說到這裡時，喬握住他的手，羅利溫柔撫摸紅色小枕頭，他沒有忘記那是貝絲的。

他們靜靜對坐片刻，喬用比較正經的語氣問：「你們結婚之後怎麼沒有立刻通知我們？」

「我們想給你們一個驚喜，我們原本以為會直接回家，可是親愛的爺爺發現他至少需要一個月的時間準備，於是叫我們去度蜜月，想去哪裡都可以。艾美曾經說過玫瑰谷是蜜月天堂，於是我們就去那裡，我們非常開心，畢竟人生只有一次蜜月嘛。一點也不誇張，那可真是玫瑰之戀呢！」

羅利似乎一下子忘記了喬的存在，喬感到很欣慰，因為他能夠如此暢快自然地告訴她這些事，讓她相信他已經放下過去，也原諒她了。她想收回手，但羅利似乎猜到是怎樣的想法讓她幾乎不由自主這麼做，他緊緊握住，流露出她不曾見過的成熟嚴肅表情說——

「喬，親愛的，我想說一件事，說完之後我們就永遠不要再提起了。我之前在信中說過，儘管艾美對我很好，但我永遠不會停止愛妳，但那份愛產生了變化，我終於明白，現在這樣是最好的。妳和艾美在我心中的地位互換，只是這樣而已。我相信如果我照妳的意思等待，或許這件事會自然發生，不過我實在太性急，所以落得心痛的下場。那時候我還不夠懂事——個性頑固又火爆，我得受狠狠的教訓才能明白自己的錯。當時我真的做錯了，就像妳說的那樣，我出醜之後才發現。相信我，我也曾經感到非常混亂，我不知道我比較愛妳還是艾美，我想以同樣的方式愛你們兩個，但我做不到，當我在瑞士見到她時，一切瞬間變得很清楚。妳們倆分別回到正確的位子，我感覺到，在新的愛開始之前，舊日的愛早已結束。我可以坦蕩蕩地將我的心分給妹妹喬和妻子艾美，同樣深愛妳們兩個。妳願意相信嗎？可以讓我們回到初相識的往日時光嗎？」

「我全心全意相信，不過泰迪，我們永遠無法變回當年的少男少女，歡樂的往日時光一去不回頭，我們也不該強求。現在我們是大人了，有嚴肅的工作，玩樂的時期已經過去了，我們不能繼續胡鬧，我相信你也感覺到了。我看得出你的改變，你也會發現我的改變，我會很想念那個男孩，但我也同樣愛現在這個男人，比以往更敬佩他，因為他努力成為我期盼中的樣貌。我們不能繼續當玩伴，但以後我們就是兄妹了，一生互相敬愛、彼此幫助，對吧，羅利？」

他沒有說話，只是握住她伸出的手，臉靠在上面一下，感覺到從少年激情的墳墓中，開出了一朵美麗堅毅的友誼之花，護佑他們。喬不希望讓歡樂回家的場面變得感傷，於是急忙說——

「我還是很難相信你們兩個小朋友竟然結婚了，而且要一起經營家庭。唉，感覺好像昨天我還在幫艾美扣上背心裙，扯你的頭髮懲罰你惡作劇。老天爺，真是時光飛逝呀。」

「其中一個小朋友其實年紀比妳大，所以妳快點收起那種老祖母的語氣吧。我是個『長大的紳士』，就像《塊肉餘生記》老女僕裴果提對主角大衛的形容。等妳見到艾美，就會發現她根本是個早熟的大嬰兒。」羅利似乎覺得她那種老媽媽似的語氣很好笑。

「雖然你的年紀比我大一點，但我的心境一直比你成熟多了，泰迪。女性都是這樣，過去一年實在太難熬，我覺得自己像四十歲了。」

「可憐的喬！我們到處玩樂，拋下妳獨自承受。妳確實變老了，這裡有條皺紋、那裡也有，而且妳不笑的時候眼神感覺很淒涼，我剛才摸枕頭的時候發現被淚水沾濕了。妳遭遇了很多痛苦，而且只能獨自承受，我真是個自私的混蛋！」羅利扯自己的頭髮，表情懊悔。

但喬只是將出賣她的枕頭翻個面，盡可能以開朗的語氣說——

「不，我有爸爸媽媽的幫助，兩個可愛的寶寶也為我帶來安慰，而且知道你和艾美平安又幸福，那些煩惱就變得容易承受了。有時候我會寂寞，但我敢說這樣反而對我有好處，而且——」

「妳永遠不會再寂寞了。」羅利搶著說，一手摟著她，彷彿想為她抵擋人世所有不幸。「我和艾美沒有妳不行，所以妳一定要來教教我們兩個小朋友怎麼持家，和我們分享一切，就像以前那樣，讓我們寵愛妳，大家一起幸福和樂地生活。」

「假使我不會打擾你們，那當然會很愉快。我已經覺得又恢復青春了呢，你一回來，我的所有煩惱好像都飛走了。泰迪，從小你就是我最好的安慰。」喬把頭靠在他肩上，就像多年前貝絲生病的那時候，泰迪叫她依靠他。

他低頭看她，想著她是否回憶起那時候，但喬對自己微笑，彷彿他一回來，她的所有煩惱真的都飛走了。

「妳還是以前那個喬，一會哭、一會笑的。現在妳的表情有點邪惡，老奶奶，妳在想什麼？」

「我在想你和艾美相處得如何。」

「像兩個天使一樣！」

「一開始當然是這樣——不過，誰作主呢？」

「我不介意告訴妳，現在是她，至少我會讓她這麼以為——為了讓她開心，妳知道的。不過以後我們會輪流，因為俗話說，婚姻會讓權利減半、責任加倍。」

「現在這樣，以後就永遠會是這樣了，你人生中的每一天都會被艾美管得死死的。」

「唉，她的手法非常高明，幾乎無法察覺，所以我不太介意。她是那種很會作主的女人，老實說，我還滿喜歡的，因為她操縱人的感覺就像抽蠶絲，非常溫柔、非常巧妙，讓人被她左右了還覺得是她幫了個大忙。」

「真沒想到，你竟然變成怕老婆的丈夫，而且還樂在其中！」喬舉起雙手，一邊驚呼。

她很高興看到羅利挺起肩膀，以大男人的態度嗤笑回應她的嘲諷，擺出不可一世的態度說——

「艾美很有教養，不會做這種事，我也並非全然順從的男人。我們夫妻彼此尊重，所以永遠不會欺壓對方，更不會吵架。」

喬喜歡這個回答，覺得他的新派頭很帥氣，不過，男孩長大的速度太快，她的喜悅中帶著遺憾。

「我相信一定是這樣，艾美不會像我那樣和你吵架。就像《北風與太陽》的預言故事，她是太陽、我是北風，你記得吧？太陽更能讓旅人順從。」

「她雖然能像太陽一樣溫暖，但刮起風的時候也很嚇人。」羅利大笑。「我在尼斯被她狠狠訓了一頓。相信我，比以前被妳罵還可怕，有如當頭棒喝。以後我再說給妳聽——她永遠不會向妳提這件事，因為她說瞧不起我、以我為恥，結果卻把心交給那個欠罵的傢伙，還嫁給那個沒用的廢物。」

「她好凶喔！假使她欺負你，你就來找我，我會保護你！」

「我看起來像是需要保護的樣子嗎？」羅利站起來，突然從強勢的得意變成興高采烈的態度，因為外面傳來艾美的聲音——

「我親愛的喬在哪裡？」

全家人像支小軍隊一樣進門，所有人重新開始彼此擁抱、親吻，家人幾番堅持之後，三個旅人不得不坐下，讓他們興奮地仔細觀察。羅倫斯先生像之前一樣精神矍鑠、老當益壯，和其他人一樣因為出國旅遊而有所改進，老式的硬派作風變得溫和許多。他稱呼小夫妻為「我的孩子們」，並且對他們和藹微笑，讓大家感到很欣慰。更棒的是，艾美對他孝順敬愛，完全贏得老人家的心；最棒的則是羅利，他總是在這兩個人身邊轉來轉去，彷彿永遠看不膩這幅慈愛的畫面。

梅格一看到艾美，立刻察覺自己的衣裳沒有巴黎風格——羅倫斯少夫人讓莫法特少夫人顯得相形失色，「貴婦」果然變成最高雅優美的女性了。喬看著這對小夫妻，心裡想著「他們真是天造地設的一對！我的想法沒錯，羅利果然找到有美貌又有教養的妻子，比起粗枝大葉的喬，她更適合管理他的家，可以讓他以引為榮，而非引以為恥。」馬區太太和丈夫非常歡喜，互相微笑、點頭——因為小女兒嫁得很好，不只是得到世俗的富裕，更擁有取之不盡的愛、信任與幸福。

艾美的臉龐閃耀溫潤光彩，反映出她內心的平靜，她的語氣多了一種全新的溫柔，以前冷淡拘謹的儀態也變成賢淑端莊，既富有女性美也非常吸引人。沒有一絲矯揉造作，和善甜美的態度魅力十足，遠勝新有的美貌或舊有的高雅，因為現在一看就知道，她已經如願成為真正的淑女了。

「愛情讓我們的小女兒成長很多。」她母親溫柔地說。

「親愛的，因為她這輩子一直有個好榜樣。」馬區先生低聲回應，充滿愛意看著身邊妻子衰老的臉孔與灰白的頭髮。

黛西被「漂釀姨姨」迷得目不轉睛，像隻哈巴狗一樣，黏著這位和藹可親的貴氣夫人。戴米則是花了一些時間思考是否要接受新的親戚，但是一看到賄賂就立刻妥協，從伯恩遠道而來的木造熊熊家族實在太誘人。不過，羅利的側面進攻才是真正讓他投降的關鍵，因為他很清楚要怎麼收服他——

「小傢伙，我第一次有幸見到閣下的時候，你賞我的臉一拳，現在復仇的時機來了！」高大的姨丈立刻開始抱著他亂拋亂玩，雖然破壞了他小大人的沉著態度，卻討好了小男孩的好玩靈魂。

「感謝老天，她沒有用絲綢把自己從頭包到腳，看到她漂漂亮亮坐在那兒，可真是討人喜歡呀，以後大家都得稱呼小艾美『羅倫斯夫倫』了呢！」老漢娜嘀咕著，她忍不住一直從門縫「偷瞄兩眼」，餐具擺得亂七八糟。

老天爺，他們可真會聊！他們一個接一個講，然後所有人搶著一起講——想要在一個半小時內說完三年的故事。幸好茶水準備充足，讓他們可以偶爾停頓一下潤潤喉，要是任由他們一直講，每個人絕對都會聲音沙啞。大家魚貫走進小餐廳時多麼愉快！馬區先生自豪地挽著「羅倫斯夫人」，而馬區太太自豪地依偎在「我兒子」的臂膀上；老先生則是牽著喬，輕聲說：「從今以後，妳是我的小女孩了。」他看看壁爐前空無一人的座位，喬忍不住嘴唇顫抖，輕聲回答：「爺爺，我會盡量填補她的空缺。」

雙胞胎跟在後面蹦蹦跳跳的，感覺好時光即將到來——因為新來的親戚占據了大人的注意力，他們可以為所欲為、放肆享樂了，不要懷疑，他們絕對充分把握機會。他們偷喝茶、大吃薑餅，一人拿了一塊熱呼呼的比司吉，最後還不忘記順手牽羊，各自拿了一個美味的小甜塔藏在小口袋裡，沒想到竟然慘遭背叛，不但全碎掉，還把口袋弄得黏答答——他們學到，人性與糕點都非常脆弱！兩個小傢伙因為偷了甜塔良心不安，加上生怕「嬌嬌姨姨」銳利的眼睛會看穿棉紗和羊毛，發現他們身懷贓物，於是兩個小罪犯跑去黏著「公公」，因為他沒有戴眼鏡看不清楚。艾美像茶點一樣被傳來傳去，最後挽著羅倫斯爺爺的手臂回到客廳，其他人的配對依舊，如此一來，喬變得沒有伴了。她當下並不介意，因為她留在後面回答漢娜心急的詢問——

「艾美小姐以後會坐素輪馬車出門，用哪個家收藏的高級銀餐具粗飯？」

「就算她坐六匹白馬拉的車、用金餐具吃飯、每天戴鑽石首飾、穿手工蕾絲衣裳也不奇怪。泰迪認為給她用再好的東西也不為過。」喬非常滿意地回答。

「這樣就對了！明天早餐妳想粗魚丸還是薯餅？」漢娜問，明智地融合浪漫與現實。

「都行。」喬關上門，感覺這個時候不太適合聊食物。她站在原地片刻，看著大家上樓，當戴米的小短腿辛苦爬上最後一階，寂寞的感覺突然席捲而來，她淚眼婆娑看看四周，尋找可以依靠的人——因為就連泰迪也拋下她了。倘若她知道最棒的生日禮物就快到了，每一分鐘都越來越接近，她就不會對自己說：「等等睡覺的時候再哭一下好了，現在不適合感傷。」她伸手抹眼睛——她有許多男孩子氣的毛病，其中包括永遠不知道手帕在哪裡——她好不容易擠出笑容，這時大門傳來敲門聲。

她展現好客的態度，迅速地打開門，但立刻呆住，彷彿又有另一個幻影來嚇她——因為門外站著一位微胖的大鬍子男士，在黑暗中對她燦爛微笑，有如黑夜中的太陽。

「噢，巴爾先生，我真的好高興見到你！」喬大喊，急忙抓住他，彷彿擔心如果不快請他進來，他會被黑夜吞噬。

「我也很高興見到馬區小姐——」聽到樓上傳來跳舞的腳步聲，教授遲疑了一下。「不好意思，你們在宴客——」

「沒有，不是那樣——只是家人聚會。我的妹妹和妹夫剛從國外回來，我們大家都很開心。快請進，加入我們吧。」

儘管巴爾先生很喜歡交朋友，但原本他應該會客氣告辭，改天再登門拜訪，但喬迅速關上門，還搶走他的帽子，他怎麼走得了？或許她的表情也是部分原因，因為她看到他太過歡喜而忘記掩飾心情，她坦然展現的快樂，讓孤獨的男子難以抗拒，他做夢也想不到她會如此熱烈歡迎他。

「如果不會被當成不速之客，我很樂意見見大家。我的朋友，妳生病了嗎？」

「我沒有生病，只是疲憊又傷心。和你道別之後，我家發生了不幸。」

「啊，是，我知道！聽到噩耗的時候，我為妳感到非常心痛。」他再次握住她的手，流露滿滿的憐惜，喬覺得再多的安慰也比不上那雙善良眼眸裡的表情，以及那隻溫暖大手的緊握。

「爸爸、媽媽，這位是我的朋友，巴爾教授。」她的表情與語氣都藏不住得意歡喜，只差沒吹著喇叭以華麗的動作開門。

倘若陌生客人曾擔心主人會不高興，他們熱烈的歡迎也立刻讓他安心了。每個人都親切招呼他，一開始是看在喬的面子上，但很快就發現他非常討人喜歡。這也難怪，因為他有著能讓所有人敞開心房的魔力，這些單純的人立刻和他熱絡起來，知道他很窮之後更覺得親切——因為能夠超越貧窮的人生命更加豐富，也絕對能讓這些真心好客的人更快接納他。

巴爾先生坐著看看四周，一臉驚奇的表情，彷彿旅人敲了陌生人的家門，一打開卻發現回到了家。兩個孩子像看小蜜蜂看到蜜，黏著他不放，他們一人霸占一個膝頭，以童稚的膽大妄為翻他的口袋、扯他的鬍鬚。

女士們互相悄悄打暗號表達對他的讚賞，馬區先生終於找到同好，搬出他最精選的話題和客人暢談，約翰默默聽他們談話，樂在其中，但一句話也沒說，羅倫斯先生開心得睡不著。

若非喬整顆心都放在別處，她一定會覺得羅利的舉止很好笑，因為一股莫名的心情——並非嫉妒，而是猜忌——讓他一開始獨自站在旁邊，以兄長的態度審慎觀察他。不過沒有持續多久，他不由自主感到有趣，不知不覺被吸引進圈子裡，因為在如此和睦的氣氛中，巴爾先生能言善道，輕鬆展現出他的學識。他很少對羅利說話，但經常看著他，每次看到那個正值人生顛峰的青年，他臉上都會飄過陰影，彷彿遺憾自己不復青春。然後他的眼眸會惆悵地飄向喬，假使她看見了，一定會回答他默默發出的詢問。

然而，喬自己的眼睛已經忙不過來了，她擔心眼神會洩露祕密，便慎重注視手中正在織的小襪子，有如模範老小姐阿姨。

她不時偷瞄他一眼，感覺彷彿在漫天風沙中走了很遠的路，終於喝到一口清涼的水，因為她斜眼偷看時發現了許多好跡象。巴爾先生的表情不再迷糊，而是活力十足地專注在這一刻——甚至感覺年輕又英俊呢，她想著，卻也忘了要拿他和羅利比較，平常遇到不認識的男性，她都會這麼做，只是和羅利一比，對方往往很吃虧。

他似乎相當興致高昂，儘管談話方向不知不覺飄向古代喪葬習俗，這種話題很難炒熱氣氛。看到羅利在爭論中落下風，喬散發出得意的光彩，她看著父親專注的神情，心中想著：「若是能有像我的教授這樣的人每天陪他談天，他一定會非常高興！」最後她發現，巴爾先生穿著全新的黑色西裝，讓他顯得更有紳士派頭。他濃密的頭髮剪短之後梳得很平整，可惜沒有維持多久，因為他只要一激動，就會像以前那樣用好笑的動作亂撥頭髮，比起平整的髮型，喬比較喜歡這種亂翹的模樣，因為這樣他好看的前額會有種像宙斯的感覺。可憐的喬！如此美化這個平凡的男子，雖然她只能靜靜坐在一旁編織，但所有細節都沒逃過她的法眼——她甚至發現巴爾先生乾淨無暇的袖口戴上了金袖扣。

「親愛的老朋友，他費了很大的心思打扮，簡直像要來追求哪位小姐的芳心呢。」想到這裡，一個突然冒出的念頭讓她羞紅了臉，她不得不故意把毛線球弄掉，藉由撿拾的動作藏起臉龐。

然而這一招沒有想像中成功，因為就像好比拋下火把點燃火葬堆一般，教授的內心也燃起烈焰，急切地彎腰想撿那顆藍色毛線球。當然他們的頭重重互撞，兩人都眼冒金星，一起滿臉通紅大笑著站起來，沒有撿到毛線球，各自回到座位上，懊惱剛才不該離座。

沒有人知道那天晚上的時間怎麼會過得那麼快，兩個孩子打著瞌睡搖頭晃腦，有如兩朵紅潤的罌粟花，漢娜早早以高明的手段哄他們去睡覺，羅倫斯先生回家休息。其他人圍坐在壁爐前談天說地，完全沒察覺時間流逝，直到梅格的母性憂慮讓她覺得黛西肯定滾下床、戴米一定拿起火柴研究結構之後決定放手一試，結果燒著睡衣。

「難得所有人重新齊聚一堂，我們像以前那樣唱歌吧。」喬認為大聲唱歌有助於發洩她靈魂中歡喜的情緒，而且十分安全。

並非所有人都在，但沒有人覺得她這句話少根筋或不真實，因為貝絲彷彿依然與他們同在——祥和的存在——雖然無形，但比之前更加親愛。愛讓這家人的感情堅若磐石，就連死亡也無法破壞。那張小椅子依然在原來的位子，整齊的針線籃仍放在架上的固定位置，就連她拿不動針而沒做完的女紅也還在裡面；她心愛的鋼琴，雖然現在很少彈奏，但仍安放著。最重要的是，貝絲的肖像掛在牆上，臥病早期安詳微笑的臉龐看著他們，彷彿在說，「盡情歡樂吧！我在這裡。」

「艾美，去彈首曲子，讓大家聽聽妳進步多少。」羅利的態度雖然太過自滿，但情有可原，因為他深深以傑出學生為榮。

但艾美轉動老舊的琴凳，含淚低聲說——

「今晚不行，親愛的，今晚我沒辦法炫耀。」

但她呈現出的東西比高超琴藝更美好，她唱了貝絲喜歡的歌，她的歌聲如此溫柔悅耳，就連一流大師也無法傳授，觸動了聆聽者的內心，沒有其他啟發能給予這麼甜美的力量。唱到貝絲最愛的誦歌最後一句時，她唱不下去了，整間客廳陷入寂靜。要唱出這句歌詞實在太難——

「人間的一切傷痛，天堂都能治癒。」

幸好她的丈夫就站在身後，艾美依偎在他胸前，感覺少了貝絲的吻，這場洗塵慶祝不夠完美。

「好，最後來唱歌劇《迷孃》裡的《問君可知此地》，因為巴爾先生會唱。」喬急忙說，以免沉默變得太痛苦。巴爾先生誇張地清清嗓子，走向喬站著的角落說——

「跟我一起唱吧，我們的聲音很合。」

這當然只是討她歡心的謊言，因為喬的音樂造詣和蟋蟀差不多。不過，就算他要求一起唱一整齣歌劇，她也會樂意配合，她開懷放聲高歌，完全不管節拍與音調。其實無所謂，因為巴爾先生的歌聲德國味十足，宏亮悅耳；喬很快就放棄合唱只是跟著小聲哼，這樣她才能細細品味那彷彿只為她一人而唱的溫柔歌聲。

汝可知曉香橼花盛放之地。

這句是教授最喜歡的歌詞，因為對他而言，「那地方」就是德國。然而，現在他似乎另有想法，以格外深情婉轉的聲音唱出這句——

那兒，那兒，噢，我的愛人，能否與汝一同前往？

如此柔情的邀請讓一位聽眾深受感動，她好想說她知道歌裡說的地方在哪裡，只要他願意，她隨時樂意與他一同前往。

大家都覺得唱得很好，教授在眾人的稱讚中害羞地回到原位。然而幾分鐘後，他徹底忘記禮儀，呆望著艾美戴上軟帽——因為剛才介紹的時候，喬只簡單說她是「我妹妹」，他加入之後也沒有人用她的新姓氏稱呼她。接下來他更是徹底忘乎所以，因為羅利前來告辭，以最優雅的氣派說——

「教授，能夠認識你，我們夫妻感到非常榮幸。我們就住在隔壁，永遠歡迎你造訪。」

教授無比熱烈地道謝，表情突然變得歡天喜地，羅利覺得他真是個熱情洋溢的老好人。

「我也該走了，不過倘若夫人允許，我很希望能再次來訪，因為我必須留在這裡幾天，在城裡處理一些小事。」

他雖然是對馬區太太說話，但一直看著喬。母親語氣和悅表示歡迎，女兒的眼睛也說出同樣的話。因為儘管莫法特太太說她不會為女兒打算，但其實馬區太太自有想法。

送走最後一位客人之後，馬區先生站在壁爐前的小地毯上，心滿意足地說：「我猜他應該很有智慧。」

「我知道他是個好人。」馬區太太全然讚賞地說，一邊幫時鐘上發條。

「我就知道你們會欣賞他。」喬說完這句就溜回房間了。

她很想知道，巴爾先生是為什麼事而來，瞎猜許久之後，斷定他一定得到了很大的榮譽，只是太謙虛所以沒有說出來。

倘若她能看到他回到房間之後的舉動，這個謎團一定很快就能解開了：他拿出一張照片看著，裡面的人物是一位正經八百的年輕女子，髮量豐厚，眼神彷彿陰森望著遠方的未來。然而，最明顯的暗示，則是他熄掉煤氣燈後，在黑暗中吻一下那張照片。

21 老爺與夫人

第二天，羅利來到馬區家，發現羅倫斯夫人坐在媽媽的腿上，彷彿又變回一個小孩。「拜託，母親大人，可以將妻子還給我半小時嗎？行李到了，我在找一樣東西，把艾美的巴黎高級時裝翻得亂七八糟也找不到。」

「沒問題，快去吧，親愛的，我忘記妳還有另一個家了。」馬區太太按住那隻戴著婚戒的手，彷彿為了霸占女兒道歉。

「我也不想跑來打擾妳們母女團聚，但我真的沒辦法，我需要我的小女人，就像——」

看到他停下來微笑，喬幫他一把，「像風向雞不能沒有風？」自從泰迪回來之後，喬找回了以前的調皮活力。

「對極了，大部分的時間，艾美總是引導我朝著西邊，有時候會往南邊過去。自從結婚後，我再也沒有轉向東邊，對北邊更是一無所知，不過，整體而言這陣風清新宜人——對吧，夫人？」

「目前氣候相當不錯，我不確定能維持多久，不過就算有暴風雨我也不怕，因為我正在學習如何操縱我的船。親愛的，我們回家吧，我幫你找脫靴器。你把我的東西翻得亂七八糟，應該就是在找這個吧？媽媽，男人真是沒救了。」艾美端起主婦的架子，逗得她丈夫樂呵呵。

「安頓好之後，你們有什麼打算？」喬幫艾美扣好斗篷，就像以前幫她扣背心圍裙一樣。

「我們自有計畫，只是目前還不想多說。很多事情我們還是新手，但我們不會遊手好閒。我要認真投入經營事業，讓爺爺開心，證明給他看我沒有被寵壞。我需要這樣的目標讓我發奮圖強，我不想繼續鬼混度日，我要拿出男人的樣子，認真工作。」

「那艾美要做什麼呢？」馬區太太問，羅利的決定與他展現的充沛活力，在在令馬區太太十分欣慰。

「我們要先去把親朋好友鄰里都辦訪一圈，展示一下最漂亮的帽子，接下來我們要在家裡招待最上流的賓客，妳們看到了，一定會非常驚訝。我們會吸引非常出色的社交名流，造福整個世界，差不多就這樣吧，社交女王？」羅利用眼神詢問艾美。

「到時候就知道了。我們走吧，傲慢的壞蛋，別在家人面前給我亂取綽號，會嚇到他們。」艾美下定決心，要先成為賢妻經營幸福的家庭，然後再以社交女王的姿態設立歐風時尚沙龍。

「那兩個孩子在一起感覺真幸福！」馬區先生說，小夫妻離開後，他發現有點難以專注閱讀亞里斯多德。

「是啊，我認為他們會一直幸福下去。」馬區太太附和，神情如釋重負，彷彿引領船隻安全入港後的領航員。

「我相信一定會，艾美真幸福！」喬嘆息，但轉眼又露出燦爛笑容，因為巴爾教授迫不及待地推開柵門進來。

那天晚上，找到脫靴器之後終於安心的羅利來找妻子，她正忙著找地方陳設新買的藝術寶物——

「羅倫斯夫人。」

「老爺。」

「那個人想娶我們的喬！」

「我十分樂見，難道你反對？」

「親愛的，我認為他是個沒話說的大好人，各方面都是如此，但我希望他年輕一點、富裕很多。」

「真是的，羅利，不要那麼吹毛求疵、嫌貧愛富。只要他們彼此相愛，年紀和財力都不重要。女人絕對不該為了錢結婚——」話才剛說出口，艾美驚覺不對，轉頭看丈夫，他以討人厭的正經態度說——

「那是當然，不過，難免還是會有一些漂亮的年輕小姐打算要這麼做。如果我沒有記錯的話，妳曾經認為嫁入豪門是妳的責任；這樣一想，難怪妳會嫁給我這種廢物。」

「噢，我最親愛的男孩，不要說那種話！我答應求婚的時候忘記了你很有錢。就算你一文不名，我一樣會嫁給你，有時候我真希望你很窮，這樣我才能證明我有多愛你。」艾美在人前總是非常端莊，但私下十分熱情，立刻以行動證明她所言不虛。

「你該不會以為我還像從前那樣唯利是圖吧？就算你得在湖上划船討生活，我也願意和你同舟共濟，要是你不相信，那就太傷我的心了。」

「我難道是那種沒大腦又沒良心的人嗎？我當然不會那麼想，妳為了我拒絕了更有錢的人，而且即使現在我有權把一切分給妳一半，妳還不肯收呢。每天都有很多女孩為了錢結婚，她們從小受的教育讓她們以為這是唯一的活路，但妳受的教育比她們好多了，雖然我有一陣子很擔心，但妳不曾讓我失望，身為女兒的妳確實遵守媽媽的教誨。昨天我告訴媽媽這件事，她非常欣慰、非常感激，簡直像我給了她面額一百萬的支票，讓她隨意拿去做善事。羅倫斯夫人，我在分享重要的道理，妳有沒有在聽？」羅利發現艾美雖然看著他的臉，但眼神心不在焉。

「我在聽，同時也在欣賞你下巴的小酒窩。我不想讓你太驕傲，不過我必須承認，我以丈夫的英俊容貌為榮，勝過你的所有金錢。別笑——你的鼻子讓我感到很安慰。」艾美以藝術家心滿意足的態度，摸摸那個高挺的鼻子。

羅利這輩子經常受人讚美，但這個最合他的心意，不過，他還是取笑了一下妻子的特殊癖好，她欲言又止地說——

「親愛的，我可以問一件事嗎？」

「當然可以。」

「假使喬嫁給巴爾先生，你會介意嗎？」

「噢，原來妳在煩惱這個？我還擔心是我的酒窩是否讓妳不滿意呢。我不會因為自己得不到就妨礙別人，我會以最快樂的心情祝福他們，我保證，我會在喬的婚禮上跳舞，心情和舞步一樣輕快。我的愛，妳懷疑嗎？」

艾美抬頭看他，心中很滿足，最後一絲醋意也永遠消失了。她道謝，表情洋溢愛與信任。

「那一位老教授人真的很好，真希望我們能為他做點什麼。不然，我們捏造一個有錢的親戚好了，親戚剛好在德國死得很是時候，然後就留給他一小筆的財產？」羅利說，他們挽著手在長長的會客室來回走動，他們很喜歡這樣，因為能讓他們回味在城堡花園的時光。

「喬會識破我們的計畫，搞砸一切。她非常以他為榮，就算窮也無所謂，昨天她才說貧窮很美。」

「祝福她的心靈，等到結婚之後，老公整天只會研究文學，還得養一大群小教授，她就不會這麼想了。現在我們先不要插手，等待時機，在他們最無法拒絕的時候給他們一份大禮。我能完成學業有一部分要歸功於喬，她認為做人應該有恩必報，到時候我就拿這句話堵她。」

「幫助別人真的是件快樂的事，對吧？這一直是我的夢想，有能力可以盡情給予。多虧有你，我的夢想成真了。」

「啊，我們會做很多好事，對吧？有一種窮人我特別想幫助。擺明是乞丐的人會得到照顧，但貧窮的紳士生活很苦，因為他們不會開口乞討，人們也不敢隨便施捨。其實有千百種方法可以幫助他們，重點在於要很謹慎，不能冒犯他們。我得說，我寧願幫助落魄的紳士，也不想施捨給諂媚的乞丐。這樣好像不太對，但我真的這麼想，只是比較難做到。」

「因為只有真正的紳士才能做到。」家人崇拜協會的另一位會員跟著說。

「謝謝，我擔心配不上妳的美言。不過，我想說，在國外散漫度日的那段時間，我看到許多才華洋溢的年輕人，為了實現夢想而做出各種犧牲、忍受各種困苦。他們真的很傑出，有些人不辭勞苦工作，貧窮又沒有朋友，但是心中充滿勇氣、耐性與壯志，他們讓我自慚形穢，我想拉他們一把。幫助這些人會帶來很大的成就感，因為他們擁有天賦，能夠為他們服務是一種榮幸，讓他們不會因為困苦而導致無法發揮天賦或錯過最好的時光。倘若他們沒有天賦，那麼，在他們探索的過程中，給予那些可憐人支持和安慰，讓他們不至於絕望，這樣也不錯。」

「確實如此，還有另外一種人不會開口求助，只會默默受苦；我很瞭解，我也曾經像她們一樣，幸好你把我變成王后，就像童話故事裡國王迎娶貧窮少女。羅利，志向遠大的女孩生活很辛苦，往往因為無法在對的時間得到幫助，只能眼睜睜看著青春、健康與珍貴的機會流逝。我得到很多人的幫助，每當我看到像我們以前那樣困苦的女孩，我總是想伸出援手，就像以前我受到幫助那樣。」

「妳真是個天使，盡情幫助她們吧！」羅利散發慈善的大愛，決心要出錢出力建立一所機構，幫助有藝術天分的年輕女性。「富有的人沒資格坐著享福，也不該積聚財富讓別人揮霍。死後留下大筆遺產並不明智，不如趁在世的時候妥善運用，造福世人。我們自己也會得到許多喜悅，而大方分享幸福的滋味，更能讓我們的快樂錦上添花。妳願意像耶穌的門徒多卡一樣嗎？拎著裝滿物資的大籃子分送給需要安慰的人，然後在空籃子裡裝滿善行。」

「我衷心願意，只要你願意像勇敢的聖馬丁一樣，騎著駿馬遊歷世界時，看到貧困乞丐而停馬割下一半的斗蓬送給他。」

「這個交易非常划算，我們會是獲益最多的人。」

這對年輕夫妻握手達成協議，然後繼續愉快地來回踱步。因為他們希望為其他家庭帶來光明，所以感覺他們的家將會更幸福愉快；相信只要為其他人將崎嶇路面鋪平，他們也將會昂首闊步走在開滿鮮花的康莊大道上。兩顆溫柔的心沒有忘記照顧不幸的人們，因而感情更加緊密。

22 黛西與戴米

既然我身負記載馬區家歷史的使命，當然至少要花一章的篇幅講講這個家中最寶貝、最重要的兩位成員。黛西與戴米已經到了能判斷好惡的年紀了，因為在這個凡事講求迅速的年代，就連三、四歲的幼兒都懂得主張權利，並且一定要得到，很多大人反而做不到。天底下最可能被寵壞的一對雙胞胎，絕對就是布魯克家這兩個愛講話的孩子。

當然，他們是有史以來最出色的寶寶，八個月就會走路、周歲就能流利說話，兩歲他們就上餐桌吃飯，規規矩矩的模樣非常得人疼。三歲時，黛西吵著要「針針」，而且還真的做出一個小袋子，雖然只縫了四針；她在邊櫃旁當起小小主婦，在迷你廚具組上展現的烹飪實力，令漢娜自豪到熱淚盈眶，戴米和外公學習字母，他發明了新的教學方式，用手臂和腿擺出字母的形狀——如此一來，不只可以動腦，也可以運動身體。戴米很早就發展出機械天分，讓父親非常開心、母親非常操心，因為他看到任何機器都想仿製，搞得育兒室一片狼藉。他製造出一台「紅楞機」，用細繩、椅子、曬衣夾、線軸拼湊出神祕物體，要讓輪子「轉呀轉」；另外一個掛在椅背上的籃子，他想用來載黛西，她對戴米太有信心，以女性的奉獻精神，讓小腦袋一直被撞到，直到大人趕來救她，小小發明家憤慨地說：「媽媽，為什麼？那是偶的『森講機』耶，偶要把她拉上去。」

儘管個性差異很大，但這對雙胞胎感情非常好，一天很少吵架超過三次。當然，戴米像霸王一樣主宰黛西，別人想欺負她的時候又會變成英勇武士保護她；黛西自願當奴隸，崇拜著哥哥，認為他是世上最完美的典範。黛西是個紅潤、圓胖又開朗的小寶貝，總能輕易鑽進別人的心裡，賴著不出來。她是那種很討喜的孩子，總是讓人忍不住想親親抱抱，像小女神一樣受到眾人傾慕寵愛，在各種節慶場合上接受各方讚頌。她有許多可愛的小優點，幾乎像個小天使，不過，一些小小的淘氣行為讓她更像個逗趣的小凡人。她的世界永遠是好天氣，每天早上她都會穿著睡衣爬上窗台，無論晴雨她都會說，「噢，顛氣真好、顛氣真好！」所有人都是她的好朋友，她慷慨給予陌生人親吻，就連最死硬的單身漢也會動容，而喜愛寶寶的人更是成為她的忠實仰慕者。

「偶愛手有人。」她曾經這麼說過，大大張開雙手，一手拿著湯匙、一手拿著杯子，彷彿等不及想擁抱、滋養整個世界。

隨著她漸漸長大，她母親開始感覺到，以後斑鳩窩會因為這個充滿愛的祥和小人兒而滿是福氣，就像以前娘家也因為這樣的一個人而洋溢喜樂，貝絲的死讓他們發現原來家中一直有個天使，只是他們視而不見，梅格希望她不會也失去這個小天使。外公經常口誤叫她「貝絲」，外婆總是不厭其煩地照顧她，彷彿想彌補過去的錯誤，雖然除了她自己誰也看不出到底有何缺失。

戴米擁有正宗的美國性格，喜歡探索，想要知道所有事情，總是把「為什麼」掛在嘴上，也會因為得不到滿意回答而氣惱。

他也擁有哲學天分，這讓外公非常開心，經常和他進行蘇格拉底式的對話。這位早熟的學生偶爾會讓老師非常得意，不禁流露出宛如婦女的滿足神情。

「外公，偶的腿為什麼會動？」一天晚上，結束睡覺前的遊戲之後，年輕的哲學家深思觀察那兩個身體部位的動作，如是大哉問。

「戴米，是因為你的心智在操縱。」智者回答，敬重摸摸那顆長滿金髮的頭。

「什麼是『心字』？」

「那是讓你的身體能動的東西，我之前不是給你看過我的懷錶嗎？就像裡面的彈簧帶動齒輪一樣。」

「把偶打開，偶想看裡面是怎麼動的。」

「我不能打開身體，就像你不能打開手錶一樣。上帝幫你上好發條，你就會一直運轉，直到主要你停止。」

「真的嗎？」戴米吸收這個新想法，棕眸變得更大更明亮。「ㄖ以像懷錶一樣上發條？」

「對，可是我沒辦法讓你看是怎麼弄的，因為那是在我們看不見的時候進行的事。」

「上帝是在偶睡覺的時候弄的嗎？」

外公仔細解釋，他實在太用心聆聽，以致於外婆焦慮地說——

「親愛的，和寶寶說這種事情，你真的覺得沒問題嗎？他的眼睛都快爆出來了，以後一定會問一堆沒辦法回答的問題。」

「既然他已經長大會發問了，就該知道真正的答案。我並不是把想法灌輸進他的頭腦，而是幫助他打開原本就存在的想法。小朋友比我更有智慧，我相信這孩子聽得懂我說的每句話。戴米，告訴我，你的心智存放在哪裡？」

就算這孩子像阿爾西比亞德斯[20]一樣說，「諸神啊，蘇格拉底，我實在不知道。」他外公也不會太驚訝。不過，這孩子用單腳站了片刻，彷彿冥想的小鸛鳥，然後以平靜堅信的語氣說，「在肚肚裡。」老外公只能和外婆一起哈哈大笑，結束這堂形上學課程。

幸好，這孩子雖然像剛萌芽的哲學家，但也經常表現出普通小男孩的模樣，否則他媽媽一定會擔心死了。每次漢娜聽到他和外公討論哲學，她就會陰森地點頭

20 Alcibiades，雅典傑出的政治家、演說家和將軍。

做出預言。「這孩子不屬於這個世界，所以不會待太久。」話才剛說完，她的恐懼就立刻平息，因為他一轉身就跑去惡作劇，這些髒兮兮的可愛淘氣小壞蛋，總愛做些讓父母氣瘋又笑瘋的事。

梅格制訂了很多規矩，努力讓他們遵守。然而，媽媽永遠贏不了孩子，因為那些小大人早已像狄更斯筆下的小扒手道齊一樣精通各種招數，詭計多端、託辭隱遁、厚顏無畏。

「戴米，不准再吃葡萄乾，你會肚子痛。」媽媽告誡這位小人兒，每次只要遇到做果乾布丁的日子，他就一定會出現在廚房號稱要幫忙。

「偶喜歡肚子痛。」

「我不希望你肚子痛——黛西在做小蛋糕，你快去幫忙。」

他不甘願地離開，但這個委屈像石頭一樣重重壓在他心頭，過了一段時間，他終於有機會扳回一成，提出一個奸詐的交換條件讓媽媽上當。

布丁安全地在鍋中滾煮，梅格帶著兩個小助手上樓。「你們剛才很乖，所以我陪你們玩，想玩什麼遊戲都行。」

「真的嗎，馬麻？」戴米問，強大的頭腦生出一個好主意。

「真的，只要你說出來都可以。」短視的媽媽回答，以為他會要她連續唱「三隻小貓」六次，或是不管颳風下雨都帶他們出去「買一分錢小麵包」。沒想到，戴米竟然用一句話讓她陷入窘境——

「那偶們去吃光所有葡萄乾。」

「嬌嬌阿姨」是雙胞胎最好的玩伴，他們的祕密也都會告訴她，三個人經常一起把家裡搞得天翻地覆。對他們而言，「艾美阿姨」只是個名字，而貝絲阿姨早已變成模糊的歡樂回憶，但「嬌嬌」是活生生的現實人物，他們盡情和她一起玩耍——她認為這是莫大的榮幸，非常感激。然而，巴爾先生一出現，喬就把她的小玩伴扔在一邊，他們的小心靈便蒙上沮喪淒涼的陰影。黛西最喜歡到處兜售親吻，但她的大客戶不再光顧，害她破產倒閉；戴米以幼童獨特的敏銳，發現嬌嬌比較喜歡和「大熊叔叔」一起玩，不想和他玩；不過，儘管他很受傷，卻極力隱藏痛苦，他實在不忍心苛責這位敵人，因為他的口袋裡有取之不盡的巧克力，而且懷錶還可以從殼裡拆出來，讓狂熱的愛好者盡情把玩。

或許，有些人會認為這樣的縱容是賄賂，但戴米可不這麼想，依然以憂傷但親切的態度找「大熊叔叔」玩。他第三次登門造訪時，黛西就將小小的愛心獻給他，他的肩頭成為她的寶座，他的懷抱成為她的避風港，而他的禮物成為無比珍貴的寶物。

有些男士在追求心儀的小姐時，會特別討好她們的年幼親戚，不過這種虛情假意往往很不自然，完全騙不過任何人。然而，巴爾先生並非刻意討好，而是真心喜歡孩子，但效果一樣好——因為在法庭上，誠實是上策，在感情裡也一樣，他是真的很喜歡和孩子相處的男人，當孩子的小臉和他的成熟臉龐並排時，對比的效果讓他顯得格外迷人。無論他到底是為了處理什麼事務而來，總之，白天他都忙得不見人影，不過一到傍晚，他總會上門來拜訪——呃，他每次都號稱要找馬區先生，那就姑且相信他是為他而來吧。博學的爸爸也信以為真，於是每次都和這位志同道合的朋友開心聊上很久，直到有一天，觀察力比他更敏銳的孫子說了一句話，終於點醒了他。

一天傍晚，巴爾先生正要走進書房，眼前的景象卻令他大為錯愕。馬區先生躺在地上，可敬的雙腿高舉在半空中，旁邊的戴米一樣躺著，穿著大紅長襪的小短腿努力模仿外公可敬的模樣，祖孫倆太認真投入，完全沒察覺有人在看，直到巴爾先生發出宏亮的笑聲，喬一臉驚慌，大喊——

「爸爸、爸爸，教授來了！」

裹在黑長褲裡的腿放下，滿是白髮的頭出現，字母教師完全不覺得丟人，秉持一貫的莊重說——

「你好，巴爾先生。請稍等一下——我們的課快要上完了。好了，戴米，比出那個字母，然後唸出來。」

「我知道這個。」經過一番快要抽筋的努力之後，那雙穿著紅長襪的短腿做出像一對指針的姿勢，聰明的學生得意大喊：「是威[21]，外公，是威！」

「他天生就很威喔。」喬大笑，她的父親從地上站起來，外甥則試著倒立，只有這種方式才能表達他的歡喜，終於可以下課去玩了。

21 小朋友口齒不清，V的發音成了類似「威」的發音。

巴爾先生抱起小小的體操選手。「小寶貝，你今天做了什麼？」

「我去找小瑪麗了。」

「你去找她做什麼？」

「我親她。」戴米毫不害羞地坦率說出。

「哎呀！你這麼早就喜歡女生啊。你親了她之後，小瑪麗說什麼？」巴爾先生繼續聽小小罪人的告解，他站在他膝頭，挖掘背心口袋裡的寶物。

「噢，她很喜歡，她也親我了，我很喜歡。小男生不是應該喜歡小女生嗎？」戴米追問，嘴巴塞滿巧克力，表情心滿意足。

「你這個早熟的小鬼——是誰讓你的小腦袋裝滿這些玩意？」喬問，她和教授一樣，覺得他天真的自白很有趣。

「不是我的腦袋，是我的嘴嘴。」小戴米回答，伸出舌頭秀出上面的巧克力——以為她說的是糖果，而不是想法。

「小傢伙，你應該留一點給那位小女生，讓她嘴甜心也甜。」巴爾先生給了喬一些，他的眼神讓喬不禁懷疑，神話中眾神飲用的瓊漿玉液，難道就是巧克力。戴米也看到那個笑容，感到十分佩服，天真無邪地問——

「授授，大男生也會喜歡大女生嗎？」

就像小時候的華盛頓一樣，巴爾先生完全不會說謊，於是他給了有些含糊的回答，說他相信有時候也會，他說這句話的語氣讓馬區先生放下清理衣服的刷子，瞥一眼喬躲開的臉，然後沉沉在椅子上坐下，彷彿那個「早熟的小鬼」把一個既甜又酸的想法放進了他的腦袋。

半個小時後，發生了一件令戴米困惑的事。嬌嬌抓到躲在瓷器櫃裡的他，不但沒有罵他，反而緊緊擁抱他，新奇的事還不只這一樁，她甚至給了他一份出乎意料的禮物，切了厚厚一大片麵包，並抹上果醬。戴米的小腦袋始終想不通，這個謎團只能永遠無解了。

23 傘下定情

羅利與艾美在家中踩著絲絨地毯攜手踱步，整理房子，規劃美好的未來。於此同時，巴爾先生與喬正在享受截然不同的散步，踏著爛泥與積水的田野。

「每天快到傍晚時，我都會去散步，這本來就是我的習慣，現在只不過總是會在路上遇到巴爾教授，我沒理由放棄。」遇到教授兩、三次之後，喬這麼對自己說。儘管去梅格家的路有兩條，但無論她走哪一條，絕對都會遇見他，不是正要離開就是正要回來。

每次他都走得很快，而且總是要等到很接近的時候才會發現她，彷彿他的近視眼直到那一刻才認出迎面而來的女士。倘若她要去梅格家，他一定剛好有東西要給雙胞胎；假使她往回家的方向走，他就會說他只是散步來河邊看看，正打算去她家，除非他太常叨擾已經讓他們厭煩了。

在那種情勢下，喬當然只能以文明的態度表示歡迎，邀請他進家門。就算她真的覺得厭煩了，她也掩飾得很完美，而且不會忘記要準備咖啡待客，「因為費德利希——不對——巴爾教授不喜歡喝茶。」

到了第二個星期，大家都很清楚是怎麼回事了，只是每個人都裝作完全沒發現喬表情的變化——從來沒人問她為什麼工作的時候會唱歌，每天整理三次頭髮，傍晚這麼勤勞去散步。他們也都假裝沒有發現，巴爾教授和父親談論哲學時，其實也在給女兒上一堂愛情的課。

就連交出自己的心，喬也無法以柔順的方式進行，反而頑固地想要熄滅愛火，因為她怎樣也辦不到，所以變得總是很焦慮不安。以前她太堅持要獨立自主，現在卻全面投降，她很怕會被嘲笑。她最擔心羅利會笑她；不過幸好有艾美的管教，他莊重的表現令人讚賞，從不曾在公開場合稱呼巴爾教授「老好人」，從不曾揶揄喬外表的改變，就算幾乎每晚都看見教授的帽子擺在馬區家門廳桌上，他也不表示半點驚訝。但他私下偷偷興奮得要命，等不及想送給喬一塊門牌，上面畫著一隻大熊和一支歪扭的木杖，一定非常適合當他們的家徽。

連續兩個星期，教授像一位癡心的戀人每天固定報到，但接下來卻連續三天不見人影、音訊全無——這樣的狀況讓所有人都一臉嚴肅，喬開始顯得心事重重——唉，戀情危急——然後變得暴躁易怒。

一個無趣的午後，她心灰意冷地望著柵門，穿上衣物準備照慣例出門散步，她在心中對自己說：「他一定是受夠了，所以突然跑回家，就像當初突然跑來一樣。當然，我不在乎，只是我以為他會展現紳士風度，來向我們道別。」

「親愛的，妳最好帶把傘，好像要下雨了。」母親說，發現喬戴上了新帽子，但沒有點破這件事。

「好，媽咪，我要去鎮上買紙，要順便幫妳帶什麼嗎？」喬對著鏡子繫好帽帶，在下巴底綁個蝴蝶結，作為不看母親的藉口。

「好，我要一點斜紋棉布、一包九號針、兩碼的窄版紫色緞帶。妳有沒有穿靴子？斗蓬底下的衣服夠不夠暖？」

「大概吧。」喬心不在焉地說。

「要是剛好遇到巴爾先生，帶他回來喝茶，我很想看到親愛的朋友。」馬區太太接著說。

這句話喬聽得很清楚，但沒有回答，只是吻一下媽媽，然後快步出門，儘管心如刀割，依然滿懷感激——

「媽媽對我真好！沒有媽媽的女生，該怎麼度過人生的難關？」

她應該要去雜貨店才對，卻跑去另一區，那裡聚集了會計事務所、銀行、批發行，會來這裡的主要都是男士，但喬一樣東西都沒買，就發現自己來到這裡，徘徊流連，彷彿在等誰出現，她研究一個櫥窗裡的工程工具、另一個櫥窗裡的羊毛樣品，流露出女性不該有的高昂興致；踢到桶子差點跌倒，差點被大捆貨物淹沒，忙碌的男人把她推來推去，臉上的表情彷彿在想「這個女的怎麼會跑來這裡」。一滴雨水落在她的臉頰上，讓她暫時放下破滅的希望，想起緞帶打濕後會壞。

雨越下越大，雖然她失戀了，但依然是個女人，既然已經來不及拯救她的心，至少要救救她的新帽子。現在她才想起剛才出門太匆忙，忘記拿傘，但現在後悔也沒用，只能去借傘，不然就得淋雨。她抬頭看看天，雲層很厚，再看看大紅蝴蝶結，上面已經出現沾到水的黑點了，前方的街道一片泥濘，最後她回過頭看著一間髒兮兮的批發行，門上寫著「霍史聯合公司」，她以嚴厲的語氣責備自己——

「算我活該！穿上最好的衣服，在這裡走來走去，希望能見到教授。我能怪誰？喬，我以妳為恥！不，不准去借傘，也不准去找他的朋友打聽他的下落。快點走吧，淋雨去買東西。假使妳生病死掉，帽子也毀掉，都是妳自找的。快走吧！」

想到這裡，她衝動地跑向馬路另一頭，差點被路過的貨車撞到，然後一頭撞上一位莊重的老先生，他說：「真抱歉，小姐。」但表情非常不悅。喬的衝動熄滅了，她急忙站直，用手帕遮住受苦受難的蝴蝶結，將誘惑拋在腦後，快步前進，腳踝周圍越來越濕，不停被別人的雨傘戳到頭。她發現有一把略顯破舊的藍色雨傘一直不動，遮住她被淋濕的帽子，她抬起頭，發現巴爾先生低頭看著她。

「在眾多馬匹之間，我看到一位頑強女士奮勇前進，踩著爛泥走得好快，我感覺好像認識她，所以就過來了。我的朋友，妳在這裡做什麼？」

「買東西。」

巴爾先生微笑，看看街道兩旁，一邊是醃菜工廠，另一邊則是皮貨批發行，但他只是彬彬有禮地說——

「妳沒帶傘，我可以一起去嗎？幫妳拿東西。」

「好，謝謝。」

喬的臉頰像緞帶一樣紅，她很想知道他怎麼看待她，但她不在乎，因為很快她就和她的教授挽著手一起走，感覺彷彿輝煌燦爛的陽光突然出現，整個世界又恢復正常了，儘管腳下踩著水，但她快樂無比。

「我還以為你已經走了。」喬急忙說，因為她知道教授在看她——她的帽子不夠大，遮不住臉，她擔心歡喜的表情會讓他覺得不夠含蓄。

「你們家的人對我這麼好，妳當真以為我會不告而別？」他語帶責備，她擔心說錯話惹惱他，於是急忙誠摯地說——

「沒有，我當然不會那麼想，我知道你一定在忙自己的事，不過我們相當想念你——尤其是我父母。」

「妳呢？」

「我隨時樂意見到你，教授。」

喬太急著想保持語氣冷靜，矯枉過正而顯得冷漠，最後那個冷冰冰的稱謂，似乎讓教授心寒了，他的笑容消失，嚴肅地說——

「謝謝，我離開之前會最後再去拜訪一次。」

「那麼，你真的要離開了？」

「我已經沒有理由留在這裡，全都結束了。」

「希望一切順利？」喬問，因為他的簡短回答流露苦澀與失望。

「可以這麼說吧，因為我得到一個新機會，可以賺到足以生活的收入，也可以幫助我的兩個小外甥。」

「請快點告訴我！我很想知道——兩個孩子的狀況。」喬熱切地說。

「妳真好心，我很樂意告訴妳。我的朋友幫我在大學找到一份教職，就像以前在故鄉那樣教學，收入足以讓法蘭茲和埃米爾過舒適的生活。光是這一點我就應該感激不盡了，對吧？」

「確實沒錯！你能從事喜歡的工作，真是太好了，這樣以後我可以經常見到你，還有那兩個孩子——」喬激動地說，她控制不了欣喜，只好拿孩子當藉口。

「啊，可是我們恐怕很難見面了，因為那間學校在西部。」

「好遠！」喬鬆手讓裙擺自生自滅，彷彿現在無論衣服或她自己都不重要了。

巴爾先生熟悉多種語言，但他還沒學過解讀女性的語言。他自認相當瞭解喬，因此他非常困惑，喬的態度前後不一，語氣、表情、態度都變化迅速——在半小時內，她經歷了幾種不同的情緒。剛見到他的時候，她十分驚訝，讓人免不了懷疑她應該是特地來找他。

當他伸出手臂給她挽，她的表情讓他心中充滿喜悅。不過，被問到是否想念他時，她的回答如此冰冷拘謹，他的心被絕望籠罩。聽到他的好運，她開心得只差沒拍手——她真的只是為那兩個孩子感到歡喜？接著，聽到他要去西部，她說「好遠！」的語氣如此沮喪。他登上希望的顛峰，然而接下來她又讓他跌落谷底，因為她好像一心只想著買東西，她說——

「這就是我要去的店，你想進來嗎？很快就好。」

喬相當以自己的採購功力自豪，現在特別想讓男伴見識一下她俐落確實的能力。然而，因為她太心慌意亂，以致於狀況連連；她打翻了整盤針，忘記要買的布是「斜紋」，裁下之後才猛然想起，給錯零錢，在賣布的櫃台說要買紫色緞帶。巴爾先生站在一邊看她臉紅出糗，看著、看著，他心中的困惑慢慢消逝，因為他發現，有時候女人就像夢境一樣，充滿前後不一的矛盾。

他們走出店外，他抱著包裹，心中的期望明朗許多，經過水窪時開心踢水，彷彿覺得整件事很有趣。

「要不要買一些東西給雙胞胎？今晚我會去你們溫馨的家做最後告別，要不要來場告別的晚宴？」他停在陳列許多水果與鮮花的櫥窗前。

「買什麼好呢？」喬裝做沒聽見他剛才說的第二段話，進入店裡，她欣喜地嗅聞著花果混合的香氣。

「他們可以吃柳橙和無花果嗎？」巴爾先生的語氣有著爸爸一般的寵愛。

「有得吃的時候就會吃。」

「他們喜歡堅果嗎？」

「像松鼠一樣愛。」

「漢堡麝香黑葡萄，很好，要不要買一些榨汁，遙敬我的祖國一杯？」

這樣揮霍的行為令喬不禁蹙眉，問他為什麼不買一籃蜜棗、一桶葡萄乾、一包杏仁就好。巴爾先生扣押她的錢包，拿出自己的錢，買下幾磅的葡萄、插在瓶子裡的粉紅雛菊、裝在漂亮罐子裡的蜂蜜，戴米看到一定會很喜歡。然後，他將形狀不一的包裹塞進口袋裡，擠得都變形了，把花交給她拿，然後撐起舊雨傘，他們繼續上路。

他們在雨中走了半條街之後，教授說：「馬區小姐，我想請妳幫個大忙。」

「是，教授。」喬的心開始狂跳，她好擔心他會聽見。

「雖然在下雨，但我還是要厚著臉皮開口，因為我在這裡的時間不多了。」

「是，教授。」喬突然用力握住花瓶，差點捏碎。

「我想幫蒂娜買件衣裳，我一個人實在不會挑，可以借用一下妳的品味幫我挑嗎？」

「好，教授。」喬瞬間感覺平靜冰冷，彷彿走進冰庫。

「順便也幫蒂娜的媽媽挑一條披肩好了，她很窮、身體很虛弱，丈夫又只會讓她煩惱——沒錯、沒錯，一條保暖的厚披肩，很適合作為表達友誼的禮物。」

喬回答：「我很樂意，巴爾先生。」然後在心中對自己說，「是我太心急了，但是他真的每一分鐘都變得更可愛。」她要自己振作起來，以賞心悅目的活力投入這項任務。

巴爾先生交給她全權處理，於是她為蒂娜選了一件漂亮的連身裙，然後請店員拿披肩給她看。店員是位已婚男士，放下身段殷勤服務，認為他們顯然是夫妻，來幫孩子買東西。

「您的夫人應該會喜歡這條，品質非常好，顏色正流行，端莊又高雅。」他抖開一條觸感舒適的灰色披肩圍在喬的肩上。

「巴爾先生，你喜歡嗎？」她背對著他問，很慶幸可以不用讓他看見她的臉。

「非常好，我們就買這條。」教授回答，付錢時在心中對自己微笑，喬繼續在各個櫃台前翻找，彷彿下定決心要挖出最物美價廉的東西。

「我們要回家了嗎？」他問，彷彿這句話讓他很開心。

「嗯，很晚了，而且我好累。」喬沒有察覺她的語氣多淒涼，因為剛才突然出現的燦爛陽光又突然消失了，世界又變回泥濘悲慘的模樣，她這才察覺腳很冷、頭很痛，而且心比腳更冷、比頭更痛。巴爾先生要走了，他只把她當朋友，是她誤會了，這一切越快結束越好。她懷著這個念頭，伸手攔下正在接近的公共馬車，因為動作太急，花從瓶子裡飛出來，受到嚴重損傷。

「這輛不是我們要坐的車。」教授揮手讓載滿乘客的馬車離開，停下腳步撿拾可憐的花朵。

「對不起，我沒有看清楚標示。沒關係，我可以用走的，我習慣走在爛泥裡。」喬用力眨眼睛，因為她寧死也不要被他看見拭淚的動作。

雖然她轉過頭，但巴爾先生看到她臉頰上的淚珠。他似乎非常感動，因為他突然彎下腰，以充滿感情的語氣問——

「我心愛的人呀，妳為什麼哭泣？」

倘若喬有過這一類的經驗，她就會說她沒有哭，只是頭有點痛，或是以其他女性常說的小謊言應付；然而，這個委屈至極的人兒忍不住啜泣回答——

「因為你要走了。」

「啊，我的天，真是太好了！」巴爾先生激動地說，儘管拿著雨傘和一堆東西，依然成功拍了一下手。

「喬，我什麼都沒有，只能給妳我的愛。我來就是為了知道妳是否有意接受，我遲遲沒有開口，就是為了想要確定我是否有比朋友更重要的地位，我有嗎？妳願意在心中給我一個位子嗎？」他一口氣說出這一大段話。

「噢，我願意！」喬說，他感到相當滿足，因為她雙手抱住他的手臂，抬頭看他，神情清楚地表明，她樂意陪伴他一同走過人生，即使只有一支舊雨傘，只要是由他撐起，就是最好的歸宿。

這樣求婚真的很克難，因為即使他想下跪，也因為滿地泥濘而必須作罷，他也無法真正牽起喬的手，因為他兩手都拿著一堆東西，他更不可能在大街上公然展現愛意，儘管他幾乎把持不住，於是乎，他只能看著她，以表情傳達狂喜，他整張臉都在發光，就連鬍鬚上的小水珠彷彿都映出彩虹。

若非他真心深愛著喬，絕對不會選在這個時候開口，因為她的裙子已髒到沒救了，橡膠靴上滿是泥漿，帽子也全毀。幸好，在巴爾先生眼中，她就是全天下最美的女人，而在她眼中，他比之前更有「宙斯的派頭」，儘管他的帽沿軟塌，雨水則像一條小河般流至他的肩上（因為他將傘全給喬一個人遮），手套的每一指都需要縫補。

路人很可能以為他們倆只是無害的瘋子，因為他們完全忘記要攔公共馬車，只是悠閒地漫步，走在越來越深的暮色與霧氣之中。他們不在乎別人怎麼想，因為他們沉浸在一生只會有一次的幸福中——那神奇的時刻，讓老人變年輕，樸素變美麗，貧窮變富有，讓人心預見天堂的模樣。

教授的模樣彷彿征服了一座王國，感覺再也沒有能讓他更快樂的事。喬與他並肩同行，感覺這才是屬於她的位子，想不通以前為什麼會選其他路徑。當然，開口說第一句話的人是她——第一句能聽懂的話，因為自從脫口說出「噢，我願意！」之後，接下來她所說的話既沒條理也沒章法。

「費德利希，為什麼你——」

「啊，老天！自從米娜過世之後，再也沒有人那樣稱呼我了，今天卻從她口中聽到！」教授激動地說，也不管正踩在水窪中，駐足以感激歡喜的神情看著她。

「我心裡一直這樣稱呼你，我一下子忘情，若你不喜歡，我就不這麼叫。」

「喜歡！我說不出這讓我多感動，說『汝』吧，這樣我會覺得妳的語言幾乎像我的一樣美。」

「說『汝』不會有點太感性嗎？」喬覺得這個詞很悅耳。

「感性？沒錯，感謝上帝，我們德國人的信仰就是『感性』，沉浸在感性中讓我們保持青春。英文的『你』好冰冷——說『汝』吧，我心愛的人啊，這對我而言意義重大。」巴爾教授懇求，不像嚴肅的教授，比較像浪漫的學生。

「那好吧，為什麼汝不早點說出來？」喬羞答答地問。

「現在我必須把心掏出來給汝看，我非常樂意，因為以後就歸汝照顧了。要知道，我的喬——啊，多麼可愛、有趣的名字！——在紐約道別的那天，本來我想表明心意，但我以為那位英俊的朋友已經與汝定親了，所以我沒有開口。倘若當時我說了，汝會願意嗎？」

「很難說，恐怕不會，因為那時候我沒有心。」

「哈！我才不相信呢。汝的心就像童話中沉睡的公主，等待王子穿過森林來喚醒。啊，好吧，『Die erste Liebe ist die beste』，不過我不該期望太多。」

「沒錯，初戀確實最美好，所以要知足，因為我從來沒有愛過別人。泰迪只是個孩子，而且很快就揮別妄想了。」喬急著糾正教授的誤會。

「太好了！這樣我就安心了，相信汝將整顆心都給了我。我等了太久，變得自私了，汝以後就會知道，教授夫人。」

「我喜歡。」喬大聲說，新稱謂讓她非常歡喜。「快點告訴我，為什麼剛好在我最想要你的時候，你就出現了？」

「因為這個——」巴爾教授從背心口袋拿出一張破舊紙片。

喬一打開就覺得很難為情，因為那是她投稿的作品，有一家報社付稿費徵選詩作，她一時抵擋不住誘惑就寄去了。

「這個怎麼會讓你過來？」她不明白他的意思。

「我碰巧看到這首詩，裡面提到的人名加上作者的姓名縮寫，讓我認出是妳的作品，裡面有一句話彷彿在呼喚我。妳讀一下找找看，我會撐好傘不讓妳淋濕。」

喬順從，迅速瀏覽她親手寫下的詩句——

閣樓中

四個小箱子排排站，沾染塵埃，被光陰磨損，
多年前由四個孩子裝飾並裝滿，而今都已經長大成人。
四把小鑰匙並排掛，褪色的緞帶，也曾明亮鮮豔，
多年前，一個雨天，以童稚的得意繫上。
四個小名字列蓋頂，以天真的雙手刻下，
箱蓋下，藏著一群幸福姐妹的故事，
她們曾經在這裡遊戲，不時停駐聆聽，
夏季落下的雨，有如悅耳的副歌，在屋頂不時響起。

第一個箱蓋上刻著「梅格」，筆畫柔順美麗，
我以深情雙眼探看，她以一慣的細心折疊收藏，
記錄平靜人生的許多寶物，送給溫柔女童的禮物，

一襲白紗，指引人妻之路，一隻小鞋、一綹嬰兒鬈髮。
這個箱子裡沒有玩具，塵封多年之後再次取出，陪伴另一個小梅格遊戲。
啊，幸福的母親！我知道，妳低聲唱起搖籃曲，
宛如溫柔副歌，伴隨夏季落下的雨。

第二個刻著「喬」，刮傷磨損，裡面亂七八糟堆放著，
沒有頭的娃娃，撕破的課本，再也不會出聲的小鳥與動物，
從只有兒童能進入的童話園地帶回家的紀念品。
未來的美夢尚無蹤跡，過去的回憶依然甜蜜；
未完的詩篇，瘋狂的故事，青澀的手筆，溫暖也冰冷；
任性孩童的日記，預示著長大後過早衰老的人生；
在孤獨家中的女人，聆聽有如悲傷副歌的那句話——
「值得被愛，愛便會來。」
伴隨夏季落下的雨。

我的「貝絲」！刻著妳名字的箱蓋，永不染塵埃，
深情的雙眼落下淚水，仔細的雙手勤於佛拭。
從來遠離人世，親近天國的她，死亡為她封聖，
然而我們依然溫柔悲嘆，
將她遺留的聖物存放於此，有如家中的神龕。
鮮少響起的銀搖鈴，她最後戴的那頂帽子，
死去的美麗凱瑟琳[22]，掛在她的門上與天使同在；
她在疼痛牢籠中，不帶悲傷唱出的歌曲，
將永遠融入，夏季落下的雨。

最後一個箱蓋拋光磨亮，畫著一位英勇的騎士，
盔甲上刻著「艾美」這個名字，字母漆上藍色與金色，
童話不只美好，也已成真。
裡面放著她的髮帶，不再穿上的舞鞋，

小心保存的乾枯花朵，停止揮動的扇子，
愛火熾熱的美好情書，這些小玩意組成了女孩的希望、恐懼與羞恥。
少女心中的紀錄，如今學會了更美好真實的魔咒，
結婚禮堂清脆鐘聲，有如快活的副歌，伴隨夏季落下的雨水。

四個小箱子排排站，沾染塵埃，被光陰磨損，
四個女人，長大成人，
在幸福與悲傷中學習，愛與辛勤的真諦。
四個姐妹，短暫分離——
沒有人消失，只有一個先行啟程，
因為愛的永恆力量，而更加親近、親密。

22 此處是指印著聖人圖案與祈禱文的卡片，「凱瑟琳」則是聖女錫耶納的凱瑟琳（Santa Caterina da Siena），十幾歲便受到宗教感召，三十三歲便因病早逝。她是對抗身體疾病的守護聖者。

噢，當我們收起的這些東西，在天父眼前敞開，
願能在珍貴光陰中更顯飽滿——
行為在光明中更顯璀璨。
生命的美麗樂章將永遠響亮，有如振奮靈魂的曲調，
靈魂將欣喜高飛歡唱，在雨後的無盡陽光下。

喬．馬

「這首詩寫得很糟糕，但寫下的那天我非常寂寞，所以特別有感觸，我抱著碎布袋大哭一場。我從來沒想過，竟然還會登上報紙，還被看見這些故事。」喬撕碎教授珍藏這麼久的詩句。

「放手吧——這首詩已經盡了責任——有一天，我會讀遍她寫下祕密的棕色本子，就可以重新抄一遍。」巴爾先生微笑著說，目送紙片隨風而逝。他誠摯地接著說：「沒錯，我讀完那首詩，在心中對自己說，『她很傷心，她很寂寞，她將在真愛中找到安慰。』我的心中滿滿都是她，難道不該去告訴她，『如果我這份心意

不會太寒酸，能夠換取我希望得到的東西，那就拿去吧，以上帝之名。』」

「所以你就來了，而且發現你的心意一點也不寒酸，而是我所需要的珍貴寶物。」喬輕聲說。

「一開始我沒有勇氣這麼想，你們家人那麼熱忱招待我。但不久我就開始懷抱希望，於是對自己說，『就算賭上性命，我也要得到她』，我一定要做到！」巴爾先生激動地說，不屈不撓地點點頭，彷彿周圍的霧是他必須超越的藩籬，或是必須英勇克服的挑戰。

喬覺得好感人，下定決心要讓自己配得上她的騎士，雖然他沒有騎著戰馬奔來，也沒有奢華排場。

「為什麼你這麼久沒有來找我？」她終於可以開口說出心頭的疑問，並且得到令她愉快的回答，所以她再也停不下來。

「對我而言也很辛苦，但我實在不忍心將妳帶離那個幸福的家，至少要等我能給妳可以期待的前景，雖然可能要花很多時間與辛勞。我怎麼可以要求妳為我放棄這麼多？我又老又窮，除了一點學識，沒有其他財富。」

「我很慶幸你是窮人，我無法忍受有錢的丈夫！」喬斬釘截鐵地說，然後換上較為柔和的語氣。「不要怕貧窮。我體會貧窮的時間很長，所以早就不害怕，我很樂意為了所愛的人付出勞力。不要說自己老——我從來不覺得你老——就算你七十歲了，我也會忍不住愛上你。」

教授深受感動，如果他還有手，一定會拿出手帕來。但他沒辦法拿，於是喬幫他擦去眼淚，接過一、兩個包裹，笑著說——

「或許我很頑固，但沒有人能說我現在的行為逾越了身分——因為女性在世上的特殊任務，就是擦乾眼淚、扛起重擔。費德利希，我會扛起自己的那一份責任，幫忙賺錢養家。」因為他企圖拿回包裹，於是她斷然說，「你最好調整心態接受此事，否則我不會跟你走。」

「到時候就知道了。喬，妳有耐心等很長一段時間嗎？因為我必須去遠方獨自工作，我必須先顧好兩個外甥，因為就算是為了妳，我也不可能毀棄對米娜的承諾。妳可以原諒我嗎？和我一起幸福地懷抱希望等待，妳做得到嗎？」

「我知道我做得到，因為當兩個人相愛的時候，其他一切都變得容易忍受。

我也有自己的責任和工作。就算為了你，我也不能棄之不顧，否則我永遠無法享受幸福——所以我們不必操之過急。你去西部盡你的責任，而我在這裡盡我的職責——我們一起幸福地做最好的打算，至於未來，就看上帝如何安排吧。」

「啊，汝給我這麼大的希望與勇氣，我卻無以回報，只能給妳這個充滿愛的心，和一雙空空的手。」教授非常感動地說。

喬永遠、永遠學不會端莊，當她說出那句話時，他們站在門階上，她很直接地將雙手放入他掌中，柔情低語「現在不空了」，然後彎腰在傘下親吻她的費德利希。雖然很糟糕，不過就算站在樹籬上那排尾羽沾到泥的麻雀是人類，她還是一樣會這麼做——因為她真的用情很深，除了自己的幸福，什麼都不在乎。儘管看似樸素，但這是兩人生命中最輝煌的一刻，他們終於脫離黑夜、風暴與寂寞，走向明亮溫暖祥和的家，家人開心歡迎他們，喬牽著心愛的人進去，關上家門。

24 豐收時節

一整年的時間，喬和她的教授辛勤工作、耐心等候，懷抱希望、彼此相愛；偶爾見面，經常寫很長的信，羅利說紙價高漲都是他們害的。第二年的年初，他們相當憂鬱，因為他們的前景並不看好，而且馬區姑婆突然過世了。大家都很難過，雖然老人家說話非常毒舌，但他們還是很愛她。然而，最初的哀傷過去之後，他們發現了值得歡慶的理由，因為她將李樹園遺贈給喬，如此一來，許多歡喜的好事都可能實現了。

幾週之後，家人聚集討論這件事，羅利說：「那棟房子很不錯，可以賣個好價錢，妳應該想出售吧？」

「不，我不想賣。」喬斷然回答，摸摸肥胖的貴賓狗，出於對姑婆的敬愛，她接手收養。

「妳該不會想搬進去住吧？」

「沒錯。」

「可是，親愛的，那棟房子非常大，需要大量金錢才能維持。光是花園和果園就需要兩到三個人照顧，我猜農業應該不是巴爾的強項。」

「如果我開口，他一定願意試試看。」

「妳打算靠那裡的農產維生？唉，雖然感覺很像天堂，但妳會發現務農非常辛苦。」

「我們要栽培的作物非常有價值喔。」喬大笑。

「敢問是什麼神奇的作物？」

「孩子！我想開一間專收小男生的學校，一個舒適開心的地方，既是家也是學校，我負責照顧他們，老費負責教學。」

「果然是喬才想得出來的計畫，很有她的風格吧？」羅利激動地問家人們，他們也像他一樣驚嚇。

「我喜歡。」馬區太太毫不遲疑地說。

「我也是。」馬區先生也同意，說不定這是個好機會呢，能在現代的年輕人身上試試亞里斯多德的教育方式。

「光是照顧他們，喬就會累死。」梅格摸摸兒子的頭，光是一個男孩就讓她忙不過來了。

「喬辦得到，而且會樂在其中。這個主意非常棒——快點告訴我們細節。」羅倫斯先生急著說，他一直想幫助這對小情侶，但知道他們不會接受。

「爺爺，我就知道你會支持我，艾美也是——我從她的眼神看得出來，雖然她還在慎重思考，要等想完才會開口。好了，親愛的家人。」喬熱烈地說下去，「首先我要說明，這不是突然冒出的新念頭，而是我一直放在心裡的珍貴計畫。我的老費出現之前，我常常幻想如果有一天發大財，而且家裡也不需要我了，我要租一棟大房子，收容貧窮孤苦、沒有媽媽的小男孩，我要趁他們還沒學壞，好好照顧他們，讓他們擁有快樂的人生。我看過太多孩子因為沒人及時幫忙而走上歪路，我真的好想為他們出一份力，我彷彿能感受到他們的困苦，體會他們的艱難。噢，我真的好想成為他們的媽媽。」

馬區太太對喬伸出一隻手，她微笑握住，眼眶含淚，以從前那種熱烈的方式繼續說下去，他們很久沒有看到這樣的她了。

「我曾經向老費描述過這個計畫，他說這也是他想做的事，答應如果有一天我們賺大錢了，他一定會幫忙。祝福他善良的心，他一輩子都在做這樣的事——不是賺大錢，而是幫助貧窮的孩子。他不可能發財，因為錢在他口袋裡都留不久，沒辦法累積。但現在不一樣了，姑婆對我真的太好了，我實在很慚愧，非常感謝她，總之，現在我有錢了——至少我覺得很富有，我們可以住在李樹園，只要學校經營得當，應該可以過得很好。那個地方非常適合男孩子——房子很大，家具樸實堅固。房間可以容納幾十個孩子，外面還有很棒的農地，他們可以在花園和果園幫忙——這種工作有益健康，對吧，爺爺？老費可以用自己的方式管教、指導他們，爸爸可以幫忙。我負責餵養、照護、寵愛、責罵他們；媽媽會是我最好的幫手。我一直很希望身邊有很多男孩，但一直沒能實現，現在我可以有滿屋子的男孩，盡情和那些小可愛一起生活。那是莫大的歡樂，李樹園屬於我，還有一大群活潑的男孩和我一起分享。」

喬揮舞雙手，發出狂喜嘆息，全家人都非常開心，羅倫斯先生大笑不止，他們很擔心他會中風。

等到她說話終於能被聽見時，她嚴肅地說：「我不覺得這很好笑。我的教授開設學校，沒有比這更自然合理的事，而且我想住在自己的莊園，也沒什麼不對。」

「她已經開始擺架子了呢。」羅利說。對他而言，這個計畫根本是個笑話。「不過我想請教一下，妳打算如何維持學校的營運？假使學生都是小乞丐，以世俗的眼光而言，恐怕妳的作物價值有限，巴爾太太。」

「泰迪，不要潑冷水。當然我也會收有錢的學生。一開始，可能只收有錢的學生，等到上軌道之後，我就可以收一、兩個貧窮的孩子過過癮。有錢人的孩子也需要照顧與關懷，像窮人一樣。我看過可憐的孩子被扔給僕人照顧，也有內向害羞的孩子硬被逼著迎合眾人，這樣真的很殘酷。有些因為管教不當或疏忽冷落而變成壞孩子，有些則早早失去了母親。更何況，就算最好的孩子也會遇上叛逆期，那是他們最需要耐心與愛心的時候。大家都嘲笑他們，對他們呼來喝去，企圖把他們藏起來，期望他們能一夕之間從可愛的幼兒變成傑出青年。他們的心靈十分堅強，所以很少抱怨，但他們感覺得到。我自己也經歷過類似的階段，我很清楚那種感覺。我特別關心這種像熊一樣的孩子，我希望讓他們知道，雖然他們四肢笨拙、頭腦混亂，但我看得出來他們是溫暖、正直、善良的孩子。而且我有過管教這種孩子的經驗，我不是曾經把一個男孩調教成家族之光嗎？」

「我可以證明妳很努力。」羅利的表情充滿感激。

「我的成就遠超出期望，因為現在你已經是個穩重、理性的生意人了，用你的財富做很多善事，累積窮苦人的祝福，而不是金錢。你不只是個生意人，你熱愛美好的東西，自己享受之餘，也願意和別人分一半，就像你以前常做的那樣。泰迪，我非常以你為榮，因為你每一年都進步很多，雖然你不讓大家稱讚你，但我們都感覺得出來。沒錯，以後教育學生很簡單，我只要指著你對他們說，『孩子，那就是你們學習的榜樣。』」

可憐的羅利不知道該看哪裡，因為突如其來的誇獎讓所有人轉頭讚賞地看著他，雖然他已經是成人了，但少年時的害羞又冒了出來。

「我說呀，喬，這也太誇張了。」他用過往的孩子氣方式說。「你們為我做了很多，我都不知道該如何報答，只能盡可能不要讓你們失望。喬，最近妳相當冷落我，不過我還是有最好的人幫助，假使我有任何進步，都要感謝這兩位——」他溫柔地一手按住爺爺白髮蒼蒼的頭，另一手按住艾美金髮燦爛的頭，因為他們三個總是形影不離。

「我真的覺得家庭是世界上最美好的東西！」喬大聲說，她正好處在異常興奮的狀態。「等以後我有家庭，希望也能像我最熟悉也最愛的這三個家庭一樣幸福。如果約翰和我的老費也在場該有多好，那就是人間天堂了。」她有些失落地說。那天晚上，她回到房間，經過那場開心的家庭會議，充滿各種希望與計畫，她心中漲滿幸福，唯一能讓她平靜下來的方式，就是跪在貝絲的床前，這張床一直在她的床旁邊，溫柔思念著妹妹。

這一年整體而言，非常驚人，因為所有事情以出乎尋常的速度一件件地發生了。喬都還沒搞清楚狀況，便已經結婚並搬進李樹園定居了。六、七個男孩如雨後春筍冒出，而且每個都表現出奇良好。這些孩子有的貧窮、有的富有——因為羅倫斯先生不斷找來孤苦無依的可憐孩子，求巴爾夫婦同情他們，他願意支付部分費用。這位狡猾的老先生利用這種方式戰勝喬的自尊心，以她最喜歡的男孩作為資助她的媒介。

當然，一開始非常艱苦，喬經常犯下奇怪的錯誤，幸好有睿智的教授引導她駛入較為平靜的水域，就連最冥頑不靈的小流氓最後也受到感化。喬多麼喜歡這群「野孩子」，可憐的馬區姑婆如果泉下有知，一定會悲痛不已，因為李樹園原本有如聖殿，莊嚴肅穆、井井有條，現在卻被眾多不相干的小孩占據。

這樣的變化，其實頗有現世報的詩意——當這位老太太在世時，嚇壞了住在方圓幾英里的所有男孩，現在那些被驅逐的孩子暢快享用以前不准碰的李子，穿著髒靴子踢小石頭也不會挨罵，甚至可以在大草原上打板球，以前這裡養著一隻暴躁的牛，就像童謠《傑克蓋的房子》裡那隻「角兒卷卷」的牛，引誘不知天高地厚的少年過去逗牠，然後再狠狠把他們撞飛。這裡成為男孩的樂園，羅利建議取名為「巴爾園」，不僅可以凸顯主人的貢獻，也很適合住在這裡的成員。

這所學校很不合潮流，教授始終沒有發大財，不過就是喬想要的樣子，「像家一樣的學校，讓孩子得到他們需要的教育、照顧與關愛。」沒多久，那棟大房子的每個房間都住滿了孩子，花園裡的每顆植物都有自己的主人，穀倉與棚屋簡直成了動物園——因為可以養寵物。一天三次，喬坐在長桌的桌首對她的老費微笑，桌子兩邊坐滿小朋友，快樂的小臉蛋轉向她，眼神充滿孺慕之情，經常對她訴說心事，感激的心靈充滿對「巴爾媽媽」的愛。

現在，她身邊有這麼多男孩，她從不感到厭煩，儘管他們絕不是什麼小天使，有些甚至讓教授和夫人煩惱又操心。但是她深深相信，即使是最調皮搗蛋、最讓人火大的小流氓，心中一定也有善良的地方，這樣的信念讓她能夠以耐心與巧妙手法教育他們，假以時日一定能得到成功——因為巴爾爸爸像陽光一樣溫暖照耀，巴爾媽媽則像耶穌所說的那樣，赦免不只七次，而是七十個七次，哪有男孩可以堅決頑抗到底呢？喬非常珍惜她和這些小傢伙的友誼，他們做錯事之後悔悟的啜泣與低聲道歉，他們好笑又感人的小祕密，他們令人開心的熱忱、希望與計畫；甚至包括他們的不幸——她因此而更疼愛他們。

這些男孩有的遲緩、有的害羞、有的體弱、有的粗暴、有的口齒不清、有的說話結巴，有一兩個跛腳，還有一個可愛的黑白混血兒，其他學校都不肯收他，但是「巴爾園」欣然接納，儘管有些人說收了這個孩子會讓學校完蛋。

沒錯，喬在那裡非常幸福，儘管工作很操勞，經常傷腦筋，環境總是吵吵鬧鬧。但她真心樂在其中，孩子的歡呼比世上任何讚譽更令人滿足——現在她不寫故事了，只會說故事給那群熱情的信徒與崇拜者聽。幾年過去了，她自己生下兩個小男孩，讓她感到更加幸福。小羅伯的名字來自於外公，小泰迪則是個隨遇而安的寶寶，似乎得到爸爸陽光的脾氣，以及媽媽活潑的個性。外婆和兩個阿姨都覺得很神奇，在那堆喧鬧粗暴的男孩中成長，他們竟然能夠平安無事。不過，他們像春天的蒲公英一樣成長茁壯，那些粗魯的小保母很愛他們，把他們照顧得很好。

李樹園有很多節慶，其中最熱鬧的就是一年一度的「蘋果大會」——馬區家、羅倫斯家、布魯克家、巴爾家都會全員出動，一起開心玩樂。喬結婚五年後，蘋果大會再次登場。那是個舒適的十月天，空氣中充滿歡欣的清新氣息，令人精神高昂，血液在血管中健康舞動。果園很有節慶氣氛；長滿青苔的牆邊開滿了金邊菊與紫菀花；蟋蟀在乾枯草地上輕快綳跳，有如吹笛子的精靈。松鼠忙著舉行牠們自己的豐收慶典，鳥兒在小徑的赤楊樹上歌唱道別，每棵樹都做好準備，只要稍微搖晃，紅色或黃色的蘋果就會像大雨般落下。所有人都來了，歡笑歌唱，爬上樹、跌下樹，大家都說從來沒看過如此完美的天氣，也沒有看過如此歡慶的活動——每個人都放下身段，盡情享受這單純愉快的時光，彷彿世上沒有擔憂或悲傷。

馬區先生平靜地四處漫步，和羅倫斯先生聊天時引述詩人塔瑟、考利與農業學家科魯邁拉的著作，享受著——

「溫和蘋果的香醇汁液。」

教授有如健壯的條頓騎士，在翠綠走道上跑來跑去，手中的竿子彷彿長矛，學生跟在他身後，扛著勾子與梯子，有如跳躍翻滾的小小消防隊，非常精采。羅利負責照顧小朋友，用一個大籃子拎著他嬌小的女兒，舉起黛西讓她看鳥巢，監督愛冒險的羅伯，以免他跌斷脖子。馬區太太和梅格有如羅馬神話中主掌水果豐收的波莫娜女神，坐在蘋果堆中負責將不斷湧入的果實分類；艾美臉上浮現美麗慈愛的神情，幫不同的團體畫素描，同時負責看管一個腳受傷的孩子，他坐在她身邊，小枴杖放在一旁，蒼白小臉仰慕地看著她。

喬那天如魚得水，到處跑來跑去，別起裙襬、帽子下落不明，一手抱著她的寶寶，準備好應付任何可能出現的突發狀況。小泰迪的人生很愜意，因為從來沒有發生任何不好的事情，喬從來不會瞎操心，任由學生將他抱到樹上或背在身上亂跑，任由溺愛孩子的爸爸餵他吃酸蘋果，他秉持德國人的觀念，認為嬰兒什麼都能消化，無論是酸菜、鈕釦、釘子，還是他們自己的小鞋子。她知道只要耐心等待，小泰迪自然會平安、紅潤，雖然髒兮兮，但是愉悅平靜。每當他回到懷中，喬總會給予最溫暖的歡迎——因為喬溫柔疼愛她的兩個寶寶。

四點時，果園籠罩寧靜的氣氛，空籃子放在一旁，摘蘋果的人們休息了，互相比較衣服上的破洞和身上的瘀血。喬和梅格率領幾個大男孩，在草地上布置好餐點——露天下午茶一向是這場活動的高潮。

在這種時候，果園真的成為流淌奶與蜜的樂園，因為他們不要求學生乖乖坐下，他們可以端著食物去任何想去的地方——對這些男孩而言，自由是最美味的調味料。他們將這個難得的特權發揮到極致，有人嘗試倒立喝牛奶，其他人則在青蛙跳停頓時吃派，草原上到處是餅乾屑，蘋果派有如新風格的鳥巢掛在樹稍。小女孩自己聚在一起舉行茶會，小泰迪在眾多美食間任意挑選。

當所有人都再也吃不下的時候，教授舉杯進行慣例的第一輪致敬，每次蘋果大會都要緬懷一番——「敬馬區姑婆，上帝保佑她！」向這一位好人誠心誠意致敬，教授從來沒忘記能有今天都是因為她，學生默默跟著喝，他們都被教導要時常感謝她。

「好了，現在來祝賀外婆六十大壽！祝她長命百歲，歡呼三聲，連續三次！」千萬不要懷疑，人們都是誠心祝賀的，歡呼一旦開始就停不下來。每個人都輪流得到祝賀，從被視為特別贊助人的羅倫斯先生到那隻嚇傻的土撥鼠，牠從籠子偷跑出來找小主人。戴米身為最年長的孫子，向今天的女王呈上各種禮物，數量非常多，得用獨輪車載來現場。有些禮物很怪，不過別人眼中的垃圾可是外婆眼中的珍寶——因為孫子的禮物都是他們自己準備的。在馬區太太眼中，黛西用小手指慢慢縫邊的那條手帕，每個針腳都比最奢華的繡花更美；戴米的鞋盒展現出機械工藝的奇蹟，雖然蓋子蓋不起來；羅伯的腳凳因為椅腳長短不一所以會晃，但她宣稱很有療癒效果；而最昂貴的書籍也比不上艾美的女兒所寫的一行字，她用歪歪斜斜的大寫字母寫下——「祝福親愛的外婆，小貝絲敬上。」

送禮儀式中，學生突然神祕消失；馬區太太向孫子們道謝，開心得哭了出來，小泰迪用他的圍兜兜幫她擦眼淚，教授突然唱起歌來。接著，他身後高處傳來歌聲接著唱下去，每棵樹上都躲著學生，他們真心誠意高唱，這首歌由喬作詞，羅利譜曲，教授訓練學生表演到盡善盡美。這是嶄新的創意，效果非常成功，因為馬區太太久久無法從驚喜中恢復，堅持要和每隻沒有翅膀的小鳥兒握手，從高大的法蘭茲、埃米爾到小小混血兒，他有著最悅耳的歌聲。

握手完畢之後，學生各自跑開，利用最後的時間玩耍，歡慶的樹下只剩馬區太太和三個女兒。

「我絕不會再說自己是『倒楣的喬』了，因為我最大的心願以如此美好的方式實現了。」巴爾太太將泰迪的小拳頭從牛奶壺中抓了出來，他剛才正賣力地在攪拌著牛奶。

「不過，妳現在的人生和多年前的夢想差很多。妳還記得我們的『空中樓閣』嗎？」艾美問，微笑看著羅利和約翰陪學生打板球。

「看他們多開心！真高興能看到他們放下工作玩樂一天。」喬說，現在她說到男人都用媽媽的語氣。「我記得。可是我當時想要的人生現在看來自私、寂寞又冰冷。我還沒有放棄希望，或許有天能寫出一本好書，不過我可以等，相信有了這些經驗與實例，我能寫得更好。」喬的手一揮，從遠方的學生指向她的父親，教授扶著他，他們在陽光下來回散步，忘我地聊著他們熱愛的話題。接著，她指向母親，她坐在三個女兒中間的寶座上，外孫有的坐在她腿上，有的坐在她腳邊，彷彿所有人都在她身上得到幫助與快樂，在他們眼中那張臉永遠不會老。

「我的夢想幾乎全部實現了。沒錯，我希望擁有奢華的物品，但那時候我心中就知道了，只要有個小小的家，有約翰在、有這些孩子，我就滿足了。感謝上帝，我全部得到了，我是全世界最幸福的女人。」梅格摸摸高個子兒子的頭，表情洋溢溫柔與衷心滿足。

「我的空中樓閣，雖與當初的計畫非常不一樣，但我說什麼也不換。然而，我和喬一樣，不曾全然放棄藝術的希望，也不自限只幫助他人實現夢想的追求。我最近開始做嬰兒雕塑的模型，羅利說這是我最棒的作品。我自己也這麼覺得，我打算用大理石來雕刻，這樣一來，無論以後發生什麼事，至少還能保留我的小天使的模樣。」

艾美說著，一大滴淚水落在懷中熟睡女兒金髮上。她心愛的女兒身體虛弱，可能失去她的恐懼，彷彿烏雲籠罩艾美的幸福。這份憂愁讓他們夫妻感情更好，因為同樣的愛與憂傷將他們緊緊牽繫。艾美的個性變得更體貼、穩重、溫柔，而羅利變得更認真、堅強、可靠，他們兩人學到了，無論美麗、青春、好運，甚至愛，都無法抵禦命運，就連最有福氣的人也難逃煩惱、痛苦、失落與哀傷，因為——

雨會落在每個人的生命裡，

有些日子難免黑暗、悲傷、痛苦。[23]

「她的身體越來越健康了，我一定沒看錯，親愛的，不要沮喪，要懷抱希

23 引自美國詩人朗費羅（Henry Wadsworth Longfellow）的詩篇《雨天》。

望，保持快樂的心情。」馬區太太說，內心溫柔的黛西從她膝頭彎腰，紅潤臉頰貼著小表妹蒼白的臉。

「媽咪，只要有妳為我打氣，我絕不會絕望，無論多重的負擔，羅利分擔的不只一半。」艾美深情地說。「他從來不讓我看到憂慮的模樣，總是對我很貼心、很容忍，全心全意照顧貝絲，他總是讓我覺得好安心、好安慰，我再怎麼愛他也不嫌多。所以，儘管我背負著這個十字架，我可以像梅格一樣，說著：『感謝上帝，我是幸福的女人。』」

「雖然其實我不用說，因為大家都看得出來，我得到的幸福遠超過應得的分量。」喬看看她的好丈夫，再看看在她身邊打滾的兩個圓潤兒子。「老費頭髮白了，越來越胖，而我則瘦得像影子一樣，我已經過了三十大關，我們永遠不會變成有錢人，說不定哪天夜裡李樹園就會一把火燒光，因為無可救藥的湯米·班斯老愛躲在被單裡抽用香蕨木葉子捲成的雪茄，就算已經燒到自己三次了也學不乖。不過，儘管有這些不浪漫的現實，我沒有什麼好抱怨的，我的人生從來沒有這麼爽快。抱歉，我和那麼多男孩生活在一起，難免會學到他們的用詞。」

「沒錯，喬，我認為妳的收穫非常豐盛。」馬區太太說，她趕走一隻很大的黑蟋蟀，因為小泰迪被嚇壞了。

「比不上妳的一半，媽媽。妳的收穫就在這裡，我們永遠無法表達對妳的感謝，妳辛勤播種、耕耘，我們才有今天。」喬激動地說，那可愛的衝動個性她始終改不了。

「希望每一年都能收成更多好事，壞事越來越少。」艾美輕聲說。

「這是很大的一批收穫，不過我知道妳心中有足夠的空間容納，親愛的媽咪。」梅格以溫柔語氣說。

馬區太太內心深受感動，只能伸出雙手，彷彿想擁抱所有女兒和孫子，她的表情和聲音都洋溢著母愛、感恩與謙卑——

「噢，我的女兒，無論妳們未來的人生有多長，希望都能像此刻一樣幸福！」

GOOD WIVES

好妻子

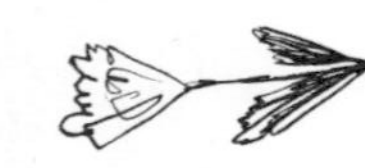

作　　者　露易莎・梅・奧爾科特
　　　　　Louisa May Alcott
譯　　者　康學慧 Lucia Kang
發 行 人　林隆奮 Frank Lin
社　　長　蘇國林 Green Su

出版團隊
總 編 輯　葉怡慧 Carol Yeh
企劃編輯　陳柚均 Eugenia Chen
責任行銷　陳奕心 Yihsin Chen
封面裝幀　許晉維 Jin We Hsu
封面插畫　紅林 Hori b Goode
版面構成　黃靖芳 Jing Huang

行銷統籌
業務處長　吳宗庭 Tim Wu
業務主任　蘇倍生 Benson Su
業務專員　鍾依娟 Irina Chung
業務秘書　陳曉琪 Angel Chen
　　　　　莊皓雯 Gia Chuang
行銷主任　朱韻淑 Vina Ju

發行公司　精誠資訊股份有限公司
　　　　　悅知文化
　　　　　105台北市松山區復興北路99號12樓
訂購專線　(02) 2719-8811
訂購傳真　(02) 2719-7980
專屬網址　http：//www.delightpress.com.tw
悅知客服　cs@delightpress.com.tw
ISBN：978-986-510-044-5
建議售價　新台幣350元
首版一刷　2019年12月

國家圖書館出版品預行編目資料

好妻子／露易莎・梅・奧爾科特(Louisa May Alcott) 著；康學慧譯. -- 初版. -- 臺北市：精誠資訊,2019.12
面；　公分
譯自：GOOD WIVES
ISBN 978-986-510-044-5 (平裝)

874.57　　　　　　　　108020104

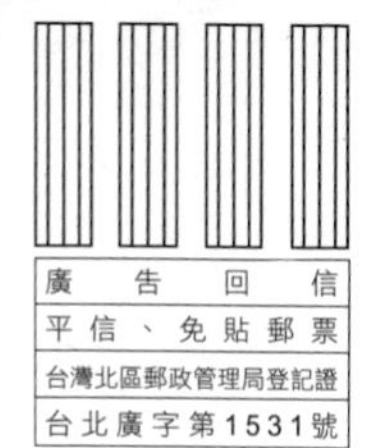

廣　告　回　信
平信、免貼郵票
台灣北區郵政管理局登記證
台北廣字第1531號

SYSTEX making it happen 精誠資訊 | dp 悅知文化 Delight Press

精誠公司悅知文化　收

105 台北市復興北路**99**號**12**樓

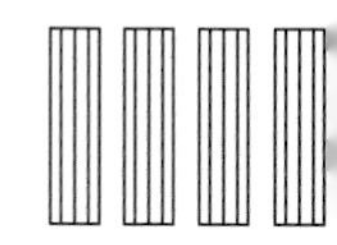

（請沿此虛線對折寄回）

讀者回函

《好妻子》

謝您購買本書。為提供更好的服務，請撥冗回答下列問題，以做為我們日後改善的依據。
將回函寄回台北市復興北路99號12樓（免貼郵票），悅知文化感謝您的支持與愛護！

名：________________ 性別：□男 □女 年齡：______歲

絡電話：(日)______________ (夜)______________

nail：________________________________

訊地址：□□□-□□ ________________________________

歷：□國中以下 □高中 □專科 □大學 □研究所 □研究所以上

稱：□學生 □家管 □自由工作者 □一般職員 □中高階主管 □經營者 □其他 ______________

均每月購買幾本書：□4本以下 □4~10本 □10本~20本 □20本以上

您喜歡的閱讀類別？(可複選)

□文學小說 □心靈勵志 □行銷商管 □藝術設計 □生活風格 □旅遊 □食譜 □其他 ______________

請問您如何獲得閱讀資訊？(可複選)

□悅知官網、社群、電子報 □書店文宣 □他人介紹 □團購管道

媒體：□網路 □報紙 □雜誌 □廣播 □電視 □其他 ______________

請問您在何處購買本書？

實體書店：□誠品 □金石堂 □紀伊國屋 □其他 ______________

網路書店：□博客來 □金石堂 □誠品 □PCHome □讀冊 □其他 ______________

購買本書的主要原因是？(單選)

□工作或生活所需 □主題吸引 □親友推薦 □書封精美 □喜歡悅知 □喜歡作者 □行銷活動

□有折扣______折 □媒體推薦 ______________

您覺得本書的品質及內容如何？

內容：□很好 □普通 □待加強 原因：______________

印刷：□很好 □普通 □待加強 原因：______________

價格：□偏高 □普通 □偏低 原因：______________

請問您認識悅知文化嗎？(可複選)

□第一次接觸 □購買過悅知其他書籍 □已加入悅知網站會員www.delightpress.com.tw □有訂閱悅知電子報

請問您是否瀏覽過悅知文化網站？ □是 □否

您願意收到我們發送的電子報，以得到更多書訊及優惠嗎？ □願意 □不願意

請問您對本書的綜合建議： ______________

希望我們出版什麼類型的書： ______________